推理要在晚餐後 2
東川篤哉

推理要在晚餐後2

目次

導讀

異軍突起的安樂椅偵探

推理作家　冷言

二〇一二年臺北國際書展，筆者有幸透過尖端出版的安排，代表臺灣推理作家協會和東川篤哉先生進行將近一個小時的訪談。在臺灣，東川篤哉這個名字已經變得連非推理小說的讀者都不陌生。截至二〇一一年十二月，他的《推理要在晚餐後》第一集在日本已經銷出超過一百八十萬冊，第二集也已經有超過九十三萬冊的銷量。是什麼樣的魅力讓推理小說中難以成為主流的幽默推理在書市中打下這麼一大片疆土，在和東川先生的訪談過程中，筆者略微窺見了其端倪。

東川篤哉一九六八年生於日本廣島縣尾道市，岡山大學法學部畢業。他的第一本長篇作品《密室的鑰匙借出去了》（筆者暫譯）獲得光文社的「KAPPA-ONE登龍門」新人獎，於二〇〇二年出版。在此之前，他曾以東篤哉的名義發表了幾本短篇集。東川篤哉以幽默推理作品見長，在這次的訪談中，他本人表示很擔心自己的作品因為加入幽默元素，會被誤認為是バカミス。因此，筆者需先解釋何謂バカミス。

バカ有「笨蛋」、「蠢」的意思，因此バカミス有時會被譯為「笨蛋推理」或「蠢推理」，但筆者認為從其定義來看，這都不是適合的翻譯，單從字面上的意義來看，確實會讓人誤以為是亂七八糟的惡搞作品。實際上，バカミス指的是極端追求意外性與娛樂性的推理小說，因此常常會犧牲掉推理小說的現實性。譬如有個犯罪現場，被認為是出入口完全被封閉的密室。結果卻是因為兇手殺人之後，在密室內的某面牆壁前迅速築起另一道牆，然後藏在兩道牆之間的空隙，所以沒有被發現。這類看完之後會讓人不自覺說出「哪有這種事！」的推理小說，在日本會被歸類為バカミス。不過バカミス並不完全是貶意，有些讀了之後會讓讀者讚嘆作者奇想天外的作品也會被歸類到バカミス當中。但由於字面上的貶意，有些作家並不喜歡自己的作品被歸到這一類。

實際讀過東川篤哉的作品後，筆者認為他的擔心是多餘了。他的作品雖然擁有大量幽默元素，內裡卻是相當紮實的本格推理小說。東川篤哉的作品主要有「烏賊川市系列」、「鯉之窪學園偵探社系列」、「影山—麗子系列」以及其他一些非系列的作品。本文就「影山—麗子系列」，也就是讀者熟知的《推理要在晚餐後》做一簡單的介紹。

「影山—麗子系列」是標準安樂椅偵探形式的本格推理小說，目前為止共有十二篇短篇，集結成兩冊《推理要在晚餐後》、《推理要在晚餐後2》出版。故事以擔任新人刑警的「寶生集團」千金——寶生麗子白天在犯罪現場搜集情報與證人證詞，晚上回家後在晚餐時將情報透漏給管家——影山，最後由影山在晚餐後解謎的基本形式構成。筆者之所以稱之為「影山—麗子系列」，是因為管家影山才是實際擔任解謎的偵探，千金小姐麗子反倒是擔任類似助手的角色。系列的第一篇〈殺人現場請脫鞋〉最初是在小學館「文芸ポスト」二〇〇七年冬季號刊載，系列第二篇一直到二〇〇九年才轉到同樣為小學館的雜誌「きらら」2月號進行連載。在「きらら」連載的期間，是以「寶生麗子的推理要在晚餐後」為標題刊載。第一集的〈請小心劈腿〉、〈請看來自死者的留言〉，以及第二集的〈

此處並非完全密室＞則是只收錄在單行本裡的作品。「きらら」是以女性為主要讀者群的小說誌，因此「影山—麗子系列」在「きらら」連載的期間就是以女性所喜歡的推理小說為取向，進而產生了「安樂椅偵探管家與新人刑警大小姐」這樣的設定。除了上述兩名主要角色外，還有擔任麗子上司、大企業風祭汽車小開，喜歡開著銀色 Jaguar 轎車出入殺人現場的風祭警官。

本系列最令人印象深刻的大概就是管家影山的毒舌功力。管家原本是服從的角色，對主人應該畢恭畢敬。但是身為管家的影山卻總是在聽完主人麗子對案情的敘述後，忍不住（？）出言不遜，發表諸如「大小姐您是白癡嗎？」、「難不成大小姐的眼睛是瞎了嗎？」這類爆炸性的發言。而麗子為了借重影山的推理能力，只好忍氣吞聲。這種角色身分與言行舉止的反差，正是本系列有趣之處。此外，作者雖然將麗子和風祭警官都設定成家世顯赫的有錢人，但是風祭家族和寶生家族相比還是差上一大截。對麗子真實身分毫不知情的風祭卻老是以自戀的姿態在麗子面前炫耀家世，其場面所產生的荒謬感與麗子心中的吐槽亦是本系列的醍醐味所在。

也許就是因為宛如漫畫般的人物設定和角色互動，東川篤哉才會擔心被讀者誤會這是バカミス。不過正如他自己對幽默推理的看法，嚴謹的推理故事才是重心，幽默的元素只是希望讓讀者更容易閱讀。「影山—麗子系列」正是紮根於優秀的本格推理基礎上，以讓讀者更易於閱讀而發展出來的有趣故事。如果此時您已經用過晚餐，那麼就讓我們一起來進入東川篤哉的推理世界吧。

第一話　您需要不在場證明嗎？

1

中央線特快列車從國分寺車站出發後，僅花了六分鐘，便抵達了立川車站。

九月下旬的某個禮拜六下午。前來購物的客人、與只看不買的客人，將立川車站周邊擠得水洩不通。真不愧是中央線最熱鬧的「立川市」。事實上，在中央線沿線，近年來沒有一個城鎮能像立川一樣，有如此快速的轉變——車站前變得整齊清潔，現代化大樓四處林立，奇妙的前衛藝術品大放異彩，還有搞不清要駛向何處的單軌電車悠然地在頭頂上行駛而過。這幅光景，的確顛覆了人們對中央線的印象。甚至還聽說過「立川已經超越吉祥寺了」這樣的說法。不過，住在吉祥寺的人們可絲毫不覺得自己「被超越了」——

寶生麗子一邊這麼想著，一邊走在車站南口前的 Pedestrian Deck（行人專用的空中迴廊）上。黑色褲裝配上純裝飾用的黑框眼鏡，束在後腦杓的黑髮隨著步伐而晃動。這副打扮，看在旁人眼中只是個毫不起眼的職業婦女吧。不過，她其實是一位任職於國立署、貨真價實的現任刑警。今天她並不是出來買東西，而是正在執勤當中。

相較於百貨公司大樓林立的車站北口，車站南口的市街發展就比較緩慢，還留下許多有待再開發的空間。再稍微往後頭走一會兒，那裡就是「老舊、狹窄、低矮」三要素俱全、雜居公寓櫛比鱗次的地區。麗子從空中迴廊搭電梯來到地面上，徒步行走了一會兒，眼前出現了一棟窘促的五層樓鋼筋建築。建築物整體都髒兮兮的，外觀跟廢棄大樓只有一線之隔。掛在正門上寫著『權藤大樓』的門牌，也讓人深刻感覺到年代相當久遠。

一走到這棟權藤大樓的正面，麗子確認了一下手錶。下午兩點十五分。從她由國分寺的若葉集合公寓出發，到現在只過了十五分鐘，在搭電車移動的過程中，完全沒有遇到什麼會拖延時間的突發狀況。換句話說，這十五分鐘可以視為從若葉集合公寓來到權藤大樓的最短時間，麗子內心裡下了這個結論。就在這時——

立川的街道上傳來熟悉的轟隆聲。麗子心生一股厭惡的預感，她往東邊的方向一看，只見那裡出現了一輛明顯超過速限的英國車——銀色塗裝的 **Jaguar**。一塵不染的車體反射著午後陽光，就像鏡子一樣閃閃發亮，老實說，恐怕比肉眼直視太陽還要刺眼。

儘管感到一陣輕微的暈眩，麗子卻還是忍不住祈禱。

「……………」拜託！拜託你停在十公尺以外的地方！

然而麗子的願望落空了，超級引人注目的 **Jaguar** 發出「嘰！」的誇張煞車聲後，不偏不倚地停在麗子身旁五十公分處。暴露在路人好奇眼光下的麗子，覺得自己彷彿是個被眾人嘲笑的小丑，厭惡感揮之不去。

接著，一位身穿白色西裝的年輕男子悠然地從駕駛座開門下車。碰巧目睹的立川市民們，會如何看待這個男人呢？是有錢人家的公子哥兒嗎？還是黑道的少幫主呢？該不會有人聯想到他是警官吧，然而事實真相偏偏就是如此。他正是年紀輕輕、才三十二歲就擁有警部官階的國立署菁英——風祭警部。附帶一提，他還是「風祭汽車」——那個以優美設計和恐怖耗油率而為人所熟知的企業——的少爺，所以，說他是有錢人家的公子哥兒也沒錯。「雖然是有錢人家的公子哥兒，卻穿得像個黑道少幫主，在做警察這一行」，或許，這是最能精確說明風祭警部這個人的形容法吧。

這位警部才剛下車，便以炫耀般的姿勢確認左腕上的勞力士手錶。然後，他對那個比自己早到一步的麗子露出了不甘心的表情。

「真可惜啊。這一帶的道路實在是太狹窄了，無法充分發揮 Jaguar 的效能。雖然我已經使出我所有的駕駛本領，盡量縮短時間了。」警部一邊無意識地自吹自擂，一邊誇張地聳了聳肩。「算了，我還是別再不識趣找藉口推託了。的確是我輸了，寶生。按照約定，今晚我請妳去最高級的義大利餐廳吃飯吧。」

「咦？」在一瞬間的困惑過後，麗子啪地一聲，將雙手往胸前一拍。「太好了！只要一次就好，我好想跟風祭警部共進晚餐喔——警部！」接著語氣一變，把臉湊近眼前的上司。「您以為我會很開心地這麼說嗎？」

「妳、妳就高興一下又不會怎麼樣……」警部說著說著，被麗子的氣勢擊敗，不由自主地往後退了幾步。

「話說回來，誰跟你約定過『要是我贏的話，您要請我吃最高級的義大利料理喔～』——我們根本就沒有這麼約定過吧！我才不可能做這種約定呢！」

「我覺得，也不至於絕對不可能吧……」

「不，絕對不可能！」麗子斬釘截鐵地斷言。「更何況，我們本來就不是在打賭，要比賽誰最快從國分寺抵達立川。這終究是犯罪調查的一環，是調查不在場證明的必要手續。沒錯吧？警部！」

一面這麼說著，麗子伸手指向了權藤大樓。那裡停著幾輛警車、還有數名員警，大樓入口拉起了印有禁止進入的黃色封鎖線，訴說著這裡是事件現場的事實——

2

立川車站南口的權藤大樓發生了刑案事件。寶生麗子早先接獲通報，趕往現場時，是在街上行人三三兩兩的清晨時分。麗子忍著呵欠，穿過黃色封鎖線後，便衝上階梯抵達大樓的三樓。「——對不起，我來晚了，警部。」

雖然麗子並沒有遲到，但她還是一邊用道歉取代打招呼，一邊走到上司身旁。

風祭警部則面帶爽朗的笑容，舉起一隻手說：「沒關係，其實我也才剛到而已。」

他的態度活像是男友溫柔地迎接遲到的戀人一般。今天一整天，大概又要被這位上司搞得暈頭轉向了吧，想到這裡，麗子不禁萌生立刻掉頭回家的念頭。不過她還來不及轉身，警部就下達了第一道指示。

「那麼，馬上就來觀察一下現場吧。跟我來，寶生。」

警部一轉過身子，麗子立刻跟了上去。兩人默默地爬上階梯，來到了三樓與四樓樓梯間的平臺。那裡躺著一位身體已經冰冷的女性。雖然過去曾屢次見過相似的光景，但麗子還是無法習慣。當麗子忍不住想別過頭去時，警部突然發問了。

「寶生，看了這個現場後，妳有想到什麼嗎？」

「呃，想到什麼啊……」有什麼疑點嗎？麗子慌慌張張觀察起現場。

已經成為屍體的女性，看起來年約三十幾歲，身材中等，不胖也不瘦，臉頰圓潤，留著一頭短髮，容貌相當普通。服裝也是極為樸素，一身茶色襯衫，配上緊身黑色短褲。勾在腳跟上的淑女鞋也是黑色的。這位女性的腹部可以看到疑似遇刺的傷口，流出來的血在水泥地上勾勒出無人見過的地圖輪廓。放眼望去，屍體周遭沒見到凶器之類的東西。雖然可以斷定這是一起殺人事件，不過除此之外，麗子也想不出什麼其他意見。她老實地認輸了。

「對不起，警部，我實在是想不到什麼。」

「哎呀哎呀，真拿妳沒辦法。」風祭警部露出了非常開心的表情，這麼說道。「仔細看清楚囉，寶生，屍體身旁沒有凶器之類的東西。也就是說，這是——」

我知道，是殺人事件對吧——搞什麼嘛，剛才真是白白認輸了！

麗子把警部那些沒有內涵的話當作耳邊風，快速地確認死者的持有物。

她在短褲口袋裡發現到錢包及一支疑似房門的鑰匙。檢查錢包的內容，裡頭有現金一萬兩千元與少許零錢、兩張信用卡以及駕照。風祭警部立刻接過駕照，並大聲唸道。

「被害者的姓名是菅野由美。住址是國分寺市本町三丁目，若葉集合公寓二〇二號室——」

從出生年月日來推算，被害者的年齡是三十五歲。

這時麗子突然察覺到，在被害者持有的物品中，居然找不到手機。這就奇怪了，這年頭女性平時多半都會隨身攜帶手機吧。看來犯人把被害者的手機帶走了，犯人大概是擔心警方會從手機裡查出自己的身分吧。從這個角度反推回去，犯人是個與被害者熟識的人物。就在麗子這麼推理的瞬間——

「根據我的推理，犯人應該是與被害者熟識的人物。妳知道這是為什麼嗎？寶生。」

「…………」你何必問我呢，答案早已經呼之欲出啦……

「既然妳不懂的話，那我就告訴妳吧。重點在於手機。犯人偷走了手機！」

「…………」麗子有種自己的想法被人盜用的感覺。

馬耳東風地聽著警部的推理時，麗子只有一點怎麼樣也搞不懂。為什麼眼前這個滔滔不絕發表看法，但推理能力跟部下相同等級的人，會變成她的上司，而麗子卻只能當個部屬呢？

徹底了解過現場的狀況後，麗子與風祭警部前往五樓。權藤大樓的五樓是居住區，這棟大樓的所有權人獨居在這裡。

權藤寬治，六十七歲。他正是這起事件的第一發現者。

把刑警們請進自家內的權藤寬治，不知為何，他穿著一身深藍色的運動服。請麗子等人就座後，權藤寬治便馬上敘述起發現屍體時的狀況。

「那是今天早上六點的事情。我有每天出門慢跑的習慣，所以今天早上我也一如往常穿上運動服出門。不過一走下樓梯，我嚇了一跳。眼前有個女人流著血，倒臥在樓梯間。我很快就看出她已經死了——不，她不是這棟大樓的住戶喔，只要是跟大樓的承租者有關的人，我連打工的長什麼模樣都一清二楚。那個死掉的女人我完全不認識。所以，我馬上就回家裡打一一〇報警了。」

「我懂了。」風祭警部恍然大悟似地深深點了點頭。「所以您才會穿著運動服啊，原來如此，原來如此。」

權藤寬治身為大樓的經營者，卻又穿著一身運動服，這種身分落差，似乎才是警部心中最大的疑惑。為了讓徹底搞錯問話焦點的上司閉嘴，麗子代為發問。

「昨天晚上到今天清晨，您有沒有聽到什麼爭吵的聲音呢？」

「沒有，我從昨天傍晚到今天早上一直都待在房間裡，沒有注意到什麼異狀。不過，這棟大樓一到晚上，幾乎沒什麼人就是了。」

「這棟大樓的各樓層，分別開了些什麼店呢？」

「一樓是珠寶店，二樓是接骨醫院，然後五樓是我的住家。嗯，三樓跟四樓嗎？兩層都是空屋喔。因為不景氣的關係，已經空下來將近兩個月了。」

權藤大樓似乎是一棟使用效率極差的大樓。既然三樓四樓都是空屋的話，大概很少人會爬樓梯上來吧。犯人知道這個空間就像都市裡的盲點，所以才特地選這裡做為犯案現場嗎？

結束詢問的麗子與警部向權藤寬治道過謝後，便離開了五樓的住家。

「恐怕犯人事前就已經掌握這棟大樓的狀況，為了殺害菅野由美，犯人利用手機簡訊還是什麼的，把她叫來這棟大樓。也就是說，這是一起準備周詳的預謀殺人案。我說得沒錯吧？寶生。」

這則推理很有警部的風格，既沒有特別值得否定的地方，也沒有特別值得讚賞的地方。不過，麗子認為這樣的推理姑且還算合理，所以坦率地點頭附和。

「是，我認為正如警部所想的一樣。」

不久，驗屍報告出爐了。根據現場醫師判斷，被害者的死因為出血性休克。凶器推測為小刀或菜刀之類的銳利刀械。致命傷確定是腹部的刺傷，不過除此之外，手背和脖子等處也可見到些微的擦傷，這應該是被害者和犯人扭打時所留下的傷痕。也就是說，菅野由美並非在毫無抵抗的情況下突然遇刺。

死亡時間推測是昨晚七點到九點之間的兩個小時。

得到了這些情報後，調查員們便開始在現場周邊打探消息。只不過，生性不愛腳踏實地、進行基礎調查的風祭警部，似乎已經對立川的現場感到厭倦。他用宛如邀請朋友一同散步般的輕鬆口吻開口了。

「寶生，要不要去國分寺看看啊？我想看看菅野由美的房間呢。」

3

看在國分寺市民的眼裡，那情景就像是警車正緊追著一輛肇事逃逸的豪華英國車。但是事實並非這樣，實際上是風祭警部開著銀色 **Jaguar** 領頭，而麗子等低階的警官則是搭乘警車尾隨在後。話雖如此，不管是哪種情況在外人眼中看起來都一樣就是了。

國立署一行人像這樣浩浩蕩蕩抵達國分寺市，時間還只是上午而已。由於事件發生在清晨，麗子有預感今天一整天似乎會相當漫長。她一邊嘆氣，一邊下車。

若葉集合公寓是一棟老舊的兩層樓公寓。每層樓各兩戶，合計四戶，沿著露天走廊排列，結構相當單純。菅野由美的房間就在剛上樓梯的頭一間。

接獲聯絡的公寓房東已經在那裡等待警方的到來。當他被問及關於菅野由美的事情時，白髮蒼蒼的男性一邊翻閱手邊的資料，一邊回答。

「工作地點是『望月製菓』，那是一家位於立川的知名企業。菅野小姐隸屬那裡的會計課。她在我們公寓住了八年，房租都有按時繳交。」然後那男人露出困惑的表情。「不過，我不記得她長什麼樣子，頂多只有在入住的時候見過她一次吧。」

菅野由美的相關情報，全都來自於更新契約時房東存留的書面資料，以及房租的入帳紀錄，平常雙方似乎沒有往來的樣子。

請房東開門後，調查員們踏進被害者的房間。那是個供單身住戶使用的房間，由一點五坪大的廚房、三坪大的臥房、浴廁，以及小陽臺所構成。屋內的家具不多，放眼望去，只看得到小電視、樸素的床、電腦桌、以及書架。因為東西不多，整個房間看起來很清爽，只是以單身女性的房間而論，帶給人一種欠缺光彩的印象。

警部朝房間瞥了一眼之後，突然間開心地叫道。

「喔喔，妳看看，寶生。」警部伸手拿起了裝飾在書架上的相框。「這是不是被害者的男朋友啊？」

「看起來的確是這樣沒錯。」看了警部遞過來的相框後，麗子也只能點頭同意。

在照片裡，生前的菅野由美與一位大約同年的男性親密地臉貼著臉。她身穿亮麗的粉紅色服裝，臉上帶著駕照照片所難以比擬的燦爛笑容。另一方面，照片中的男性則是個相當少見的美男子，晒黑的肌膚配上輪廓深邃的臉龐，穿衣品味也不差。不過，他浮現笑容的表情中，卻感覺得出些許陰霾，讓麗子感到忐忑不安——不，等等，寶生麗子！

光憑第一印象就做出判斷，這可不好啊。嚴禁臆測！

正當麗子嚴以律己的同時，一旁的馬虎上司卻草率地說出了充滿臆測的見解——

「這男人感覺很可疑呢。他和被害者真的交往順利嗎？他們兩人真的相愛嗎？我看他一定只是玩玩吧？這種重視外貌的做作美男子最不值得信任了。妳不這麼認為嗎？寶生。」

「…………」麗子一邊仔細端詳著活脫脫就站在她眼前的做作美男子，一邊心想，既然他本人都這麼說了，那麼這話應該是錯不了吧。「您說得沒錯，警部。我也是打從以前開始就覺得這種男人不能信任。」

「喔喔，我們真是投緣啊，寶生。」

不，那倒也未必喔，警部——麗子在心中這麼低喃後，又將話題拉回照片中的男性身上。

「總之，第一要務是查明這男人的身分吧。這房間裡一定留有什麼線索才對。」

在有點僵化的微妙氣氛中，麗子、風祭警部、和其他調查員們一起，繼續搜索房間。

他們從電腦裡留下的紀錄與信件等資料，輕易查出了菅野由美的交往對象。和她關係親密的男性只有一個人，名叫江崎建夫。

江崎建夫同樣在望月製菓上班，是菅野由美的同事，住家位於立川——

徹底搜查過被害者的房間後，麗子與警部敲了敲被害者隔壁的住戶，二〇一號室的房門。據房東先生說，住在這一戶的人名叫戶田夏希，今年二十一歲，好像是個在附近就讀大學的學生。聽到敲門聲後，開門探出頭來的是個圓臉的女孩子。

請問是哪位？她瞪著大眼這麼問道。面對這個質問，風祭警部以宛如電影明星般的洗鍊動作亮出了警察的識別證。為了能瀟灑地做出這一連串的動作，風祭警部平常就堅持不懈地持續努力練習，這點麗子非常清楚（不過他並不曉得麗子知道這件事）。

「妳是戶田夏希小姐吧。關於妳的鄰居菅野由美小姐，我們有些事情想請教妳。」

儘管刑警突然造訪，戶田夏希卻似乎不怎麼訝異，似乎事前就有心理準備。她非但不感到困惑，反而還露出了興致盎然的表情。「嗚哇，是正牌的刑警耶！」她以近似歡呼的聲音這麼說道。接著她態度一變，轉而壓低聲音，詢問起刑警來。

「欸欸——隔壁的姊姊被殺了是真的假的？看到網路上都在討論這件事情，我嚇了一跳呢。她是在立川的大樓樓梯上遇刺的吧？是嗎？果然是真的啊——她人那麼好說，真可憐吶——世事難料啊——！」

「…………」這番話之所以聽起來一點都感覺不到悲傷，是因為那口聒噪的關西腔使然嗎？

風祭警部一瞬間露出了不知所措的表情，不過他馬上就打起精神開始詢問。

「妳跟菅野由美小姐很熟嗎？最近她有沒有什麼異狀？」

面對這麼籠統的問題，戶田夏希彷彿久候多時似地開口。

「我跟由美姊常一起吃飯。不過由美姊好像很煩惱呢——原因是男人喔——她有個交往七年的男朋友——不過那傢伙是個很過分的男人說——……」

簡潔地歸納過戶田夏希那拉長尾音的關西腔後，她陳述的內容如下。

菅野由美似乎很煩惱的樣子，原因是男人。她有個交往七年的男朋友，可是那位男友是個很過分的男人。他最近交了新的女友，新女朋友是公司董事的女兒。如果能跟她結婚的話，就等於是鯉魚躍龍門、少奮鬥三十年，在公司裡的地位也等同於獲得了保障。儘管無情無義，他還是向交往七年的女朋友菅野由美提出了分手的要求。當然，對她來說，那可不是說一句「啊，原來如此」就能善罷甘休的事情。菅野由美對這份感情表現出強烈的執著。結果，分手的事情始終懸而未決，兩人的關係就這樣逐漸交惡，之後就是大家耳熟能詳的、剪不清理還亂的愛恨劇碼了——簡單說來就是這樣。

「之前一起喝酒的時候也是，即使喝得爛醉如泥了，由美姊還是一直說『我絕不會跟他分手』。而且她還說什麼『如果要分手的話，我一定要當面跟他的新女友痛快大吵一架』，真是有夠嚇人的。」

「等、等一下。」麗子取出那張照片，拿給戶田夏希看。「菅野由美交往了七年的男朋友，是這個人嗎？」

戶田夏希才輕輕瞥了眼前的照片一眼，就肯定地點了點頭。

「是啊。由美姊有給我看過這張照片，所以絕對錯不了的。我記得名字好像叫江崎啥麼來著的——」

跟戶田夏希打聽情報所得到的成果超乎預期。一關上二〇一號室的門，風祭警部立刻握緊拳頭大叫。「錯不了的。犯人就是江崎啥麼來著的！」

「是建夫喔，警部。人家可不叫啥麼來著的。」

「沒錯，是江崎建夫。他想跟董事的女兒結婚，可是交往了七年的菅野由美卻不肯輕易放手。所以對他來說，菅野由美的存在就成了阻礙。」

「因此，江崎把菅野由美叫到立川的權藤大樓，並且加以殺害——這樣就說得通了。」

那該怎麼辦呢？警部。我們現在要直接返回立川，衝進江崎家嗎？」

然而在這個節骨眼上，風祭警部拿出菁英刑警會說的話，制止住幹勁十足的麗子。

「哎呀，妳先等一下嘛，寶生。犯罪搜查可是嚴禁臆測喲。」

「…………」警部，這句話我要原封不動地還給警部您喲。

「江崎建夫無疑是最可疑的嫌犯。不過調查才剛開始，沒有必要操之過急。總之，我們先跟一樓的住戶打聽看看吧。」

於是兩人走下樓梯，來到公寓一樓。據房東表示，位於一樓的兩間房間之中，有一邊是空屋。剩下的一〇一號室裡住著松原久子，年紀約五十歲，是個在附近超市兼差的單身女性。

麗子立刻敲了敲一〇一號室的門，不過裡頭並沒有人回應。住戶外出了嗎？當麗子抱著半放棄的心態，用力地反覆敲著門時，門後方總算傳來了人聲。

打開門探出頭來的是一位略胖的中年女性，脂粉不施的臉、配上讓人聯想到大佛頭部般的捲髮，昏昏欲睡的雙眼眨個不停，身上穿著的棉布衣褲大概是睡衣吧。看來，這位女性才剛被吵醒，便慌慌張張地跑來玄關應門了。

警部跟剛才一樣瀟灑地出示警察的識別證，然後重複說出跟剛才幾乎相同的話。

「您是松原久子女士吧。關於住在二樓的菅野由美小姐，我們有些事情想請教妳。」

「喔……」跟方才的戶田夏希不同，松原久子似乎無法立刻掌握眼前的狀況。不過，等她反覆看了遞到眼前的識別證、風祭警部、以及麗子的臉好幾次後，她總算清醒了過來。「啊啊，你們是刑警啊。」她大聲喊道。

一瞬間傾吐而出的酒氣，讓麗子忍不住往後倒退半步。對方似乎喝了酒。從玄關望進去，可以看到廚房地板上有一堆一升酒瓶和啤酒罐，宛如保齡球瓶般並排在一起。

風祭警部在問話時也刻意避開她的酒氣。「您認識菅野小姐嗎？」

「啊啊，二〇二號室那個女的嘛。說是認識嘛，頂多也只有偶爾遇到的程度而已。這麼說起來，昨天晚上好像也有看到她——」

松原久子所說的話讓麗子吃了一驚。風祭警部也將別開的臉重新轉向中年女性。

「真、真的嗎？您真的見到了菅野由美小姐嗎？那是什麼時候的事情？」

不知道是不是被逼近眼前的警部給嚇到，松原久子的表情僵硬起來。

「當、當然是真的。對了，那是昨天晚上七點半左右吧。我下班回家時，那個女人剛好從樓梯上下來。我們可沒有打招呼喔，只是擦身而過而已。不過我很清楚看見她的臉，所以絕對錯不了的。」

「七點半這個時間點沒錯嗎？」

「啊啊，這也錯不了。我回家之後馬上看了時鐘，而且打開電視時，ＮＨＫ剛開始播放七點半的本地節目。」

「這樣看來似乎是沒錯了。那麼，菅野由美小姐會出門去哪裡呢？」

「誰知道啊。大不了就是去便利商店吧？話說回來，刑警先生——」

松原久子大概是等得不耐煩了吧，她慢慢把臉湊近警部。「您也差不多該告訴我了吧。欸，那個叫菅野的女人怎麼了？她做了什麼壞事嗎？」

「啊啊，不，不是這樣的。」警部露出微妙的表情，並以照本宣科的口吻淡淡地說出事實。「今天清晨在立川的某棟大樓，發現了菅野由美小姐的屍體。我們正朝殺人案的方向進行調查——」

從警部口中得知事實後，松原久子露出不帶半點虛假的驚訝表情大叫。「什麼！」接著她以不可置信的語氣反問道。「被殺了？那個女人嗎？」

「是的，很遺憾。」警部簡短地這麼回答後，又重複了之前同樣問過戶田夏希的問題。

「您跟菅野由美小姐很熟嗎？最近她有沒有什麼異狀？」

然而松原久子卻馬上皺起臉來，並且癟著嘴回答。

「剛才不是說過了嗎？我跟她一點也不熟，就算遇到了，也不會打招呼啦。所以，就算您問我她有沒有什麼異狀，我也……」

儘管如此，為了從她身上探聽出更多情報，警部還是試著多問了好幾個問題。但是她始終回以「不知道，不清楚」這種沒有用處的答案。我可不想跟鬧出人命的大事件扯上關係啊——從她的回應中，隱約透露出這種自我防衛的態度。

結果，在沒有更多收穫的情況下，刑警們告別了一〇一號室。

儘管如此，他們也得到不少收穫。根據驗屍報告，被害者的死亡時間推測為昨晚七點到九點之間的兩個小時。可是根據松原久子的證詞，菅野由美在昨晚七點半的時間點還活著。把這點列入考慮的話——

「被害者的推測死亡時間，就是晚間七點半到九點之間的一個半小時了。」

「不，實際上範圍還要更小。晚間七點半左右菅野由美人還在國分寺，之後卻在立川遭到了殺害。不管她是被誰帶走也好，還是自己步行移動也好，在前往立川的這段時間內，被害者應該還活著才對。」

這時警部突然詢問麗子。「從國分寺開車到立川要花多久時間?」

「比起汽車，電車要快多了，不是嗎?警部。」

麗子一句無心之言，激起了風祭汽車的少爺那無謂的自尊心。

「喂喂喂，別說傻話了，寶生。汽車當然比電車快啊，金哈克曼不也開車追過了電車嗎?」

「您說的是『霹靂神探』(The French Connection)吧?那可是電影呀。在一般道路上拐來拐去的汽車，以及筆直跑在鐵軌上的電車，實際上兩者是無法相提並論的。您知道嗎?警部，國分寺與立川之間的鐵路，直的像尺一樣喔。」

「妳知道嗎?寶生。當人們在車站與建築物之間緩緩步行的時候，汽車還是繼續以高速行駛呢。」

堅持己見的兩人，毫無意義地持續爭論了一會兒。於是麗子提出了一個建議。

「那麼我們來比比看如何?我坐電車，警部開車。我們同時從若葉集合公寓出發，看誰先一步抵達立川的權藤大樓。」

「好啊，正合我意。我就認真地露一手，讓妳見識見識A級駕照的本事吧。」

「………」又在自吹自擂了嗎?這個B級刑警先生……

麗子推一推滑落的眼鏡，說著「那就這麼決定了」。然後，她還仔細叮嚀這位為求獲勝不擇手段的上司。「醜話先說在前頭，警部。在公路上行駛時，請務必將車速保持在標準速限之內，還有，絕不能作弊喔。」

「作弊——什麼作弊？」

「禁止使用警笛和警示燈。」

「這、我知道啦，誰會用那種東西啊！」儘管嘴巴上這麼說，警部卻很遺憾地咋舌表達不滿。

原本兩人繞著從國分寺到立川最快的移動方式打轉的爭論，就這樣發展成麗子與風祭警部的正式對決。只不過，就算麗子再怎麼努力搜尋自己的記憶，也記不起來在這場比賽中，他們有打賭過說輸家要請客吃最高級義大利料理——

4

於是事情就發展成一開始的那個局面。比賽結果是麗子先抵達權藤大樓。晚到的風祭警部則是趁機邀請麗子吃晚餐，但卻遭到了她的拒絕。

「——是啊，妳說得沒錯，寶生。這場比賽，其實是解決菅野由美遭到殺害一案的必要驗證手續，跟義大利料理一點關係也沒有。」

不知道警部是不是總算想起來當初的目的，還是為了掩飾遭到拒絕的尷尬（麗子覺得八成是後者），警部擺出了刑警認真面對事件的表情。

「從國分寺的若葉集合公寓出發，到抵達立川的權藤大樓，搭電車移動的時間正好是十五分鐘。由這次的比賽結果可以得知那是最短時間。不過，松原久子目擊到菅野由美是在晚間七點半離開若葉集合公寓，這也就是說——」

風祭警部皺起眉頭，裝出一副陷入沉思的樣子。然後說出了就算不用想也能明白、只有小學生算數等級的結論。

「錯不了的。菅野由美最快也要到晚間七點四十五分才會抵達權藤大樓，因此她遭到殺害是在那之後的事情。把這點跟驗屍結果一併考慮的話，犯案時間應該是晚間七點四十五分到九點之間的這一小時十五分鐘。」

原本範圍長達兩小時的犯案時間一口氣縮短了，調查出現了顯著的進展。滿足於此一成果的風祭警部，總算能夠高聲宣告，即將要和最重要的關鍵人物對決。

「既然如此，我們就直接去會會那個男的吧。那張照片上故作瀟灑的美男子——江崎啥麼來著的！」

「警部，您很喜歡用這種口吻說話嗎？要是太小看對方的話，小心被他反將一軍喔。」

「哎呀，沒關係啦。話說回來，江崎建夫的家在富士見町吧。從這邊走過去也不遠呢，不，還是開車好！」警部抓準機會，打開愛車的車門，邀請麗子入座。「來吧，寶生，坐上我的 Jaguar 副駕駛座——」

「我們用走的吧。」麗子砰一聲地關上車門，「刑警靠雙腿來辦案，這是基本工夫喔。」

她面帶冰冷的微笑，這麼說道。

而手指不慎被車門夾住的警部，則是慘叫著往後跳開。

其實，麗子從來沒坐過警部的 **Jaguar**。每當警部說要開車送她時，她總是一口回絕。拒絕的理由連她自己也弄不太明白，但不知道為什麼，真的不知道為什麼，她強烈感覺到那輛銀色 **Jaguar** 是雄性，而且還是發情中的雄性。當然，麗子很清楚汽車沒有分什麼雌雄性別，更沒有所謂的發情期——

結果，兩人共乘一輛普通的警車前往江崎建夫家。在中央線與青梅線兩道電車線路的分歧處，興建了一棟四層樓高的出租公寓，那裡就是江崎建夫的住處。

站在二樓盡頭的住戶門前，風祭警部按響了門鈴。不一會兒，有人出來應門了。探出頭來的，正是照片上笑容帶有些許陰霾的男朋友。

一直到警部照慣例、帥氣地亮出示識別證為止，狀況都還好，不過才一個不留神，「你是那江崎啥麼來著的，不，是江崎建夫先生吧。」他就這樣自爆了。「我、我、我們是國立署的——」

「噓——！」江崎建夫豎起食指抵在嘴前，打斷了警部的話。「我知道，請不要喊得那麼大聲。總之，先進來再說吧。」

難得能夠表現一下的場面，就這麼泡湯了，警部帶著悵然若失的表情進入室內。麗子也緊隨在後。雖然房間不大，但內部裝潢卻很素雅，充滿了高級感。以三十幾歲的單身上班族而言，這個居住空間可說是綽綽有餘。江崎建夫請刑警們就座後，便主動開口說：「我知道兩位刑警為什麼會來我這裡，是為了菅野由美的事情對吧？」

中午過後，各家電視台的新聞節目都大肆報導菅野由美遭到殺害一案。所以江崎會預測到警察必定會來造訪，這也是很理所當然的。

「既然你已經知道的話，事情就好談了。方便請你回答幾個問題嗎？」

雖然警部使用請求的語氣，但卻展露出一副不容拒絕的態度。「首先，是你跟菅野由美的關係。江崎先生和她正在交往對吧？」

「嗯嗯。我跟她是同期進公司的同事，從很久以前就順其自然地開始交往了。不過我們已經分手了喔。就在大約一個月前。」

「是嗎？可是，要跟長年交往的女朋友分手，對彼此來說應該都不容易吧？如何？你們分手還算順利嗎？」

「這個嘛，我也不知道這算是順利還是不順利……不過，我認為她已經釋懷了。畢竟彼此都是成年人嘛。」

「喔，那真是太好了。嗯？不過請等一等，江崎先生。」警部像是突然覺得哪裡不對勁似地，歪著頭又說：「交往了七年，結果男友卻突然說『我就快要跟董事的女兒結婚了，所以我要跟妳分手』——真有哪個三十五歲的單身女性會就此善罷甘休嗎？我個人倒是不太相信呢。」

麗子暗中咋舌驚嘆。雖然風祭警部是個沒有任何可取之處的上司，然而，就像這次逼問嫌犯時所表現出來的一樣，他那宛如爬蟲類般的嫌惡感，是任誰也學不來的。如果自己是嫌犯的話，八成會想要一腳踩在他臉上吧，江崎一定也產生了同樣的衝動。不過耐性十足的嫌犯並沒有真的動腳。

「您到底想說什麼？刑警先生。您是在懷疑我嗎？」

「不，怎麼會用懷疑這種字眼呢。」警部大概很清楚現在正是決勝的關鍵時刻吧，他開門見山地提出了最重要的問題。「江崎先生，你昨晚人在哪裡、在做什麼呢？」

「哎呀，這是在調查不在場證明嗎？您果然是在懷疑我啊。」

「不不，哪有什麼懷疑。這只是例行性的問題，不管對誰，我都會問的。」

警部與嫌犯的視線交會在一起。經過短暫的沉默後，江崎建夫緩緩開口了。

「好吧，那我就回答您的問題吧。昨晚是嗎？這個嘛，我記得離開公司是在傍晚六點的時候。我原本打算直接回家，可是走出公司時，剛好碰到了認識的人。是以前在公司一起工作的後進，名叫友岡弘樹。雖然好一陣子沒聯絡，但我聽說他現在在貨運公司的倉庫上班。因為他自己一個人在附近租房子住，我就直接去他家叨擾了。他住在自行車競速場附近的舊公寓二樓。如果我沒記錯的話，名稱應該是叫做『壽公寓』。我在那裡讓他招待了一頓晚餐。雖然我一直說『不用那麼麻煩啦』，但又不想讓對方難堪，只好留下來吃晚飯。沒想到他很擅長做菜呢，眨眼之間，就用職業級的好功夫做出兩人份的炒飯呢。哎呀，真是太好吃了。」

「那、那是幾點鐘的事情？」

「大概是晚上七點左右吧，當時衛星電視正在播出甲子園的阪神對廣島戰。在四局上半輪到廣島隊打擊時，我記得東出選手擊出一支安打，梵選手則是擊出一支犧牲短打。廣瀨被三振，而栗原是擊出了外野高飛——」

「結果沒有拿下半分對吧。不了，下半場的詳情就不用說了。」警部催促著江崎繼續說下去。「你跟那個友岡先生，一直待在一起看晚間棒球轉播嗎？」

「不，我沒有待那麼久，而且他還要去上夜班。吃過他做的炒飯之後，我馬上就告辭了。離開他家時，大概是七點半左右吧。」

「七點半！你在七點半就跟友岡先生告辭了是吧？」

「不，我們還多聊了一會兒。他說那一帶路很難認，怕我迷路，堅持要送我到立川通的馬路上。所以我和友岡是在七點三十五分左右告別的。」

「那麼，七點三十五分以後，你就是一個人囉！沒有不在場證明呢！」

風祭警部的亢奮情緒似乎到達最高點。他已經不再試圖隱瞞自己一心想要調查不在場證明了。的確，江崎所說的話逐漸逼近事件的核心。麗子和警部神色緊張地等待嫌犯繼續說下去，然而，江崎卻出乎意料、斷然地搖了搖頭。

「不，我不是一個人喔。和友岡告別後，我走進了不遠處的一家咖啡廳，店名叫『魯邦』。我大概是在七點四十分左右進去店裡，那裡的老闆留著滿臉大鬍子。之後我又續了一杯咖啡，在那裡待了將近兩個小時。也就是說，我是在九點半左右離開咖啡廳，然後就走路回家了。接下來我都是獨自一個人，所以，也拿不出什麼不在場證明——」

結束了自己的陳述後，江崎建夫轉而詢問沉默不語的刑警們。

「話說回來，菅野由美是在什麼時候遭到殺害的呢？既然我都回答了問題，刑警們也該回答我吧。」

「……唔。」警部哭喪著臉，點了點頭，並且以充滿挫敗的痛苦語氣說：「案發時間推測是昨晚七點四十五分到九點之間。」

這時，江崎臉上流露出「喔喔！」這樣的喜悅神情，以及「嗯？」這種不知從何而來的困惑。相較於自己的不在場證明成立，他反而帶著訝異的表情發問。「七點四十五分？那個——刑警先生，這所謂的四十五分是怎麼一回事？時間抓的這麼準嗎？您是有什麼根據嗎？」

「當然，這時間可不是隨便說說的。跟菅野由美小姐住在同一棟公寓的大嬸，曾在昨晚七點半目擊到她生前的最後身影。詳細過程就省略不提了。總之，晚間七點四十五分這個時間，是從已知事實合理推測出來的。」

「喔，原來如此——」江崎裝出稍微陷入沉思的動作後，才重新流露出喜悅與放心的表情。

「總之，在那七點四十五分到九點之間，我人一直待在『魯邦』咖啡廳。畢竟我進『魯邦』的時候，是七點四十分左右，既然如此，我的不在場證明不就很完美了嗎？大鬍子老闆應該能作證那段時間我都待在他店裡。」

江崎建夫用鬆了一口氣的笑容望著刑警們。風祭警部卻發揮出不服輸的個性。「沒確認過還不知道呢。」他逞強著這麼說道。

這時的麗子，也只能不悅地注視著嫌犯那誇耀勝利的表情。

5

當天晚上，寶生麗子與風祭警部來到了立川通上的咖啡廳「魯邦」。「魯邦」位於距離立川車站步行約十分鐘的地方。兩人造訪此處的目的，當然是為了查證江崎建夫所提出的不在場證明。就某種含意來說，嫌犯的不在場證明有點完美過頭了。

咖啡廳裡的確有個蓄著落腮鬍的老闆，看上去是位沉著穩重的中年男性。他清楚地記得昨晚有一位身穿西裝、坐在角落座位上的客人。

「他點了兩杯咖啡，在這裡待了大約兩個小時。我是第一次見到這位客人。」

根據前一天發票與收銀機的紀錄，這位客人確實在昨晚七點四十分點了咖啡，然後在九點半左右結帳，與江崎建夫的證詞完全吻合。不僅如此，店裡多位客人也都對這位身著西裝的男性記憶猶新。打聽之下，才知道來「魯邦」的大都是常客，因此新客人自然會特別引人注意。

「比方說，您看，那位客人就是第一次來。」

其中一位常客，偷偷指了指窗邊的位子。

翹著腿坐在那裡的黑衣男子，正一邊把英文報紙舉在面前，一邊啜飲著咖啡。

警部只瞥了那位男性一眼，便再度轉頭面向常客，對他們出示江崎建夫的照片。老闆與常客們指著照片上那位笑容詭譎的男性，斷言說道「錯不了的」、「是啊，就是這個男的」。

完美無缺啊。菅野由美遭到殺害，是在晚上七點四十五分到九點之間，而江崎建夫在這段時間都一直待在這家咖啡廳角落的座位上。除非他懂得分身術，否則，他絕不可能同時出現在權藤大樓，並且殺害菅野由美。

這麼一來，最有嫌疑殺害菅野由美的嫌犯，江崎建夫的不在場證明就此成立。

「感謝您的協助。」以紳士般的態度向老闆道謝之後，風祭警部便推開門走出店外。不過門上的鈴鐺聲還沒停歇，他立刻態度丕變。「唉唉，居然有這種事！」風祭警部怒氣沖沖地走向路旁的杜鵑花樹，大嘆著「可惡，經過一整天搜查，又回到原點了嗎」，接著又粗暴地亂拔杜鵑花樹葉，大罵：「我覺得犯人絕對絕對就是那傢伙！」

「警部！請不要對著行道樹發脾氣啊！大家都在看了，而且——」

要是人家報警的話該怎麼辦啊？麗子附在他耳邊低聲這麼一說，警部這才驚覺自己在做傻事。

「那可就麻煩了。」看樣子，他似乎是回過神來了。

馬上把手上的葉子扔掉的風祭警部，若無其事地拍了拍白色西裝的袖子，把凌亂的頭髮整理好，然後擺出一副從容不迫的表情。

「算了。仔細一想，搜查也才剛開始嘛。今天大概就暫時告一段落吧。接下來，就看明天的搜查情況了——啊啊，對了對了，這麼說起來！」警部像是突然想到似地，彈了一下手指頭，接著用指尖對著麗子說：「我一忙起來就忘了，真不好意思啊，寶生。」

「——什麼事？」

「哎呀，妳忘了嗎？我們約好今晚要請妳吃最高級的義大利料理啊——」

「沒這回事！我絕不可能做出這種約定！」

麗子的尖叫聲響徹了整條立川通。彷彿被看不見的魄力推倒一般，風祭警部往後朝行道樹的方向仰倒。

「那麼，明天現場見囉！」

拋下這麼一句話之後，風祭警部便乘車離去了。

目送車尾燈遠去的同時，麗子感受到漫長一天累積的疲憊，不禁嘆了口氣。其中一半以上的疲勞，肯定是這位麻煩的上司造成的。事實上，和平常相比，今天的警部對麗子更加死纏爛打。真希望他在追捕犯人時也能有這種精神，不，還是別指望他比較好。任何事只要遇上了風祭警部，期待總是會破滅，而不安往往會化為現實。

「唉，不過他也不是壞人就是了。」

一邊溫柔地為不在場的上司略做緩頰，麗子一邊取出手機，照老樣子撥打那支電話號碼。

「工作結束了，你現在馬上過來。」

電話另一頭傳來『我明白了』的回應。『那麼，我三十秒內趕到。』

咦，三十秒？再怎麼說，那也未免太——麗子正在訝異時，手機已經掛斷了。

就這樣等了十秒、二十秒——麗子站在人行道上，環顧著大馬路，卻絲毫沒有看到任何跡象。然後，就在剛好三十秒過後——麗子背後突然響起了鈴鐺聲。回頭一看，只見一名身材修長的男子，一面折起英文報紙，一面從咖啡廳「魯邦」的門後出現了。

彷彿與黑暗融為一體的黑色西裝，以及在黑暗中閃耀光芒的銀框眼鏡，這位頭髮梳理得服服貼貼、相貌端正的男子，走到麗子面前，並且用宛如書寫「謙恭有禮」這幾個字的流暢動作，優雅地弓身行禮。

「讓您久等了，大小姐。」

「…………」麗子頓時說不出話來。你說「讓您久等了」？開什麼玩笑。什麼讓我久等啊——「你人不就坐在這家店的窗邊嗎？影山！」

「正是。」影山臉不紅氣不喘，彬彬有禮地再次鞠躬。

影山是寶生家的管家兼司機，接送麗子往返位於國立市的自宅與工作地點（也就是國立署或殺人現場）是他的工作。所以，麗子一直以為他會開著車出現。她作夢也沒想到，影山會在咖啡廳的收銀臺付了咖啡錢，單手拿著英文報紙，伴隨著鈴鐺響聲打開店門然後出現在自己眼前。真是的，再怎麼神出鬼沒也該有個限度吧。

「你在學跟蹤狂還是私家偵探，一路尾隨著我是吧。這是父親的指示嗎？」

「沒這回事，我只是來迎接工作勞累的大小姐而已。」

「還敢說，明明就是坐在窗邊，偷偷觀察我工作的情形。沒想到那個人竟然是你。」

「您會忽略了我，這也是沒辦法的事情。『誰都不會跟在咖啡廳裡看英文報紙的人搭訕』——我只是利用了這個眾所皆知的法則罷了。」

「這種法則我還是第一次聽說呢。」麗子彷彿訴說著「我受夠了」似地扭過頭去。「話說回來，車子哪裡去了？該不會被拖吊了吧？」

「請您放心，車子停放在那邊的百元停車場裡。」

「百元停車場？你在騙我嗎？」

麗子不可置信地往影山所指的方向望去。

影山沒有騙人。一輛巨大的豪華禮車正橫跨過三輛普通車子的停車位，好端端地停放在那裡。面對著目睹異樣光景而瞠目結舌的麗子，影山用誠摯的語氣嚴肅地開口。

「大小姐，請問您有帶三百元嗎——」

6

寶山麗子搭乘著影山駕駛的豪華禮車，返回自己的家——寶生邸。

寶生邸是座落於國立市某處的豪宅。包含有本館、別館、獨立涼亭等等，建築物數量多到用雙手都數不清。占地面積也很遼闊，在國立市近郊，沒有規模足以凌駕其上的建築物。不對，有一個地方更大，就是位於府中的東京賽馬場。不過那不能歸類為住宅就是了。

斥資興建這座乍看之下大而無當的豪宅的犯人（？）——寶生清太郎，是從鋼鐵、造船、飛機，到電腦通訊、電力瓦斯，甚至連電影戲劇、本格推理小說都一手包辦的巨大財團「寶生集團」的創辦人兼會長。而這位清太郎的獨生女，正是寶生麗子。

所以說，最高級的義大利料理那種玩意兒，只要麗子本人想吃，隨時都能吃得到。根本沒有必要特地拿來跟喜愛炫富的公子哥兒打賭。

麗子一回到家便解開束起的頭髮，摘下裝飾用的黑框眼鏡，褪去黑色褲裝。接著換上華美的粉紅色連身洋裝，搖身一變，成為一位千金大小姐。接著開始用起了晚餐——並不是最高級的義大利料理，而是極其普通的法式料理。
吃完烤蔬菜沙拉、扁豆湯、香煎鴨肉等平日吃慣了的餐點後，麗子單手拿著高腳杯，坐在窗邊的沙發上吹著晚風，優雅地享受這悠閒的時光。不過就算在這種情況下，閃過腦海的還是風祭警部——不，是早上那件令警部嘗到無比屈辱的案件。
這時，突然有個聲音，對正在休息的麗子問道。
「看來，嫌犯似乎有完美的不在場證明是吧？」
是影山。拿著紅酒酒瓶隨侍在麗子身旁的這名男子，乍看之下，是個忠實完成服侍工作的僕役。不過他並非如此簡單的人物，他真正的目的，其實是想從麗子口中套出話來。這個名叫影山的男子，最熱愛曲折離奇的殺人案，曾屢次插手介入麗子陷入困境的難解案件。
「你說嫌犯有完美的不在場證明，為什麼你會這麼想呢？」
「看了風祭警部在咖啡廳『魯邦』裡的發言與態度，我就察覺到了。那時風祭警部垂頭喪氣的樣子，看起來就像是個『因為重要嫌犯的不在場證明成立，而心有不甘的刑警』——我有說錯嗎？」
「不，沒錯。正是如此喔。」
在這件事情上，與其要稱讚影山的觀察力，倒不如說那可憐的風祭警部，行為舉止那麼容易被人看穿。

「那麼，嫌犯提出了什麼樣的不在場證明呢？」

「給我等一下！有誰說過要告訴你事件詳情了？這次的案子才剛開始，搜查要陷入膠著還早得很呢。」

「不管是要等到變成無頭懸案後再說給我聽，還是趁現在就說，我認為都是一樣的。」

「這個嘛，或許真是這樣——可是我偏不說！絕對不說！理由你應該很清楚吧！」

麗子頑抗地在沙發上扭過身子。影山輕輕推了推銀框眼鏡，繼續說道。

「莫非大小姐以為，我聽了大小姐的說明後，又會一如既往，肆無忌憚地連連口出惡言？好比說『白痴』、『眼睛瞎了』、『水準真低』、『退下』之類的話嗎？」

「…………」不不不，什麼我以為，你已經說了一大堆啦！

看著蹙起眉頭的麗子，影山把手貼在胸前，以極具安定感的聲音開口。

「請您放心，大小姐。敝人影山也服侍了寶生家有半年的時間了，不僅已經熟悉了工作，和老爺與大小姐之間的信賴關係也日益深厚。我可以自負地說，自己做為一介管家，已有了顯著的成長。所以我絕不會再做出任何傷害大小姐心情的事情。」

「……真的嗎？你是騙人的吧？騙人騙人！」

難不成這個喜愛愚弄大小姐的管家洗心革面了嗎？真叫人難以置信。

可是，如果影山所言不假，麗子也很想確認看看他的改變。只不過，想要確認這點，麗子就不得不說出案情……

儘管麗子覺得自己好像被騙了，最後卻還是輸給了誘惑。

「好吧，我就告訴你案情吧，聽清楚了。」

麗子說完菅野由美遭到殺害事件的詳情後，影山深深地點了點頭。

「簡單來說，唯一而且最可疑的嫌犯江崎建夫，擁有完美的不在場證明，這正是本次事件的重點。那麼請容我先確認一下，大小姐您認為犯人是江崎建夫嗎？還是說，您認為也有可能是其他人所犯下的案子呢？請務必讓我聽聽大小姐那充滿揣測與偏見的見解。」

「你說得那麼直接，還讓人覺得比較痛快呢。」

麗子賭氣似地說起了她那偏頗的見解——

「老實說，我認為犯人就是江崎建夫。他有強烈的動機，而且大概也隱瞞了些什麼。況且，他又是個人品不值得信賴的那種人。不僅充滿野心，還工於心計。雖然臉蛋長得帥氣，但個性冷酷無情，愛慕虛榮又自戀，朋友看似很多、卻沒有知心好友，他肯定有戀母情結，加上又喜歡車子跟衣服……」

「請不要再說了，大小姐。再怎麼說，心懷揣測與偏見是沒資格當刑警的。」

「誰沒資格當刑警啊！」麗子氣沖沖地這麼說完，便惡狠狠地瞪著管家。「總之，我認為江崎建夫就是殺害菅野由美的真凶。不過，他的不在場證明很礙眼就是了。」

「我明白了。所以說，大小姐對我的期望並非『找出犯人』，而是『破除不在場證明』，我可以這麼解讀吧。」

「是啊。總之，你就朝那個方向去想吧。」

「遵命。那麼，我就以『犯人是江崎建夫』為前提，試著解析這次的事件。在這種前提下，問題出在江崎建夫直接對風祭警部供稱的不在場證明。可是，大小姐也在當場聆聽他的證詞，您是否有發現什麼奇怪的地方呢？」

「這個嘛，倒是沒有什麼特別奇怪的地方。說話的態度坦坦蕩蕩，陳述具體又沒有時間上的矛盾。證詞內容又有咖啡廳老闆作證，不可能出錯。算是天衣無縫的不在場證明呢，所以我才會那麼傷腦筋啊。」

你到底想說什麼呢？麗子不禁用眼神這麼詢問影山。於是，影山把臉湊向坐在沙發上的麗子耳邊，以真的已經克制過後的用詞，道出了他的想法。

「恕我失禮，大小姐您還是老樣子，依然是那麼白痴呢——就正面的意義而言。」

麗子一口氣飲盡了高腳杯裡的紅酒，暫時讓心情冷靜一下。

原來如此、原來如此，影山身為管家，確實有了顯著的成長。事實上，半年前的影山，就算直呼大小姐為『白痴』，也還是一副置身事外的樣子，絲毫不見反省的模樣。真是令人不悅。現在的他，已經懂得分際，知道要顧慮大小姐的心情，所以懂得拘謹客氣地緩頰著加上一句『就正面的意義而言』。了不起啊。這般飛躍性的進步，真是值得讚賞。「——開什麼玩笑，你這個口無遮攔的管家！」

麗子將空玻璃杯用力的放在桌面、撞出響聲，突然站起身來。

「還是老樣子的人，是你吧！」

「哎呀，我不是補充了一句『就正面的意義而言』嗎？反省過平日的態度後，我以為我已經選擇了足夠溫和的措辭了呢，真是遺憾啊……」

「遺憾你個╳╳啦！再說，『白痴』根本沒有什麼『正面的意義』啊！」

「您說得是，請原諒我的無禮。」影山用教科書上教的方式，非常標準地鞠了個躬，然後一臉正色回歸正題。「不過大小姐，關於江崎建夫供稱的不在場證明，大小姐並沒有看出什麼奇怪的地方，這點，無疑是大小姐缺乏注意力的證明。因為在他的證詞裡，顯然存在著相當不自然又奇怪的疑點。」

「是嗎？」收起怒火的矛頭，麗子重新在沙發上坐好。「哪裡奇怪了？」

「讓我們再回顧一下江崎的證詞吧。他的證詞分為前半與後半兩部分。前半部描述江崎於晚間六點左右，在路上遇見了離開公司的友人友岡弘樹，並接受友岡之邀，前往他家共進晚餐。然後，兩人於七點三十五分在立川通上分手。後半部則說江崎和友岡分別後，立刻進了咖啡廳，在那裡一直待到九點半為止。您還是不覺得奇怪嗎？」

「不，一點也不……你到底想說什麼？」

「我覺得奇怪的是，他不在場證明的前半部。前半部的證詞內容偏重和友岡弘樹這名男性的交流——不過，這部分真的有必要嗎？在我看來，這部分完全沒有意義，大小姐覺得呢？」

「是啊，這段證詞確實是多餘的。犯案時間推測為晚間七點四十五分到九點之間。江崎和友岡的往來是比這段時間還要更早之前的事情，所以跟事件無關。不過那也沒辦法啊。因為警部並不是問他從七點四十五分到九點為止的不在場證明，而是很粗略地問『昨天晚上你人在哪裡、做些什麼』。因此，江崎只好把跟事件無關的期間內所發生的事情，也全部解釋清楚啊。」

「原來如此，您說得有道理。」影山眼鏡底下的雙眸亮了起來。「不過，他有必要把和事件無關的期間內所發生的事情，說得比事件發生當時還要更加詳細嗎？」

「嗯？」麗子坐在沙發上，抬頭仰望影山的側臉。「你這話是什麼意思？」

「我認為江崎證詞的前半段與後半段，在資訊量上有著壓倒性的差距。根據江崎的證詞，友岡弘樹這號人物，是以前同公司的晚輩，如今在貨運公司的倉庫服務，獨自一人住在自行車競速場附近的『壽公寓』。兩人一起吃的晚餐是炒飯，一起看的夜間棒球轉播是阪神對廣島。此外，江崎甚至還描述了比賽的過程。是這樣沒錯吧？」

「嗯，的確就像你說的那樣。」

「另一方面，後半段證詞又是怎麼樣呢？這部分就太簡略了。只說店名是『魯邦』，店內有個留著大鬍子的老闆，他在那裡喝著咖啡打發了近兩個小時，江崎只說了這麼一點點的情報。為什麼他不多說一點呢？好比店內的氣氛如何、老闆的年齡、鬍子的類型、續了幾杯咖啡、還有哪些客人在場等等，他能拿出來說的事情明明很多啊。」

「這個嘛……江崎會不會不曉得哪段時間的證詞才是最重要的呢？所以才會把前半部描述得特別詳細。」

「啊啊，您這樣不行喔，大小姐。」影山立即擺了擺右手。「犯人就是江崎建夫沒錯，我們是以此為前提來進行推理的。如果江崎真是犯人的話，他應該比任何人都清楚實際犯案時間是幾點幾分，不是嗎？如此一來，江崎應該很清楚哪段時間的證詞才具有關鍵的意義才是。」

「對啊，的確是這樣沒錯……」

「儘管如此，關於犯案時間七點四十五分到九點之間的時間帶，江崎只是輕描淡寫地草率帶過。另一方面，關於跟事件無關的時間帶，他卻不知為什麼，提供了非常詳盡的證詞。這樣的落差，究竟起因是什麼呢？」

「…………」麗子默默地等待影山繼續說下去。

「這其實無須多做揣測。江崎為什麼隨便帶過了在『魯邦』喝咖啡時發生的事情呢？那是因為他並不重視這段時間。江崎為什麼要一五一十地清楚交代他和友岡的往來呢？那是因為他更重視這段時間。」

「等等。你說重視，莫非——那才是真正的犯案時間？江崎和友岡在一起的時間，也就是晚間六點過後到七點三十五分之間，這才是真正的犯案時間嗎？」

「正是如此。」影山恭敬地行了一個禮。「如果把驗屍結果也考慮進去的話，可以更進一步將犯案時間縮小到晚間七點到七點三十五分之間。」

「可是，這樣就怪了。因為晚間七點半的時候，住在國分寺若葉集合公寓一樓的松原久子大嬸，曾在公寓前親眼見到菅野由美喔。從那裡到立川，最快也要十五分鐘，就算到了立川之後馬上遭到殺害，犯案時間推算起來，還是會落在七點四十五分以後啊。」

「您說得是。既然如此，那就只剩下一種可能了。那位松原久子的目擊證詞並非事實。」

「咦！」麗子腦海裡浮現出頂著一頭大捲髮的松原久子。「這是怎麼一回事？松原久子把其他人誤認成菅野由美了嗎？不，這不可能。因為她斬釘截鐵地說，自己清楚看見了菅野由美的臉。」

「是的，那位女士並非誤認或看錯。說穿了，松原久子明知對方是警察，卻還是故意作偽證。不過，她並非犯人，犯人還是江崎建夫。那是我們進行推理的大前提。」

「那麼，不是犯人的松原久子，為什麼要對警方撒謊呢？」

「問題就在這裡。謊言有千百種，不過，從偽証的證詞看來，松原久子是想讓警方相信，實際上在立川的人，當時還留在國分寺——這種謊言，一般人稱之為什麼，我想大小姐當然也知道吧。」

聽他這麼一說，麗子的確很清楚，甚至可說是非常熟悉。

「我是不曉得一般人稱之為什麼啦，不過，以警方立場，是叫做偽造不在場證明。」

「一般人也是稱之為偽造不在場證明喔。而所謂的偽造不在場證明，通常是犯罪者為了擺脫嫌疑而做的事情。」

「的確如此。不過你這話是什麼意思？難不成松原久子是江崎的共犯嗎？」

「不，能夠為江崎做出假的不在場證明的共犯是友岡弘樹。那麼，松原久子是想為誰製造假的不在場證明呢？松原久子的證詞，能夠讓誰獲得當時『不在』立川『現場』的『證明』呢——」

影山停頓了一下後，便說出了那個名字。

「就是菅野由美。」

「咦……」這個意外冒出的名字讓麗子為之語塞。

「根據松原久子的證詞，菅野由美在晚間七點半的時候，她人在國分寺。如果在同一時刻，立川發生了殺人事件的話，菅野由美就可以因為這個不在場證明成立而擺脫嫌疑了。哎，這不過是犯人與共犯想要口徑一致地捏造最粗略的不在場證明罷了。雖然有沒有效果還令人質疑，但是外行人能想得到的假不在場證明，充其量也就只有這種水準而已。」

「你、你在說什麼啊，影山……菅野由美不是犯人，而是被害人呀……」
「不，大小姐。菅野由美不僅是被害人，同時也是犯人。昨天晚上，菅野由美與共犯松原久子巧立名目捏造不在場證明，試圖以復仇之刃，偷偷制裁拋棄自己的可恨男子江崎建夫。可是——」
影山吸了一口氣，便以憐憫的口吻道出了推理的結果。
「可是，菅野由美卻反遭江崎建夫殺害了。」

7

「這次事件乃是『復仇不成反遭殺害』的典型案例。只不過，因為同時發生了幾個偶然與誤會，事情才會變得有點複雜——」
這麼說完，影山便從頭開始解釋這次的事件。
「昨天晚間七點半左右，也就是松原久子謊稱目擊到菅野由美的那個時刻，實際上菅野由美可能已經抵達立川的權藤大樓三樓或四樓吧。當時，被手機簡訊叫來的江崎建夫也抵達現場。菅野由美手持刀械想要襲擊他，但對方卻是力氣勝過自己的男性。結果，菅野由美的凶器被奪走，並反遭江崎親手刺殺。意外鑄下殺人大錯後，江崎便匆忙離開了現場。」

「凶器和手機都是他帶走的吧。那麼接下來他做了什麼?」

「過了大約十分鐘,也就是七點四十分,江崎出現在咖啡廳『魯邦』。然後到九點半之前,他在那裡喝著咖啡,度過了近兩個小時。這點正如江崎本人與大鬍子老闆所供稱的一樣。江崎恐怕是在那家店裡思考未來該怎麼做吧。他剛剛殺害了菅野由美。然而先拔刀相向的人是對方。從這個角度來看,或許可以被視為正當防衛也說不定。只是,即便法律上無罪,他殺了人仍舊是無法抹滅的事實。對於將來想要跟董事的女兒結婚、從此平步青雲的江崎來說,這恐怕會是個致命傷。不,甚至連婚事都很有可能就此告吹。經過深思熟慮之後,他選擇了不要公開事實。不過,光是保持沉默還不夠。江崎與菅野由美的關係終將被警方查出。警方一定會懷疑到江崎身上。於是江崎想出一個方法,企圖迴避這種情況。」

「那就是建立假的不在場證明,對吧。」

「是的。在『魯邦』店裡的不在場證明並不成問題。問題是來到『魯邦』之前,也就是關鍵的犯案時刻,晚間七點半左右沒有不在場證明。於是江崎離開了『魯邦』,徒步前往友岡的公寓,向他說明了情況,並提出相當可觀的報酬以獲取友岡協助。江崎之所以選擇友岡做為共犯,主要是因為這位友人就住在『魯邦』附近的緣故。兩人經過討論後,捏造了不在場證明。那就是『下班途中偶遇友岡,隨後拜訪他家』這種老掉牙的情節。如此一來,從剛走出公司的晚間六點過後,到離開『魯邦』的晚間九點半為止,江崎就能提出近乎天衣無縫的不在場證明了。他大概一次又一次地反覆演練這杜撰的內容，將之深深記在腦海裡了。」

「萬事俱備之後，接下來就只要等待警方上門調查了，對吧。」

「然後到了今天。今天一早菅野由美的屍體被發現，調查正式展開。住在若葉集合公寓的女大學生戶田夏希的證詞，很快就讓江崎建夫的名字被列為重要嫌犯。接著大小姐與風祭警部造訪了住在同公寓一樓的大嬸，松原久子的住處——問題就出在這個地方。這時，雙方產生了奇妙的誤解，大小姐您發現了嗎？」

「什、什麼誤解啊？」

「大小姐是這麼說的，松原久子『感覺像是才剛睡醒，就慌慌張張地跑來玄關應門』，而且『一身酒氣』。換言之，她喝酒睡到日上三竿才起床。想來應該是因為禮拜六不用打工的關係吧。這時有訪客上門了，松原久子急忙來到玄關一看，發現來者是刑警。然後刑警開口說出『關於菅野由美小姐，我們有些事情想請教妳』。她想了一下，理解了整個狀況。應該說，她自以為理解了。於是，她在刑警還沒開口詢問之前，就搶先回答『昨天晚上也有看到那個女人喔』——」

「啊，原來是這樣啊！松原久子搞錯了刑警找上門來的目的啊。」

「正是如此。刑警們是來打聽『被某人殺害的被害人』菅野由美的情報。可是松原久子並不是這麼想的。她還不知道菅野由美遇害的事情，所以她認定刑警們是來打聽『涉嫌殺害江崎建夫的嫌犯』菅野由美的情報。因此她按照當初約定的計畫，說出了足以證明菅野由美清白的、假的不在場證明。」

「既然本人都已經死了，這種假造的不在場證明就完全沒有意義了。」

「是的。然而，松原久子並沒有察覺到這點。直到她從風祭警部口中聽聞菅野由美已經遇害的事實，她才發現自己誤會了。不過一切都為時已晚，她已經供出了假的不在場證明。事到如今，她也不能改口承認自己說謊了。害怕的她，只好強調自己跟菅野由美絕無關聯，就這樣草草結束了和刑警們的對話。」

「我和警部輕信了她這段假證詞，連忙確認從國分寺移動到立川所需的時間，進而推算出犯案時刻為晚間七點四十五分到九點之間。」

「然後舞臺換到江崎建夫的公寓。風祭警部向江崎詢問昨晚的不在場證明。江崎趕緊說出與友岡弘樹一同編造的那段不在場證明。可惜那是多此一舉，您明白我的意思吧？是的，假的不在場證明根本派不上用場。只要有江崎昨晚七點四十五分到九點半之間都待在『魯邦』這項事實，他的不在場證明就完全成立了。」

「因為我們誤以為七點四十五分到九點之間才是犯案時刻。」

「是的。不過，江崎當時可不知道，自己居然在不知不覺間就擁有完美的不在場證明。因此，他拚命地描述熟記在腦中的虛假不在場證明。他以為假的不在場證明那段時間才是最重要的。拜此所賜，他的證詞過度側重於前半部，導致整體內容欠缺平衡。所以他的策略才會露出那一丁點破綻——就是這麼一回事。」

影山的說明告一段落了。麗子嘆了口氣，然後用高腳杯裡的紅酒潤了潤喉。

「正可謂聰明反被聰明誤呢。這麼說起來，得知自己的不在場證明成立時，江崎露出了又開心又困惑的微妙表情呢。那一定是因為不在場證明成立而感到開心，卻又因為成立的方式跟自己想像的不同而感到困惑。」

「正是如此。他那時才發現，自己說了一段多餘的假的不在場證明，想必內心感到非常後悔吧——話說回來，大小姐。」

「怎麼了？」麗子坐在沙發上望向影山。

「看您似乎想悠閒品嘗紅酒的樣子，這樣可以嗎？」

「是啊。」麗子單手拿著高腳杯，心情非常愉悅。「好不容易事件的謎團也解開了，乾脆痛快地開一瓶香檳王來喝吧。你也想喝嗎？」

「不，我不是這個意思。」影山冷不防地在麗子身旁彎下腰來，並以極為鄭重的語氣對她說：「恕我失禮，大小姐——您從剛才，就懶洋洋地癱在沙發上，咕嚕咕嚕地大口喝著昂貴的紅酒，還露出了一臉大功告成的表情，這樣真的可以嗎？」

砰！麗子用力將高腳杯擱在桌上，猛然站起身子，像是要展現身為大小姐的威嚴似地大喊：「影山，你再說一遍看看！」

「您懶洋洋地攤在沙發上，咕嚕咕嚕地大口喝著昂貴的紅酒——」

「不用重複第二遍！不，連一遍都不准說！」儘管感到憤怒、困惑、屈辱，以及些許的不安，麗子還是開口追問影山。「你到底想說什麼？懶洋洋地喝酒不行嗎？事件不是已經解決了嗎？」

「不，大小姐。在理論上是解決了，但是在實際上，事件在我們交談時，還在繼續進行當中。您還不明白嗎？」

「什、什麼嘛，我不懂啦。難道還會發生什麼事情嗎？」

「請您仔細想想。」影山用比平常還要嚴肅的語氣說道。「是跟松原久子有關的事情。她知道菅野由美企圖殺害江崎建夫，畢竟她是串供不在場證明的共犯。可是，她在今天得知這項計畫以失敗告終，菅野由美遭到了殺害。那麼，菅野由美是被誰殺死的呢？松原久子應該一想就知道了吧，就是菅野由美復仇不成反遭殺害。」

「啊！」的確，影山說得一點也沒錯。只要站在松原久子的立場一想，這個結論就會自然浮出腦海。不需要特別的推理能力與觀察力，也不論身分是刑警或管家。「松原久子知道『江崎建夫反過來殺死了菅野由美』——」

「接著再請您想一想。風祭警部在調查江崎的不在場證明之際，曾大略提及，住在同一棟公寓的大嬸在昨晚七點半目擊到生前的菅野由美，江崎應該一瞬間就看穿了這位大嬸在說謊。畢竟昨晚七點半菅野由美絕對不在國分寺這一點，親手在立川殺害她的江崎比誰都要來得更清楚。那麼，他究竟會怎麼看待這位向警方作偽證的大嬸呢？」

「對了！就像影山推理的一樣，江崎發現，那位大嬸是替菅野由美做假的不在場證明的共犯。也就是說——啊！」

麗子發出短促的悲鳴，然後叫道。

「也就是說，江崎建夫知道——『那位大嬸知道「江崎建夫反過來殺害了菅野由美」』！啊啊，真是有夠複雜的！」

「雖然複雜，但這種可能性很高。」

這樣一來，對江崎而言，那位大嬸就是非常危險的人物了。只要她一句證詞，這起復仇不成反遭殺害的案件真相，就會立刻暴露在光天化日之下了，麗子不認為江崎會對這種情況默不吭聲。

「嗯？可是，江崎又不知道那位大嬸就是松原久子……」

不，就算這樣也沒關係。現在若葉集合公寓裡只住了女大學生與大嬸，所以江崎絕不可能搞錯目標。麗子的身體緊繃了起來。

「我總算明白你說的意思了。的確，現在不是懶洋洋地癱在沙發上，咕嚕咕嚕地大口喝著昂貴的紅酒，還一臉好像大功告成的時候。」

此時此刻，江崎建夫或許正前往國分寺市，打算封住松原久子的嘴也說不定。麗子立即對隨侍在旁的忠僕下令。

「影山，去準備最快的車！法拉利就行了，快點！」

這時，桌上麗子的手機響起了來電鈴聲。儘管有種討厭的預感，麗子還是望向液晶螢幕，來電者是風祭警部。麗子以眼神制止影山，並將手機貼在耳邊。聽筒裡傳來的是警部不同於以往的急促說話聲。

「寶生嗎？是我。發生大事了。是跟今天事件有關的事情。」

「是……是……咦，松原久子她……是……受了重傷……在警察醫院是吧……這樣啊……我馬上過去……那麼稍後見……」

麗子結束了與警部之間的短暫通話，並闔上了手機。然後，她對一旁待命的影山下達了新的指示。

「不必開法拉利了，把平常的禮車開出來。」

「怎麼了嗎？」影山露出訝異的表情。「是風祭警部捎來的緊急通知嗎？」

「是啊，聽說有強盜闖進了松原久子的家。」

「那是江崎建夫吧。那麼，松原久子受了重傷、被送到警察醫院了嗎？」

面對表情陰沉下來的影山，麗子忍著笑，道出了真相。

「不，被送到醫院的是江崎建夫。松原久子今晚也喝了酒，她拿起一升酒瓶到處揮舞，打垮了持刀闖進家裡的江崎。」

喝醉的大嬸是最強的。在一臉難以置信的麗子面前，影山的表情轉瞬間變成一抹微笑。

「江崎建夫反而遭到報應了呢——這真是再好不過了。」

第二話　殺人時請勿忘了帽子

1

宛如夏季延長賽般酷熱的九月過去，街景總算開始洋溢著秋季風情的十月中旬午後。巨型財團「寶生集團」總裁之女——用四字成語來形容就是「富豪千金」——寶生麗子，來到了國立市的市中心。

身穿紅色迷你連身洋裝的她，自然吸引住男性們的目光。其中也有人想鼓起勇氣上前搭訕。不過，如影隨形跟在千金小姐背後的黑色西裝男子，卻不容許他們任意靠近。一坐上車就是當司機，一走在路上就是當保鑣。買東西時，從提行李到書寫宅配收據均一手包辦，這樣的他，正是寶生家的管家影山。

麗子與影山從大學大道拐進一條狹窄的巷弄，抵達了某間店鋪。外牆上爬滿了常春藤，外觀看來非常老舊。入口是個厚重的木門，高掛的銅製招牌上鑄著「ＣＬＯＣＨＥ」幾個字。

麗子指著那既流利又難以看懂的裝飾文字，得意洋洋地加以註解。

「ＣＬＯＣＨＥ——就是法語中的吊鐘喔。」然後她對隨侍在側的管家投以淘氣的微笑。「這裡是賣吊鐘的店，很棒吧。」

影山面不改色地用指尖推了推銀框眼鏡。

「是帽子店吧。ＣＬＯＣＨＥ也有狀似吊鐘的帽子之意。再說，大小姐也不可能將久違的假日耗在購買吊鐘上。」

「話是這麼說沒錯啦。」失望的麗子指著冷淡的管家抗議道。「我說你啊，聽到我在開玩笑，你好歹也回個『超好笑的耶～～』如何？這樣感覺好像我開的玩笑很冷耶。」

「不，我絕無此意。只是，要在下說『超好笑的耶～～』實在是有點強人所難……」

斜眼看著一臉困窘的影山，麗子暗自嘆了口悶氣。等麗子一站到「CLOCHE」門前，影山立刻以俐落的動作打開厚重的門扉。

一腳踏進店裡，那裡簡直是別有洞天。被間接照明的沉穩燈光照亮的店內，堆滿了形形色色的帽子。

「哇，麗子姊！」一位年輕女子從店裡走出來迎接麗子。

女子身穿白色襯衫配上格紋裙，外頭還披著一件水藍色的羊毛衫，打扮得像個少女一樣。頭頂著針織貝雷帽的她，正是本店女老闆的獨生女——藤咲美羽。

身為常客的麗子，與該店第二代的美羽，必然有相當長久的交情。

這位藤咲美羽就像看見月亮而興奮不已的兔子般，在麗子面前紮紮實實地蹦了三下。

「妳來了啊！最近完全沒看到妳，我還很擔心呢。工作很忙嗎？」

「是啊。最近實在沒有空閒可以出來購物。畢竟國立市周邊，平均每個月就會發生一起殺人事件啊。」

麗子用若無其事的語氣說出可怕的字眼。因為她的職業是國立署的現任刑警。

這並不是千金名媛會從事的職業。不過，隱瞞財團千金的真實身分，麗子擔任刑警度過的每一天都很刺激有趣。雖然在職場上不能盡情打扮這點是有些令人不滿就是了。

「今天妳就慢慢看吧，麗子姊——話說回來，這位是？」

美羽好奇地抬頭仰望著影山。這麼說起來，美羽和影山兩人還是第一次見面。麗子介紹過雙方認識後，美羽和影山便在額頭差點要撞上的距離下，互相鞠躬行禮。

接著美羽像是突然想到什麼好點子似地，跑出店門口，把掛在門上的「OPEN」掛牌給翻過來。於是「CLOCHE」瞬間變成「CLOSED」。明明還是白天，卻臨時歇業了。

「妳也犯不著這麼做嘛，總覺得不太好意思呢。」

「沒關係沒關係。」美羽擺了擺手。「反正媽媽出去採購不在，而且麗子姊畢竟是我們店裡最大的肥羊——不，是最大的老主顧啊！」

「嗯？」剛才好像聽到了不可能出沒在這裡的動物名稱……

麗子投以疑惑的視線，帽子店的女兒露出了驚慌失措的表情。

「總、總之！」美羽試圖填補沉默似地連忙開口。「我有好多帽子想讓麗子姊看看。那些帽子都很漂亮，很適合在接下來的季節佩戴呢。」

我馬上拿過來喔！這麼說完，美羽的身影便消失在店內。

「被她給逃了呢，藤咲美羽。」

等她回來，一定要問問剛才的「肥羊」是什麼意思。

麗子這麼下定了決心，不過她的怒意並沒有持續多久。因為美羽拿來的各種帽子，一下子就刺激了千金大小姐的購物中樞神經。

位於店內的接待室，古董風貌的檯燈照亮了寬闊的桌面。從優雅的經典款、到最新的休閒款，各式各樣的帽子一字排開，擺放在那裡。坐在沙發上的麗子嘆著氣說：「啊啊，被人當成肥羊也好啦……」

麗子被眼前的光景奪了魂，甚至沒發現自己說了這種冷笑話。

不知道是不是從麗子的模樣感受到了危機，影山湊在她耳邊叮嚀著說：

「您沒事吧？大小姐。」

「什、什麼嘛，不用擔心啦。」

麗子坐在沙發上用力搖了搖頭。

帽子是麗子的最愛，她甚至認為，沒有什麼是比帽子更能取悅女性的了。珠寶、皮草、還有包包雖然也都很有魅力，但那些俗物只不過是日常生活中的裝飾品罷了。附有白鷺羽毛的寬沿帽、裝飾著大紅玫瑰的鐘型帽、點綴了粉紅色緞帶的康康帽——這些跳脫日常的格調，只有帽子才能營造得出來，或者，稱之為浪費的極致也很合適。畢竟在這個國家裡，就算有地方可以買到綴有羽毛裝飾的帽子，也幾乎沒有適合佩戴的場合。若是在國立署裡工作，那就更不用說了。

即使如此，麗子還是要買帽子。為什麼呢？

麗子是這麼回答的——因為帽子就在那裡啊！

因此，即便知道不能徹底淪為肥羊，思考能力降至肥羊程度的麗子，還是咬住眼前的餌食，朝其中一頂帽子伸出了手。

「這頂好漂亮啊！」把裝飾著黑色蕾絲的絨帽戴在頭上後，麗子向站在一旁的影山徵詢意見。「怎麼樣？適合我嗎？」

「太棒了。真是太適合您了，充分襯托出大小姐高貴的氣質。」

「這頂也不錯呢。」麗子戴上纏繞藍色緞帶的鐘型氈帽，再度問了同樣的問題。

「真是太適合您了，雅致中還帶有華麗的感覺。」

「那麼這頂如何？」這次是仿皮製的駝色貝雷帽。

「太適合您了，給人一種既休閒又可愛的強烈印象……」

「這頂呢？」飾有緞帶花的寬沿氈帽。

「是，太適合您了。」

「這頂呢？」黑色皮革製的鴨舌帽。

「很適合您喔。」

「這頂呢？」粗格紋的福爾摩斯帽。

「很適合您。」

「那麼這頂呢？」用漂白過的麻製成的燈罩。

「是，非常適合您喔。」
「……………………」
「……………………」
經過一段過度漫長的沉默，麗子決定了。「我要這個，多少錢？」
在手拿著燈罩的麗子面前，美羽露出了非常為難的表情。
「那個，麗子姊，這不是商品。應該說這不是帽子。」
「我知道。可是，我家的管家說這玩意兒——這個燈罩很適合我。換句話說，我的頭就跟燈泡沒兩樣呢。」
「咳！」刻意清了清嗓子後，影山拚命地試圖辯解。「不好意思，大小姐，那個……我想說的是……不，沒什麼……」
看來，這次連影山也想不出什麼藉口了。
面對低頭懇求原諒的管家，麗子落落大方地給予了赦免。「算了。不說這個了——」
麗子把燈罩裝回檯燈上，然後對美羽投射認真的視線。
「其實我今天來這裡，並不是為了買帽子。關於我現在負責的事件，我想請教一下美羽的意見。妳願意幫我嗎？」
「喔，那倒是無所謂啦，可是我真能幫得上忙嗎？」
「當然啊。這次的事件跟帽子有很深的關聯呢。等等，我馬上告訴妳詳細情況喔。幸好這裡除了我們以外，沒有其他人在——」

這麼說完，麗子表現出一副現在才注意到他的樣子。

「啊啊，影山，你不用聽也沒關係。畢竟我又不是找你商量，不過，自然而然聽到的話就沒辦法了。」

「是，大小姐。」影山像是了然於心般，肅穆地行了個禮。「那麼兩位請盡情暢談，我會在這裡充耳不聞的。」

斜瞪了管家一眼後，麗子開始仔細描述起這樁奇妙的事件——

2

那是大約兩週前，十月三日禮拜六上午的事情。國立市南方，距離南武線谷保車站步行約數分鐘路程的地方，有棟老舊的建築物，在那裡發現了女性離奇死亡的屍體。

接獲通報後，寶生麗子立刻趕到現場。

這棟兩層樓建築的一樓已經拉下鐵捲門，看起來既像是倉庫、也像是車庫。不過只要稍微觀察一下，就會發現那並不是車庫。損毀的招牌上依稀可見「米山汽車工廠」這幾個字，緊閉的鐵捲門上則是有點凌亂地漆著「汽車維修」。看來，這棟建築物似乎是停工的汽車維修工廠。

黑色褲裝配上黑框裝飾眼鏡，以這身樸素打扮武裝自己的麗子，在巡警的帶領下前往廢棄工廠的入口。入口位於拉下的鐵捲門旁，是道像是廚房後門一樣的小門。開門進去之後，裡頭是四面圍繞著鋼筋水泥、空空盪盪又了無生機的空間。能夠顯示出過去那裡曾是個汽車維修工廠的，只有棄置在角落的機械殘骸，以及浸透地面的油氣而已。

「嗨，早啊，小姑娘。」

聽到有人在距離耳朵非常近的地方這樣呼喚自己，麗子不禁「呀！」地大叫一聲，差點一回頭就在對方臉上賞一記右勾拳，好險。「啊，警部，您辛苦了。」麗子將握緊的拳頭藏在背後，並且像是掩飾害羞似地笑著行了一個禮。

也不知道風祭警部是怎麼解釋麗子的微笑，他回以滿臉笑意。

「年輕女性橫死在車庫啊，有種殺人事件的預感呢。」

「警部，這裡不是車庫喔。聽說原本好像是汽車維修工廠。」

「這樣啊，是我太貿然斷定了。因為這棟建築物實在是太像是風祭家的車庫了，我一不小心就有了先入為主的成見。只不過，我家車庫是這裡的兩倍大，停了三輛 **Jaguar**、兩輛 **Lotus**，另外還有賓士、ＢＭＷ、**Volvo**、雪鐵龍……」

風祭警部下意識地自吹自擂了起來。原來，這樣的他，是那個知名汽車製造商「風祭汽車」的少爺。若要以三字諺語來形容，就是「公子哥」。麗子若無其事地把他的話當耳邊風。真要比的話，寶生家的車庫大概比他吹噓的要足足大上三倍吧。不過因為某些原因，車庫裡連一輛 Jaguar 都沒有就是了。這先暫且擺到一旁不提——

麗子和警部爬上鐵製的階梯前往二樓。在那裡，兩人目睹了完全想不到會在廢棄工廠二樓看到的光景。

地板跟一樓一樣，都是光禿禿的水泥地，不過放在那裡的卻有床鋪、桌子等家具。房間一角還有個小廚房，天花板上垂吊著一盞不知該用豪華還是骯髒來形容的吊燈。儘管房間不大，姑且還是有扇窗戶。由於窗簾是粉紅色的，勉強想像得出來，這個無國籍風又沒有統一感的房間應該是屬於女性所有。

「把廢棄工廠的二樓改裝成住家啊，這房間挺時髦的嘛。」

不過，這個時髦的空間裡卻擠滿了從事警務的粗人。鑑識課課員拍照的閃光燈明滅閃爍，制服巡警來來往往，室內一片混亂。在這種情況下，麗子他們被帶到了廁所窗戶旁的另一間小房間，也就是洗澡間。不，或許應該用浴室這個字眼會比較正確。

那是個相當特殊的空間，跟一般家庭看到的洗澡間大異其趣。

最引人注目的，是大剌剌擺放在瓷磚地板中央的橢圓形白色浴缸。那還不是普通的浴缸，而是強調裝飾性的西式貓腳浴缸。說得更簡單明瞭一點，就是能夠讓瑪麗蓮夢露或碧姬芭杜那些美女在泡泡浴中展露性感的腿部曲線美、那種適合搬上舞臺用的浴缸。麗子只有在陳年的好萊塢電影中，或是自家浴室裡，看過這種貓腳浴缸。

用來將熱水注入浴缸裡的水龍頭，是花俏至極的金色。雖然堵住浴缸底部排水口的橡皮塞是黑的，但是連著栓塞的鏈條也是金色。蓮蓬頭不知道為什麼做成眼鏡蛇昂首的形狀。這種品味實在是有點糟糕。

在這間浴室的浴缸內，一名全裸的年輕女性泡在水中，就這樣死了。

「唔，感覺上，死者是在入浴時死亡呢——這名女性的身分是？」

率先抵達的其中一位刑警回答了警部的問題。

「死者名叫神岡美紀，二十六歲，是這房間的住戶。發現屍體的是一位同年紀的女性，名叫久保早苗。聽說她是神岡美紀的朋友。」

我知道了，警部點點頭，轉而望向浴缸。不過他的視線只有一瞬間停留在屍體上，隨後馬上投向天花板。正當視線又再度回到屍體上時，這回卻又立刻轉向牆壁。第三度望向屍體時則是即刻落到地上——警部的視線就這樣在狹窄的空間內不斷徘徊游移。

「咦？」麗子坦率地詢問舉止可疑的上司。「您怎麼了？警部。」

「沒有啦。」警部搔著鼻頭回答。「盯著女性裸體直看的行為實在是……尤其又要在妳這樣的女性面前這麼做，我實在感到抗拒……」

「您在說什麼啊，警部！」麗子不可置信地大叫。「請不要想歪了。再說，這樣遮遮掩掩地看，怎麼能進行搜查啊。沒關係，您愛怎麼看就怎麼看！」

「什麼愛怎麼看就怎麼看，我說妳啊。」麗子的話讓警部不禁目瞪口呆，不過他似乎馬上就重新振作起精神。「好，我知道了。那就這麼做吧。別把我當怪男人喔，寶生。」

「我才不會呢！」應該說，我從很久以前，就把你當成怪男人了！

有麗子的話撐腰，警部總算放心把臉湊近全裸的屍體。麗子也同樣從他背後重新觀察起屍體。

神岡美紀的背靠著浴缸邊緣，雙腳往前挺直，以這樣的姿勢死去。五官端正的臉孔雖然沒有化妝，卻給人一種豔麗的印象。及肩的秀髮染成了漂亮的茶色，裸露在外的胸部是形狀姣好的碗狀。不過，在目視可及的範圍內，那白皙的肌膚上看不到什麼外傷。死者看來並不像遇刺出血，頭部也沒有遭到毆打的痕跡，看起來更不像是被人勒死的。

「看不太出來這名女性的死因呢，難不成是自然死亡嗎？」

的確，從外觀看來，神岡美紀就像是正在泡澡時自然死去。

可是，要分析她下半身的狀態，是不可能的事情。這是因為乳白色的半透明洗澡水，以及浮在表面的泡沫，掩蓋了屍體的下半身。

乳白色洗澡水與泡沫，似乎是放了入浴劑的緣故。事實上，放置肥皂與洗髮精的小箱內，有個使用過的入浴劑包裝袋。確認了這點後，警部挺直了背脊喃喃說道。

「跟我用的是一樣的呢……」

「您說入浴劑嗎？」

「不，是這個浴缸喔。我的浴室裡有個跟這一模一樣的浴缸。」

麗子在腦海中浮現正在白色的貓腳浴缸內擺出性感撩人姿勢、洗著泡泡浴的風祭警部，不禁感到作嘔。這男人何必釋出這種多餘的情報啊！

不可能明白部下心情的風祭警部，轉身背對白色浴缸。

「總之，先跟第一發現者久保早苗詢問看看吧。」

麗子和風祭警部避開二樓的喧囂，在一樓入口附近和久保早苗見了面。

帶著略為緊張的表情，站在刑警們面前的久保早苗，身著灰色大衣配上牛仔褲，是位很適合短髮、看起來很活潑外向的女性。聽說她和死亡的神岡美紀是就讀同一所大學的朋友，畢業後也是在同一家卡拉ＯＫ小吃店打工的工作夥伴。

當她一被問及發現屍體的來龍去脈，立刻滔滔不絕地這麼回答。

「今天我和美紀兩人都不用打工，原本我們要一起去玩的。我答應美紀要來她家接她，所以上午十點就騎著機車來這裡了。」

麗子想起這座廢棄工廠前停放著一輛機車，那似乎就是久保早苗的愛車。

「入口並沒有上鎖。我一進入屋內，便大聲朝二樓呼喊美紀的名字，可是我叫了好幾次都沒人回應。我想她可能還在睡吧，於是爬上樓梯來到二樓。不過床上沒人，房間裡也不像是有人在的樣子。我覺得奇怪，四處查看發現浴室的門是半開著，裡頭透出燈光。我想說她大概在沖澡，便試著往門縫裡瞧。然後就看到女人的腳……像這樣子直挺挺地伸出浴缸……我原本還以為肯定是美紀那傢伙在開玩笑……不過因為情況有點奇怪，我便開門進入浴室。結果發現……美紀沉進了浴缸裡……」

「沉進浴缸裡？」盤起雙臂的風祭警部聽到這裡，忽然抬起臉來。「請等一等。神岡美紀小姐在浴缸裡是什麼姿勢呢？」

「就是像這樣子，上半身完全沉進水中，兩腿伸出浴缸外的姿勢。我嚇了一跳，趕緊用雙手拉起美紀的上半身，幫她換成了臉部離開水面的姿勢。可是還是不行。美紀已經沒氣了。」

「那麼，我們看到的屍體，是妳移動過後的狀態囉。剛發現時，神岡美紀小姐的頭是浸在水裡的——也就是說，她是溺死的嗎？」

「啊啊，看起來是這樣沒錯。洗澡不小心溺死，這種情況不是常有嗎？」

「的確，像是飲酒、打瞌睡、身體狀況突然變差等等，各種情況都有可能。關於神岡小姐在浴室溺死的可能性，妳有什麼頭緒嗎？」

「這個嘛，我也不知道耶。美紀那傢伙雖然愛喝酒，但應該很擅長游泳才對啊……」

「不，這種情況跟擅不擅長游泳無關吧。」

風祭警部對久保早苗的脫線發言吐槽後，便立刻換了另一個問題。

「發現屍體時，妳有留意到什麼嗎？好比說神岡小姐的樣子，或是浴室的狀況等等，無論什麼線索都可以。」

久保早苗沉思一會兒之後，抬起頭開口說道。

「我是不曉得跟美紀的死有沒有關係啦，不過，我正準備把美紀的身體從水裡提起來的時候，我覺得很奇怪。水量好像有點太少了。」

「妳說的水量，是指浴缸內剩下的洗澡水吧。」警部帶著納悶的表情向身旁的部下確認。「是這樣嗎？寶生。」

麗子把手指靠在眼鏡邊緣，試著回想浴室的情景。

「這麼說起來，我也覺得剩下的洗澡水水量很少。畢竟水位低到連屍體的胸部都完全裸露在外了，那樣泡澡好像會感冒呢。」

「原來如此，不過也有半身浴這種入浴方式。而且就算洗澡水量不多，溺死的危險性依舊存在。雖然挺叫人在意的，但這件事情應該跟案子無關吧。」

看到風祭警部如此爽快做出判斷，麗子反而提高了警覺。根據過去的經驗，這位警部所重視的現象其實並不重要，而他忽略的現象，才真正握有解決案件的關鍵——這種狀況感覺上還挺多的。不過，如果神岡美紀的死真的純粹是意外事故的話，那就根本就不需要尋找破案的關鍵了。

這時，久保早苗像是在期待著什麼似地詢問風祭警部。

「美紀的死只是單純的意外事故。是這樣吧？刑警先生。」

「不，現在下定論還言之過早喔。實際死因還要等候驗屍和解剖的結果。就算結果出爐，確定死因是溺斃，她還是有可能是被某人強行壓進浴缸裡溺死的。這樣一來，就變成殺人案了。」

「殺人案，怎麼會……」

「這不是不可能的事。舉例來說，如果有強盜闖進這個家，對不對？這個居住空間是由廢棄工廠改裝而成，在防盜措施上似乎不太嚴密的樣子。請看——」

這麼說完，警部指向一樓入口的門把處。

「入口的門鎖並不特別，而且也沒有安裝門鍊。只要透過某種方式做出備份鑰匙，就能輕易入侵吧。犯人使用備份鑰匙光明正大從門口入侵，趁神岡小姐在二樓入浴時，將她壓進浴缸裡溺斃，隨後搶奪了值錢的東西逃走。這種情況並非毫無可能啊。對了！」

風祭警部突然敲了一下手，然後說出了自己當下想到的意見。

「我想請妳再重新看看二樓的房間，確認一下有沒有什麼東西被偷。當然，就妳知道的範圍就可以了。」

小事一樁，久保早苗這麼說著，接受了警部的提議。

麗子和警部馬上帶著久保早苗再度爬上樓梯，前往廢棄工廠二樓。

久保早苗一臉嚴肅地環顧起神岡美紀的房間，一旁麗子也同樣仔細觀察這個極具特色的住處。

窗戶旁有張大床，看似神岡美紀入浴前穿著的衣物散亂地扔在棉被上。房間中央擺放了古董風的桌子及兩張椅子，桌上有兩本雜誌，都是年輕女性喜愛的流行雜誌。牆邊立著一個木製的舊裝飾櫃，擺飾著盒玩和布偶之類的東西。電視和音響全都集中起來配置在房間一角，房內沒看到電話和傳真機，或許只要有手機就夠用了吧。這麼說起來，手機在哪裡呢？她沒有電腦嗎？

麗子正在這麼想的時候，風祭警部向久保早苗問道。

「怎麼樣？有什麼跟平常不一樣的地方嗎？」

「這個嘛，我不太清楚耶。我想原本應該就是這個樣子吧。」

這麼回答之後，久保早苗將視線投向房間角落的廚房。

流理臺旁有臺瓦斯爐，以及小冰箱。基本的設備都有，要做簡單的料理並不成問題。可是，實在很難想像神岡美紀會天天都在這裡烹煮三餐。雖說廚房裡有單柄鍋和燒開水的鍋子，但除此之外卻看不到其他調理器具，只有冰箱上端坐著一臺微波爐。

「美紀並沒有什麼好廚藝。她自己會煮的，頂多就只有泡麵，還有用微波爐加熱冷凍食品。」

彷彿印證她所說的話一般，冰箱冷凍庫裡塞滿了冷凍食品。另一方面，把冷藏室的門打開的瞬間，麗子不由得發出了驚呼聲。

「警部！裡頭只有美乃滋跟乳瑪琳！」

不過，並不是小偷把其他食材搜括殆盡了。根據久保早苗的解釋，這個冷藏室平常就只是個拿來長期存放美乃滋跟乳瑪琳的箱子罷了。總之，廚房的樣子跟平常一樣，沒有改變。這是久保早苗的見解。

「再來是廁所跟浴室，還有——嗯？這個門是什麼？」

把兩扇門往左右兩旁打開一看，裡頭是寬敞的衣櫥。這衣櫥大得能讓人走進去，是那種衣帽間型的衣櫥。

麗子一腳踏進衣櫥後，風祭警部也好奇地跟了進來。

「喔，衣服挺多的嘛。雖然還是比不上我的衣櫥就是了。」

對警部的衣櫥毫無興趣的麗子，置若罔聞地繼續觀察。

事實上，衣服的數量的確多得非比尋常，套在衣架上的襯衫和裙子，從這一頭到另一頭，掛滿了整條粗實的衣桿。而且還不只是數量多而已，挑出幾件看了一下，這些大多是深受年輕女性喜愛的名牌貨，其中甚至有價格超過十萬元的高級品。看來，神岡美紀似乎是個很捨得在衣服上花錢的人。

這時，某個東西吸引了麗子的注意。那是衣櫥邊一個縱向的細長架子，形狀像是把兩個彩色收納櫃垂直綁在一起一般，隔板的數量總計共有八層。奇怪的是，在這個處於飽和狀態的衣櫥中，只有這八層的架子是空的。

這架子原本是拿來放什麼的呢……鞋子和首飾似乎都有專門收納的架子……

「哎呀？」這時傳來一陣輕輕的訝異聲。回頭一看，只見不知何時來到麗子背後的久保早苗，她跟麗子一樣，愣愣地注視著空無一物的架子。

「奇怪……這裡的帽子怎麼……」

帽子？麗子和風祭警部不禁面面相覷，隨後，同時將視線轉向久保早苗。在兩人注目下，久保早苗指著有問題的架子驚呼起來。

「奇怪……好奇怪……這個架上的帽子不見了……美紀很喜歡帽子，所以這個架子上應該擺了很多帽子才對。那些帽子全都不見了！」

3

把神岡美紀的離奇死亡事件，連結到帽子遭竊的奇妙謎團時，麗子暫時中斷話題，並注視著帽子店的女兒。妳怎麼想呢？面對著用視線發問的麗子，藤咲美羽那孩子氣的臉上，浮現出充滿好奇心的笑容，她這麼開口回答。

「那位風祭警部是個很有魅力的男性呢。麗子姊，下次請務必帶那位警部先生到我們店裡來喔。」

「啊？」美羽的反應令麗子目瞪口呆。「妳喜歡警部嗎？」

「當然，既愛慕虛榮、又有欠思慮的有錢人家公子哥兒，這種人真是再好不過了，不是嗎？他一定會超越麗子姊，成為我們店裡最大的肥羊！」

「啊啊，原來是這個意思啊……」

這都無所謂啦，不過美羽，妳剛才確實說了肥羊——超越麗子姊的肥羊吧！儘管麗子感到憤怒，另一方面卻也十分佩服熱心買賣的美羽。真是敗給這個女孩了，這下子真的要跟她脫帽致敬了。

「好啊。我隨時都可以把風祭警部介紹給妳，妳就儘管把他當成肥羊吧。先不提這個了——」麗子像是想起來似地回歸正題。「對了，帽子，帽子啊！」

「帽子從往生者的衣櫥裡消失了對吧。那麼，除了帽子以外，都沒有其他東西不見嗎？」

「好問題，美羽。其實啊，還有其他東西也不見了，就是手機跟筆記型電腦。那肯定是被誰偷走了，為了隱瞞對自己不利的情報。」

「也就是說，她的死不單純只是入浴時發生的事故，而是殺人事件囉？」

「沒錯。根據驗屍與解剖的結果，神岡美紀好像真的喝下浴缸裡的水溺死了，推測死亡時間是凌晨一點前後。不過，那並不是意外事故，因為死者的腳，尤其小腿肚上，留下了疑似強力壓迫造成的痕跡。恐怕是某人趁著神岡美紀入浴時，抓著她的雙腳硬舉起來吧。神岡美紀的身體在浴缸內呈現頭下腳上的姿勢，頭部沒入了水中。她連抵抗都沒辦法，就這樣溺死了。雖然需要相當程度的體力，但這是誰都辦得到的犯行，而且也花不了多少時間。問題是這起殺人案和帽子遭竊，該怎麼連結起來，目前還是個謎。」

「不能像警部說的那樣，當作強盜殺人案偵辦嗎？」

「如果遭竊的是現金或珠寶，強盜殺人的方向也不無可能，可是被偷的卻是帽子。為了偷帽子而不惜殺人，妳認為世界上有這種異常的帽子愛好者嗎？」

「這麼說也對。麗子姊雖然喜歡帽子，卻又是個刑警……」

嗯，這話是什麼意思？如果我不是刑警的話，就要把我列為嫌犯嗎？

被麗子輕輕一瞪，美羽掩飾失言似地嘿嘿一笑。

「順便問一下，被偷的帽子，具體來說有哪些種類呢？」

「嗯——這就不清楚了。久保早苗似乎也沒有近距離看過那些衣櫥架上的帽子。她只有幾次拜訪神岡美紀的房間時，看到衣櫥架上擺了帽子而已，所以並不知道正確數量和種類。不過，從隔板的數目來看，可以確定應該有八頂左右吧。」

「那些帽子真的是殺人犯偷走的嗎？會不會跟事件無關，其實是被主人轉賣掉了呢？比方說一口氣全拿去當鋪當掉之類的。」

「也是有這種可能性。事實上，風祭警部一開始也揚言宣稱『被偷的帽子正是解開殺人事件之謎的關鍵！』，可是最近我一問起來，警部卻老是用『帽子？喂喂，寶生，妳還執著於那種事情啊……』來敷衍我。」

「聽妳這麼說，感覺案子好像就快變成『無頭懸案』了呢。」

「所以啦，我才會過來問問帽子專家美羽的意見嘛。」

——這當然是表面上的藉口。實際上，麗子這些話全是要講給影山聽的，而非對美羽說的。不過，這位影山卻只是一臉閒閒沒事的表情，站在麗子身旁。等得不耐煩的麗子，心不甘情不願地試探影山。

「你剛才應該有意無意間聽了我說的話對吧。怎麼樣？有發現什麼嗎？有的話就說來聽聽吧。」

於是管家毫不猶豫回答「那我就只提出兩點」，隨後馬上開始發問。

「首先第一點，被害人的帽子全都不見了嗎？還是只有衣櫥架上的帽子不見了呢？」

「不是全部。衣櫥最深處還留有其他帽子，都裝在瓦楞紙箱裡。犯人似乎只拿走了眼前看得到的帽子而已。」

「那麼，關於剩下來的帽子，您知道其種類與特徵嗎？」

「現在我沒辦法立刻列舉出來。」先做了這段開場白，麗子才開始回溯起自己的記憶。「不過，我看大部分都是感覺上很休閒的帽子。酒紅色絨帽、茶色仿皮鴨舌帽、黑色皮帽、白色貝雷氈帽，還有單寧材質的藍色鐘型帽，另外……」

「可以了，大小姐。」影山打斷麗子的話。

「咦，可以了喔？怎麼怎麼，你已經知道什麼了嗎？」

雖然麗子急著想得到結論，但影山卻話鋒一轉，接著說道。

「接下來是第二點，被害人神岡美紀究竟是靠什麼維持生計呢？聽您的描述，雖然還算不上極盡奢侈的地步，但她生活應該也過得相當寬裕才是。住在改裝過的廢棄工廠二樓，慣用貓腳浴缸，衣櫥中塞滿了名牌貨，甚至還蒐集了一大堆帽子。光靠她在卡拉OK小吃店打工，怎樣也不可能維持這樣的生活。想來，神岡美紀身邊應該有男性在援助她的生活所需吧？」

原來如此，影山果然敏銳。麗子很乾脆的肯定了他的質疑。

「你猜得沒錯。經過調查，我們得知神岡美紀身邊有三名男性，她那略顯豪奢的生活，似乎就是靠這三名男性在提供金錢援助。」

「他們都算是重要嫌犯吧。」

聽了影山的話，麗子點點頭之後，開始說起這三位男性的事情——

4

從事件當天起的接下來三天，寶生麗子和風祭警部相繼拜訪了三名重要人物。

首先是事件當天，十月三日禮拜六的下午。刑警們開著警車，抵達了武藏野線新小平車站附近的新興住宅區。麗子等人下車之後，眼前見到一棟新落成的透天厝。住家旁設有大型車庫與寬廣的庭院，著實相當氣派。

門牌上寫著「米山昇一」這幾個字。

米山昇一是承攬汽車整備與維修業務的「米山汽車工廠」社長。簡單來說就是那個殺人現場——那棟廢棄工廠的登記所有人。據說幾年前米山在小平開設了新的汽車維修工廠後，就把國立市的舊工廠給關閉了。

「所以說，米山是利用社長特權，讓年輕的情人住在關閉的工廠二樓囉。」

「我們沒有證據能證明神岡美紀是米山的情人喔，警部。而且，您所謂的社長特權又是什麼意思？」

但話說回來，兩人的關係確實令人在意。麗子這麼想著，按下了門柱上的門鈴。

出現在大門玄關的米山昇一，是個身材魁梧、年紀大約五十歲左右的男性。頭髮稀疏，戴著一副黑框眼鏡。曬黑的皮膚上刻劃著與年齡相符的皺紋。

刑警們告知來訪的用意時，他似乎早已預料到會有這種情況。

「我已經聽說過案子的事，正想著警方差不多也該來了。」

這麼說完，米山便領著刑警們來到自家客廳。隔著桌子和嫌犯面對面的警部，虛張聲勢地自我介紹說「我是國立署的風祭」。

在那一瞬間，米山的表情產生了微妙的變化。

「風祭是嗎？這名字真少見呢。難不成您跟風祭汽車有關嗎？」

「哈哈，怎麼可能嘛。我常被誤認成他們家的少爺呢。」警部輕鬆地一笑置之。「不過如果我是的話呢？」但他還是姑且這麼問了。

「如果是的話，我想奉送您一張感謝狀呢。畢竟送來我們維修工廠的故障車中，風祭汽車的數量可說是高居第一呢。」

風祭汽車似乎大量生產了容易故障的車，為維修工廠帶來豐厚的收益。

麗子差點忍不住拍著膝蓋笑出來，一旁的警部那端正的側臉眨眼間明顯泛起了紅潮。不過，就在他的憤怒即將突破極限時，米山又再度開口。

「啊，不過我個人倒是滿喜歡風祭汽車的。其實我也有一輛呢，雖然常出問題，但就是這樣才好啊——哎呀，刑警先生，您怎麼了?臉色看起來不太好呢。」

「不、不，沒什麼。」警部用手帕擦拭著冒汗的額頭。「我只是不知道該怎麼控制自己的情感才好——寶生，接下來就拜託妳了。」

「我明白了，警部。」

麗子手指推了推裝飾用眼鏡，接連提出問題。「首先，可以請米山先生告訴我們，神岡美紀小姐為什麼會住在您位於國立市內的廢棄工廠二樓嗎?」

「她是以前曾照顧過我的恩人的孫女。那是三年前的事了。當時她跟公寓房東起爭執被趕出公寓，我看她好像陷入困境的樣子，所以就先讓她住進廢棄工廠的二樓，算是在找到新房子之前的緊急避難所吧。結果她好像很喜歡那邊的生活，就這樣定居下來了。」

「為了讓那裡更適合人居住，您好像大幅翻修過了。」

「畢竟她是恩人的孫女，我當然得特別關照她啊。哎呀，沒花多少錢啦，浴室和廁所都只是用原有的設備改建而成的。有什麼問題嗎?」

「不，那個，您的家人沒有表示不滿嗎？比方說您的夫人。」

「她住在那座工廠二樓的事情，全家都知道，房租也都有繳。沒想到事情居然會變成這樣……」

米山昇一黑框眼鏡底下的雙眼泛起霧氣，聲音也哽咽了起來。那是發自內心感到悲傷的表現嗎？還是假裝悲傷的演技呢？麗子實在難以分辨。

為了慎重起見，麗子又詢問了深夜一點前後的不在場證明。

「那時候我在床上睡得很熟。我和妻子是分房睡，所以沒有人可以替我作證。難不成，刑警小姐是在懷疑我嗎？那您就錯了，我跟她只是房東與房客的關係罷了。」

這時，大概是重新整理好心情了吧，之前一直保持沉默的風祭警部突然插話。

「話說回來，米山先生，被害人衣櫥裡的帽子不見了。關於這點你有什麼頭緒嗎？」

「帽子是嗎？這個我就不清楚了。犯人會不會是個對帽子有著異常執著的人，不是有這種精神異常的怪人嗎？印象中，我倒是很少看過她戴帽子呢。」

聽了米山昇一那毫無幫助的回答，警部並沒有任何反應。

隔天，十月四日禮拜天上午。為了找安田孝彥這名男性問話，麗子和風祭警部驅車來到與國立市毗鄰的府中市。

安田孝彥的名字之所以會在搜查中浮出檯面，絕大因素是久保早苗提供的證詞。據她所說，「安田孝彥這個跟蹤狂」緊追著神岡美紀不放，讓她「感受到生命受到威脅」。為什麼會這麼清楚知道跟蹤狂的全名呢，那是因為這個名叫安田孝彥的人物，是神岡美紀的前男友。

「前男友變成跟蹤狂，最後終於升格犯下了殺人重罪。這的確是很有可能。這次一定錯不了的。」

抵達目的地後，風祭警部幹勁十足地下了車。麗子也緊跟在後。

據說安田孝彥是任職於當地印刷公司的三十多歲職員。然而，他的住所卻在府中監獄附近，是棟看起來像窮學生住的木造公寓。警部敲了敲薄合板製的門後，裡頭傳來了和朝氣蓬勃搭不上邊的男性聲音。

「來了，請問是哪位——」

開門探出頭來的人，也是個外表跟朝氣蓬勃相去甚遠，滿臉鬍渣、看起來沒什麼精神的男人。雖然很肯定他就是這次要找的人，但警部還是照規矩出示了警察的識別證。

「我們是國立署的人。你是安田孝彥先生嗎？」

面對遞到眼前的識別證，男人抹抹臉，眨了兩、三次眼。然後他說了一句「請稍等一下」便暫時消失在房內。幾分鐘後，再度出現在玄關前的他，眨著眼睛回答警部的問題。

「是，我是安田孝彥。啊啊，我知道喔，是神岡美紀的事情吧。聽說她被殺了，我昨天看到新聞了。哎呀，沒什麼好驚訝的。我早就料到，那傢伙遲早可能遇上這種事情。」

「喔，這話又是什麼意思？不，在此之前，先從你跟神岡小姐的關係談起吧。神岡小姐是卡拉OK小吃店的兼職人員，而你則是對她窮追不捨的跟蹤狂——沒錯吧？」

「不對！」安田極力表示抗議。「我是神岡美紀的前男友。一直到今年春天為止，我們交往了兩年。我對在卡拉OK小吃店工作的她一見鍾情，經過猛烈追求後，她好不容易答應跟我交往。和她交往的這兩年來，我為她付出了自己的一切。為了跟她約會，我花費了大半薪水。為了送她禮物，我耗去了大半獎金。為了跟她出國旅行，我散盡了所有存款。最後甚至連車子都賣了——結果我竟然被甩了。我忘不了分手時她對我說過的話：『我討厭沒車的男人』！」

「……是這樣啊。」警部對安田投以憐憫的視線。「真是悲慘的遭遇啊。想必你很後悔吧？」

「我當然很後悔，要是沒有把車子也賣掉就好了……」

你是為了這件事情而後悔嗎？麗子不禁和風祭警部面面相覷，嘆了口氣。照他這樣的個性，安田孝彥肯定會一次又一次地被女人欺騙榨乾。

「可是請相信我，刑警先生。我並沒有殺人，跟蹤這件事也是誤會。有一段時間，我確實經常跟在她後面，但那是因為想對她提出忠告，我想告訴她，要是她繼續這樣的行為的話，她最後一定會下地獄的。事實上不正是這樣嗎？」

的確。不過，會不會就是這男人把神岡美紀給推進地獄了呢？在麗子心中，對安田孝彥的懷疑急遽擴大。

於是麗子試著詢問犯案時間的不在場證明，結果不出所料，安田沒有不在場證明，他都是一個人待在公寓的房間裡。不過這也難怪。要是一個單身男性能夠明確提出自己在凌晨一點有無懈可擊的不在場證明，那反而令人感到不自然。

「話說回來。」警部又提起了那個老話題。「被害人的衣櫥內有很多帽子不見了，關於這點，你有什麼頭緒嗎？」

「帽子我也送了她不少，其中甚至有那種稀奇古怪、不曉得要在哪種場合戴的帽子。不過，我想不出犯人要大費周章殺了她、搶走帽子的理由，那一定是用來擾亂調查的掩飾行為啦。」

不說這個了——這麼轉移話題後，安田孝彥壓低聲音，告訴警部一則令人振奮的情報。「其實我有些關於重要嫌犯的線索。」

再隔一天的十月五日禮拜一，麗子和風祭警部造訪了位於國立市市郊的某間大學。知名度與錄取標準都不高的這所大學，正是神岡美紀過去就讀的母校。

安田孝彥口中的重要嫌犯，是一位文學系教授，名叫增淵信二。根據安田孝彥的情報，增淵信二身為有婦之夫，卻又跟神岡美紀發生了親密關係。簡單來說，神岡美紀狠狠地剝削了安田，一見他沒油水了，便馬上把對象換成了大學教授——至少安田本人是這麼認定的。

「不過，警部。」麗子坐在停靠中的便衣警車副駕駛座上問道。「安田提供的情報可以相信嗎？會不會只是被甩的男人為了一解心頭之恨，故意把大學教授給牽扯進來呢？」

「的確有這個可能。可是，神岡美紀甩掉安田之後，需要新『錢包』也是事實。大學教授簡直無可挑剔，不是嗎？噢——」

警部坐在駕駛座上，指著擋風玻璃的另一頭。「好像出現了喔。」

警部的指尖前方，有個正走向賓士轎車的男性。年紀約六十多歲，漂亮的白髮與銀框眼鏡給人一種知性的印象。他肯定就是增淵信二沒錯。

麗子與警部同時下了車，火速衝到嫌犯身邊。

「您是增淵教授吧？」警部在賓士前出聲喚道。「我們是國立署的人。」

增淵露出了驚訝的表情，然後他不掩激憤地斥責刑警們。

「你們突然跑來這裡是要做什麼！這裡可是學校啊！好歹考慮一下場合吧！」

「真是非常抱歉。」警部恭敬地低下頭莞爾一笑。「那麼，我們直接拜訪有夫人在家的府上，會比較好嗎？」

「不！在這裡就行了！只能在這裡了！就在這裡談吧！」

不知道是不是覺得尷尬，顯得焦躁的增淵用指尖推了推眼鏡的鼻托。

「仔細想想，大學校園是個很適合靜下來交談的好環境。」

然後增淵不給刑警發問的機會，自顧自地開口說起來。

「我知道你們為何而來，是神岡美紀同學的事情吧，她是我的學生。她被殺害了吧？真是太遺憾了。可是，除此之外我無可奉告。因為神岡同學畢業後，我就再也沒見過她了。」

「您說謊。」警部斬釘截鐵地說。「從您家到她家只有步行五分鐘的距離。就算畢業以後，你應該多少也有機會在附近見到她才是。」

「當然，我也曾經在路上遇到她好幾次。我的意思是，沒有機會面對面好好聊過。」

「這也是騙人的。覬覦神岡美紀小姐的跟蹤狂，曾目擊到你跟她挽著手走在路上。」

「什麼！」面對突如其來的指摘，增淵教授難掩心中動搖。「跟、跟蹤狂跟我，你相信誰說的話呢？」

「我當然相信教授所說的話囉。」風祭警部眉毛不挑一下地斷言道，然後突然提出了直逼核心的問題。「十月三日凌晨一點左右，教授人在哪裡，在做什麼呢？」

「這是在調查不在場證明吧。三日凌晨一點，也就是禮拜五深夜對吧？那時我在自己家裡，我在書房裡寫文章，沒有什麼證人。畢竟，等家人都睡了之後，才能自己一個人專心工作不是嗎？」

總之就是沒有不在場證明，不過米山昇一跟安田孝彥也是一樣。看來，在這次的事件中，有沒有不在場證明，似乎並不是釐清真相的關鍵。

那麼關鍵會是什麼呢？到頭來，還是那些帽子嗎？

於是麗子照例問了那個關於帽子消失的問題。

「帽子？這我不知道。我不是說過，我跟神岡同學沒有關係嗎？她衣櫥裡有什麼我哪知道。兩位想問的就只有這樣嗎？那我就此告辭了。」

增淵信二單方面結束了對話。本以為他會直接坐上賓士，沒想到卻經過車旁，坐進了停在旁邊的小型汽車，隨後馬上發動引擎，一溜煙就開走了。

5

在帽子店的一角，寶生麗子大略說完了與帽子相關的事件概要。

藤咲美羽則是更簡化的整理了麗子話中出現的三名男性。

「簡單來說，嫌犯是——一、『疑似情人的房東』米山昇一。二、『疑似跟蹤狂的前男友』安田孝彥。三、『有犯案嫌疑的情人』增淵信二——這三個人對吧？嗯～這三人感覺都很可疑，我實在看不出誰是犯人呢。」

「不，在說出『有犯案嫌疑的情人』這句話的時候，妳已經認定答案是了吧！」

麗子用愕然的表情望向美羽。美羽輕輕地清了一下嗓子，然後緩緩開口。

「關於事件的狀況，我已經大致瞭解了。那麼，我可以說說自己的意見嗎？」

「就是說啊——咦，美羽，妳想到什麼了嗎？」

「是啊。話雖如此，我既不是刑警，也不是偵探，更不是名偵探的孫子，所以我不可能說『賭上我爺爺的名譽』這種話！不過，身為帽子店的女兒，我應該多少能夠就帽子的謎團，提出一些意見才對。提示就在麗子姊說的話裡——請稍等一下喔。」

美羽從座位上起身，穿過店內陳列的帽子之間，消失在店的後方。當她再次回到麗子面前時，美羽手裡拿著新的帽子。雖說是新的，卻也不是秋天當季的新作品，而是款式已經有兩百年以上歷史的經典款。

這頂帽子形狀很特殊，頂部的側緣隆起、中間凹陷，寬闊的圓形帽簷，在左右兩側翻轉彎曲。那是以強韌的毛氈製成、給粗獷勇猛的開拓者們戴的帽子。

也就是俗稱的牛仔帽。

往年的西部片明星約翰韋恩與亨利方達，或是名摔角選手史坦漢森入場時，都常戴這種帽子。

不過為什麼現在會冒出牛仔帽呢？

面對一臉訝異的麗子，美羽得意似地輕咳一聲。「妳知道嗎？麗子姊。所謂帽子這種東西呢——」然後突然開始賣弄學識。

「帽子這種東西，功能並非只是為了遮陽、或是保護頭部而已。貴婦戴的羽毛帽是用來營造華麗感，警官戴的制帽是權力的象徵。而牛仔帽也不是只有戴在頭上一種功能，另外還有其他的用途。比方說，寬闊的帽簷，在天氣酷熱時可以當作扇子使用。生火時拿來搧風也很方便。翻過來之後，用兩手拿著，就能一口氣搬運許多像是雞蛋或錢幣等零碎又難以運送的東西。不過，牛仔帽最大的優點在於——妳知道是什麼嗎?麗子姊。」

「咦?妳突然這麼問，我也……」

這時，彷彿是代替困惑的麗子回答，一旁響起了平靜的聲音。

「還可以用來汲水吧。」

那是影山，本來應該置若罔聞的他，似乎也忍不住想說話了。

「就如大小姐所知道的，牛仔帽的別名叫做十加侖帽。加侖是液體容積計算單位，一加侖約等於三點八公升。而十加侖就是三十八公升。簡而言之，牛仔帽是一種既結實、深度又足夠的帽子，足以汲取多達十加侖的水。」

「喔，原來牛仔帽有這種妙用啊——借我一下。」

麗子從美羽手中接過帽子，試戴了起來。令人意外的是尺寸剛剛好，戴起來感覺也不差。往牆壁的穿衣鏡一照，只見鏡中的富豪千金，正散發出一股西部女槍手的氣質。得意忘形的麗子左看看右看看，最後忍不住用右手比出手槍的形狀，朝鏡中的自己擺了個射擊的姿勢，喊道:「砰!」

於是鏡中的帽子店女兒「嗚」地呻吟著，按住了左胸。「太、太棒了，麗子姊!妳那美麗的英姿，射穿了藤咲美羽的心啊!」

「喔、是嗎?這適合我嗎?哼、哼哼，出乎意料的好呢……」

看到不自覺綻放出笑容的麗子，影山立即發布了「異常購物警報」。

「大小姐，請冷靜一點。這是警長戴的帽子，不是淑女應當擁有的東西。」

「我、我知道啦!只是戴好玩的嘛!」麗子難為情地脫下警長的帽子，然後重新回歸正題。「那麼，這個牛仔帽又怎麼了?跟浴室裡的殺人事件有什麼關係……嗯，浴室?」

麗子突然發現了問題的癥結，牛仔帽用來汲水很方便……

「對了，犯案現場是浴室。死者溺死在浴缸裡，而浴缸裡剩下的水量異常地少，難不成有誰把洗澡水從浴缸裡舀出來了?這麼說起來，那個西洋風格的浴室裡，好像也沒看到什麼臉盆和水桶。」

「就、就是這個意思!」美羽正中下懷似地點了點頭。「犯人殺害了神岡美紀後，基於某種理由，被迫得將浴缸裡的水舀出來，可是，手邊卻沒有合適的工具。這時犯人看到了衣櫥中的帽子。我不曉得那邊是不是有牛仔帽，不過，拿質地耐用、深度又夠的帽子，也是一樣可以用的。」

「是啊，這樣就能夠拿來舀水了。」

「像這樣使用過後，帽子就完全溼透了。犯人不得不將那頂帽子帶離現場。可是，只帶走擺在架上的其中一頂帽子，反而更容易啟人疑竇。所以，犯人才會乾脆將那裡的所有帽子都帶走，不是嗎?」

「這樣的確說得通。妳好厲害啊，美羽。影山，你也是這麼想的吧？」

不過出乎意料的是，影山似乎因為愧疚，輕輕垂下眼鏡底下的雙眸。

「很抱歉，我無法贊同這段推理。因為，就可以汲水的工具而言，我不認為犯人會先想到衣櫥裡的帽子。廚房裡的單柄鍋和湯鍋，反而更容易聯想到，也更為實用。如此一來，犯人就沒有必要使用帽子了。」

「對喔，這樣做反而比較正常。」麗子只好認同了。「而且，犯人為什麼要把浴缸裡的水舀出來呢？我也想不出個合理的解釋。帽子果然還是無法跟浴室裡的殺人事件連結起來嗎？」

「既然這樣的話，帽子又為什麼會從殺人現場不翼而飛呢？啊啊，結果事情又繞回原點了。」

美羽遺憾地說，然而影山卻用力搖了搖頭。

「不，事情並沒有回歸原點。關於帽子具有出人意表的使用方法這點，美羽小姐的見解的確值得關注。對犯人為什麼要帶走所有帽子的解釋，也相當優秀。」

「——唔。」聽到管家和善得令人意外的發言，麗子難掩心中的不快。

「嗯——這樣啊，你沒有批評美羽的推理『白痴』，而是說『優秀』啊。哦哦——」

「不，在下絕無此意……」面對大小姐尖銳的攻擊，管家露出了困擾的神色。

斜眼看著影山那驚慌失措的樣子，麗子心中暗自竊喜。

「算了，不說這個了。從剛才那番話聽來，影山你好像已經看穿了事件的真相。既然如此，也差不多該把你的想法說來聽聽了吧。」

「遵命。」影山恭敬地行了一個禮，他的側臉露出鬆了一口氣的表情。

6

在麗子與美羽面前，影山開始述說自己的見解。

「多頂帽子從衣櫥中消失了，帽子的顏色與數量都不清楚，大小姐您是這麼說的。不過另一方面，衣櫥內有個瓦楞紙箱，裡頭放了絨帽、仿皮鴨舌帽、皮帽，以及貝雷氈帽等等。這也就是說，收藏在瓦楞紙箱中的帽子，跟擺放在這張桌上的各種帽子，是一樣的東西。」

「嗯，這話是什麼意思？」麗子頓時覺得納悶。「這裡的帽子跟在瓦楞紙箱內找到的帽子完全不同喔。神岡美紀收集的帽子沒有這麼高級，而且，大部分都是更簡便休閒的款式喔。」

「不是的，麗子姊。」美羽插嘴說。「管家先生說的是帽子的素材。絲絨、仿皮、皮革、毛氈。放在這桌上的帽子，也都是用這些材料製成的。」

「啊啊，這麼說來的確如此。」麗子交互看了看眼前的帽子與身旁的管家。「要不然是什麼意思呢？影山。」
「您還不明白嗎？提示是事件發生的日期。」
「事件發生在十月三日，大概是個沒什麼特別的週末吧。」
「的確。那麼兩天前的十月一日又如何呢？」
「你問我十月一日是什麼日子嗎？」麗子思考一會兒，馬上就想到了。「十月一日是換季——對了，十月上旬是換季的時刻呢。」
「正是如此。不過，像這裡擺放的秋冬款帽子，當時可能還沉睡在衣櫥深處的瓦楞紙箱裡。因此我們可以這麼推測，那個八層的架子上，可能還擺放著春夏款的帽子。」
「這麼說起來，今年夏天很熱呢。直到最近都還是秋老虎天氣，所以換季的時間才會稍微延遲了吧。」
「是的。接著我想請教美羽小姐，所謂春夏基本款，是什麼素材的帽子呢？」
「咦？」儘管感到疑惑，美羽卻還是立刻回答。「如果以素材來說的話，最普遍的基本款應該是麥稈草帽吧。尤其是今年夏天，更是再度吹起了一股麥稈康康帽的風潮呢。」
我去拿一頂過來吧——這麼說完，美羽又穿過帽子之間，往店內一角走去。再度回來時，美羽手中拿著一頂用麥稈編成、樣式簡單的康康帽。接下帽子後，影山將它對著照明的燈光，滿意似地點了點頭。
「喔，這個正好。如果是這頂就能派上用場了。」

「你說派上用場是什麼意思？」麗子歪著頭說。「用麥稈草帽很難把浴缸裡的水舀出來吧，水會從網目之間漏光的。」

「您說得沒錯。不過，正是因為水會漏光，才派得上用場。那並不是要拿來當成舀水的工具，而是當成瀝水的工具。」

聽了影山意外的發言，麗子一瞬間愣住了。

「瀝水？你是說——拿來當篩網嗎？」

「正是如此。聽您的描述，神岡美紀似乎不是會煮飯的那種人。所以，就算廚房裡有單柄鍋與湯鍋，恐怕找不到瀝水用的篩網之類的吧。於是犯人在倉皇中想出了一個不是辦法的辦法，把衣櫥中的麥稈草帽當作篩網的替代品。其實，這種想法也沒有多麼奇特。雖然這頂康康帽是戴在頭上的帽子，但只要反過來拿在手上，不就很像竹編的瀝水篩網嗎？」

「嗯、的確，看起來倒也很像。可是，犯人拿麥稈草帽代替篩網要做什麼呢？難不成他突然想在殺人現場煮蕎麥麵來吃嗎？」

「不，篩網這種工具，並非只是煮麵時用來瀝水而已，想從液體中取出固態物體時也經常會用到。最典型的例子就是捉泥鰍。」

「…………」雖然把泥鰍定義為固態物體不太妥當，但麗子已經能夠理解。「我懂了。意思是，犯人想要從浴缸的水裡撈出什麼。換句話說，犯人把某樣東西遺落在浴缸裡了。」

「正是如此。問題在於那個物體是什麼——您知道嗎?」

「等一下啦,我正在想。」

麗子盤起雙臂自言自語。「對犯人來說,那東西應該很重要才對。那東西很小,必須用篩網才能撈得起來……而且,在起泡的乳白色洗澡水中很難看得清楚……顏色是白色,不,還是透明呢……啊!」

這時,麗子腦海裡靈光一閃。體積小又透明無色,所以難以發現,而且對犯人來說非常重要,又很可能在殺人過程中遺落。那是——

「隱形眼鏡!沒錯,犯人在殺害神岡美紀時,不小心把隱形眼鏡掉進浴缸裡了。為了把隱形眼鏡從洗澡水裡拿出來,犯人需要篩網。可是屋內卻又沒有篩網,於是便拿麥稈草帽代替。犯人把架上的帽子全都帶走的原因,就跟剛才美羽解釋的一樣。是這樣對吧!」

「哇,太完美了,麗子姊。」美羽也興奮地向前站出一步。「那麼,犯人是隱形眼鏡的愛用者囉!」

「看來是這樣沒錯。從三位嫌犯來推斷,米山昇一戴著黑框眼鏡、增淵信二則是銀框眼鏡的愛用者。那麼,剩下的那個男人又如何呢?當風祭警部在玄關前出示識別證時,他的眼睛得要很貼近識別證,好像看不清楚的樣子。然後他暫時退回屋內,等到回來時，他就能正常地看東西了。也就是說，他先回房裡戴上隱形眼鏡才出來。所以錯不了的！」

麗子懷抱著絕對的信心，說出了那個男人的名字。

「殺害神岡美紀的犯人就是『疑似跟蹤狂的前男友』安田孝彥！」

接著，麗子滿心期待獲得熱烈的贊同，便向身旁的管家徵求感想。

「影山，我的推理怎麼樣啊？快，說點什麼來讓我聽聽吧。要不然，說『真是太優秀了』也可以喔。」

然而影山並沒有說出「優秀」二字。相反地——

「不好意思，大小姐。」影山直直地注視麗子的眼睛，並認真地發問。「大小姐是在開玩笑嗎？」隨即，影山以恭謹的語氣，對愣住的麗子說道。

「如果是這樣的話，那就真的是『超好笑的耶～～』」

幾秒鐘的沉默降臨在帽子店內。打破寂靜的是帽子店的女兒。

「那個，是我聽錯了嗎？剛才管家先生好像說了什麼奇怪的話……」

「妳沒有聽錯喔，美羽。我家的管家就是這種男人。」

麗子突然從沙發上起身，並且雙手叉腰，開始宣洩滿腔怒火。

「影山！你那句『超好笑的耶～～』是什麼意思！寶生家的管家，怎麼樣也不該說出這種話吧！」

「是，我也是這麼認為。不過，大小姐好像在開玩笑的樣子，所以我才會這麼說。莫非您不滿意嗎——」

「怎麼可能滿意！況且，我根本沒在開玩笑！」

麗子氣憤難平，啪沙啪沙地亂抓頭髮。「真是的，明明人家那麼認真在推理，為什麼非得讓管家說什麼『超好笑的耶～～』來羞辱不可啊。」

「麗子姊真可憐。」美羽一邊對癱坐沙發上的友人投以憐憫的視線，一邊對管家問道。「麗子姊的推理錯了嗎？」

「不，並不能說是全錯。犯人是隱形眼鏡的愛用者，這項推理是正確的。不過，據此斷定安田孝彥是犯人，就太過草率了。有很多人同時擁有一般眼鏡和隱形眼鏡。米山昇一和增淵信二平常雖然習慣戴眼鏡，但實際上也可能擁有隱形眼鏡。在無法否定這種可能性的情況下，隱形眼鏡就不宜作為推理時的決定性依據。」

頭髮凌亂的麗子不滿地抬起頭來。

「如果無法成為決定性的依據，為什麼又要往這個方向推理呢？之前累積的推理，難道全都白費了嗎？」

「並沒有白費，隱形眼鏡正是解決事件的重要關鍵。不過，『犯人經常使用隱形眼鏡』一事並不重要，『犯人拚了命想找出掉進浴缸裡的隱形眼鏡』才是重點。您明白了嗎？」

「不明白。犯人會想要拿回遺落的隱形眼鏡，是理所當然的事情啊，因為光從一只隱形眼鏡，就能查出犯人的身體特徵。換做犯人的立場，我也絕對不會讓隱形眼鏡落入警察的手中。」

「大小姐說得沒錯，犯人的確想要避免讓警察取得隱形眼鏡。可是——」

影山停頓了一下，然後提出了直逼核心的問題。

「既然如此，為什麼犯人不乾脆把浴缸的栓塞拔掉呢？」

「啊？浴缸的栓塞？」

「是的。把浴缸的栓塞拔掉後，無論洗澡水或泡沫，當然，也包括隱形眼鏡，這些全都會流進排水孔裡。以湮滅證據的手段來說，這麼做就夠了，而且也花不了多少功夫與時間。為什麼犯人不選擇最輕鬆的方式呢？總不可能是因為捨不得一只幾萬元的隱形眼鏡費用吧。您想想，在殺人現場得要盯著屍體，做出像是捕泥鰍般的舉動，相較之下，幾萬元的支出實在是太便宜了。」

「的確如此。可是，沒有隱形眼鏡的話，犯人會很困擾才對吧？畢竟這樣一來就看不清楚了啊。」

「但是，遺落隱形眼鏡時，很少會有同時兩片都掉落的情況發生。犯人恐怕也是這樣，只掉了一只隱形眼鏡。如此一來，剩下另一邊的視力就還是保持正常，應該也不至於會有多困擾，不是嗎？」

「這麼說也對……」麗子也不得不同意。「反正人都已經殺死了，之後要做的只有拿著電腦和手機離開現場。做這些事情，只要戴著一邊的隱形眼鏡就能辦得到……然而犯人卻留在現場，拚了命地想要找出另一只隱形眼鏡……所以說，犯人無論如何都需要兩只隱形眼鏡……啊！」

麗子的腦袋今天第二度靈光一閃。不過，現在高興還嫌太早，為了不讓剛才的醜態再度上演，她慎重地再三斟酌過後，才緩緩開口。

「不湊齊兩只隱形眼鏡，犯人就無法離開現場，因為犯人是開車前往現場的。是這樣對吧？」

「…………」影山靜靜地聽著。

「難、難道不是嗎？只戴一只隱形眼鏡，在深夜的路上開車，不僅恐怖，而且又危險，萬一發生了事故，犯人就真的玩完了。可是，犯人又不能把自己的車停在現場附近，自己走路離開……沒錯吧？」

麗子戰戰兢兢地窺探管家的反應。於是影山像是發自內心感到佩服似地把手貼在胸前低下了頭。

「不愧是大小姐，您的推理真是太精彩了。」

麗子鬆了口氣，不知為什麼，心頭湧現出又喜悅又害臊的感情。儘管對此感到困惑，麗子卻還是不由自主逞強著說：「——還好啦，畢竟我也是職業的啊。」

美羽什麼話也沒說，就這樣笑盈盈地注視著裝模作樣的麗子。

於是，管家開始流暢的敘述起一連串推理的結論。

「就像大小姐所說的，犯人應是開車前往現場。那會是三名嫌犯之中的誰呢？不可能是安田孝彥。他對神岡美紀奉獻了一切，但很遺憾，他似乎沒有車。那麼增淵信二又如何呢？身為大學教授的他，平常以小型汽車代步。不過，他家位於國立市內，而且還在命案現場附近，只要走五分鐘就能抵達。要在深夜中偷偷往返這段路，需要特地去開車嗎？徒步反而更安靜又安全吧。此外，如果他是犯人的話，就沒有必要拚了命似地尋找隱形眼鏡了。因為回家戴上眼鏡後再折返回來，那還簡單得多了。所以增淵信二不是犯人。如此一來，嫌犯就只剩下一人，就是廢棄工廠的登記所有人米山昇一。住在小平的他，正是為了殺害神岡美紀，特地開車前往國立市的現場的凶手。恐怕就如同風祭警部所推想的一樣，米山昇一與神岡美紀是情人關係，兩人的感情糾葛引發了這次的事件。」

不過以上終究都是推測罷了──管家保守地這麼說完，便結束了話題。

米山昇一被捕，是在那天之後過了一星期的事情。犯行並不是殺人──而是因為任意丟棄廢棄物而被當成現行犯遭到逮捕。深夜離開自家的米山，來到了文豪太宰治投水自盡之地而聞名的玉川上水，正準備丟棄某件四邊形物體時，被刑警們親手逮捕。

刑警們──其實就是風祭警部與寶生麗子，四邊形物體則是神岡美紀的筆記型電腦。

殺害神岡美紀的那天晚上，米山將留有兩人通信紀錄的電腦帶離了現場。可是，當搜查範圍擴及米山時，他開始對手邊保留著犯案證據的電腦感到不安。所以他趁著深夜，做出了任意丟棄廢棄物這種馬虎又隨便的行為。

於是與帽子相關的事件就這樣順利解決了。

如釋重負的麗子，瞞著影山偷偷造訪了「CLOCHE」。她甩開了藤咲美羽所推薦種種新品的誘惑，只買了一頂最喜歡的帽子。

回到家後，麗子馬上解開帽盒的緞帶，開心得幾乎渾身顫抖。

看到麗子天真無邪的模樣，一旁的管家嘆著氣說道。

「您又買了東西是吧？這次到底是買了什麼……」

「有什麼關係。這是給我自己的獎勵，順便當作解決事件的紀念。嗚呼呼呼……」

從盒內拿出來的帽子是茶色的。麗子立刻將帽子戴在頭上，端詳起鏡中的自己。一會兒往左，一會兒往右，又是收下巴。然後，麗子用右手比出手槍的形狀，頂起帽簷，以這個姿勢詢問身旁的管家。

「──怎麼樣？影山，還適合嗎？」

影山一瞬間露出大吃一驚的表情。然後他注視著寬闊的帽簷與麗子的臉，回答道：

「真是太適合您了，警長大人。」

第三話　歡迎光臨殺機派對

1

「欸，影山，你覺得哪頂比較適合？」

坐在禮車後座上的寶生麗子，輪流戴著兩頂帽子，同時透過後照鏡窺視著駕駛座的反應。「是這頂紫色的寬邊帽好？還是這頂綴有蕾絲的粉紅色帽子好？」

管家兼司機的影山迅速將視線投向鏡中，「無論哪一頂都非常適合您。」給了這個無關緊要的回答後，他用略帶諷刺的語氣中透露了真心話。「只不過，無論是哪一頂，都不像是現任警官會戴的帽子就是了。」

「哎呀，才沒這回事呢。以前我曾在電視上看過，有個留法歸國的女刑警，戴著比這更花俏的黑色帽子，走在飛機跑道上呢。」

「您是說七〇年代中期的G-men嗎？那可是連續劇喔。」

是這樣嗎？歪著頭這麼說的麗子，是任職於國立署的正牌女刑警。可是她的真面目，是網羅了金融、電機、資訊、不動產，甚至是傳播、音樂、以及本格推理小說的超級複合企業——「寶生集團」總裁寶生清太郎的獨生女。

今天是十一月的某個假日，她正準備前往參加朋友的派對。平常麗子在職場上，總是被迫打扮得很不起眼，不過，一到派對上，她就能充分發揮名門千金的「裝扮慾」。事實上，今天她的裝扮就是完美的大小姐規格。以蕾絲薔薇點綴的大紅色禮服，配上兔毛披肩，腳上穿著飾有緞帶的細跟高跟鞋。現在則是為了搭配什麼帽子而煩惱著。

「——決定了，就戴這頂吧！」麗子選擇了粉紅色的帽子。接著又從身旁的小箱內取出數種首飾，帶著出神的表情端詳起來。

「欸，你覺得哪個珠寶比較好？鑽石、翡翠、還是紅寶石——」

然而，從駕駛座上傳來的，只有影山厭倦似的嘆息。

麗子猶豫再三，總算完成了首飾的挑選後，載著兩人的禮車終於抵達了高級飯店的激戰區，高輪。在這個必須不斷的與知名大飯店進行激烈競爭的地區，有一家老字號飯店名為「Hotel 港區」。這家飯店的新館大廈，就是今天派對的會場。

影山把轎車停在正面門廊前，隨即從駕駛座下車，打開後座的門。麗子以熟練的架勢將雙腳伸出門外。一瞬間，站在入口附近的幾位紳士們，大家視線都緊盯著麗子的一雙腿不放。麗子充分意識到這些男人的目光，緩緩地下了車，然後，當套著細跟高跟鞋的右腳，優雅地踏出第一步時——

喀！右腳踝突然無力地拐了一下！回過神來，麗子已經像被人擊出逆轉再見全壘打的投手一般，雙手貼地跪倒在地了。身為名門千金，不該有這樣的失態。麗子一抬起面容僵硬的臉，紳士們馬上轉頭朝向其他地方，裝做沒看見。麗子見機不可失，只花了零點一秒，俐落地站起身子，然後刻意用帶有威嚴的聲音向身旁的管家問道。

「影山，我剛才有跌倒嗎？」

影山把臉迅速轉回來。

「您在說什麼？大小姐現在才剛下車而已。」

「是、是啊。我也是這麼覺得。」

紳士們的體貼、麗子本身的運動體能，以及影山的裝糊塗功力三位一體，完美掩飾了她的失態。為了把車開到停車場去，影山暫時回到了駕駛座上。

落單的麗子，一本正經地踩著慎重的腳步，穿過正面的自動門。

可是，在玻璃門往左右兩邊打開的瞬間，一陣吵雜的笑聲傳進了麗子耳中。聲音的源頭是跟麗子一樣身穿華服的三位女性。依序看了她們的臉後，麗子不禁詛咒起自己命薄。

「…………」嗚！完了，居然被這些傢伙看到了！

指著麗子的臉捧腹大笑的三人，是她大學時代的損友。

在那之後過了一會兒，到了下午一點——在「Hotel 港區」引以為傲的最高級大型宴會廳「桔梗之間」內，不知目的為何的派對盛大展開了。看到身穿紅色短袍站上講臺的桐生院家大當家——桐生院吾郎，麗子心想「啊啊，原來今天的派對是要慶祝綾華爸爸過六十大壽啊」，這才總算明白了派對的宗旨。對麗子而言，所謂派對，就好像是個能讓女性竭盡全力打扮得漂漂亮亮出門的藉口。所以管他慶生也好、慶祝七五三節也好，還是慶祝某人獲得本格推理小說大獎也罷，主旨是什麼，其實都無所謂。

不久，無聊至極的儀式結束，派對進入了自助餐形式的餐敘時間。方才在大廳取笑麗子的三人，立刻圍到她的身邊。

「大家好久沒像這樣子聚在一起了呢。自從四月以來，這還是第一次吧？」

身穿酒紅色禮服的女性以爽朗的語氣說。這位手腳細長，留著一頭長髮的女性，名叫宮本夏希。她在一流企業的公司職員家庭中出生長大，是個稍微有錢的普通女孩，拿手運動是網球。她此時似乎想起了剛才麗子跌倒的慘狀。

「可是，麗子還是老樣子呢，依然是冒冒失失的……嘿嘿。」

「夏希姊，妳又在笑她了。誰叫麗子姊摔倒的模樣實在是太有趣了嘛。」

這麼說完，身穿紅粉雙色漸層禮服的嬌小女性笑了。她是森雛子，身為富裕的牙醫之女的她，比其他三人小一屆，是就像是她們的妹妹一樣，拿手運動是滑雪。她改以輕柔的聲音問道。

「話說回來，麗子姊，妳的腳沒事吧？腳踝都折彎成九十度了呢。」

「沒事，而且也沒到九十度啦。」我的腳踝可沒那麼靈活。

麗子帶著好像一點都不痛的表情回答。不過，實際上腳踝骨的地方彷彿被人踹了一腳似地隱隱作痛。雖然自知可能會影響到明天的工作，但麗子現在可不能喊痛。

因為麗子的自尊心，無論如何也不容許自己在那個女人面前示弱。

當麗子在心中暗自發誓並故作平靜時，眼前的那個女人，帶著遊刃有餘的笑容開口。

「呼呼呼，都是因為妳愛耍帥，故意穿鞋跟那麼高的鞋子，才會鬧出那麼大的笑話啊，麗子。以後妳就穿運動鞋來吧——呼呼呼，真是太適合妳了！」

宛如好萊塢女明星一般，身穿大紅色禮服的女性，手掩著嘴角哈哈大笑。

「嗚呼呼呼，禮服配上運動鞋……呵呵呵，真是太滑稽了……呵呵呵……嘻嘻嘻，嘻嘻——……嗚，糟糕，喘……喘不過氣來了……」

「不、不好了！綾華姊好像換氣過度了！」雛子焦急地衝上前來。

「真是的，一般人哪裡會笑到喘不過氣來啊。」夏希露出傻眼的表情，撫拍著綾華的背部。

麗子冷言冷語地回話說：「乾脆讓她笑到死如何？」

這位換氣過度的女性，名叫桐生院綾華，名字比寶生麗子稍微更像名門大小姐一點點的她，正是舊華族（貴族）桐生院家的千金。拿手運動是游泳。

順帶一提，這個桐生院家，是舉凡建設、機械、食品、通訊，甚至電影戲劇、幽默推理文學等，各行各業都有所涉獵的複合企業——桐生院財團的本家。簡單來說，就是家世跟寶生家不相上下的富豪人家。若是硬要舉出兩人的差異，頂多就只有「在國立署執勤」與「在家幫忙家務」的不同吧。

如此相似的兩人，打從大學時代起，就一直是「惡性競爭的對手」，周遭的人私底下都說，這兩人「感情簡直就像親姊妹一樣的壞」。

不知道是不是察覺到這股微妙的氛圍，佇立一旁的影山悄聲問麗子。

「大小姐，這麼不和睦的氣氛，到底是怎麼一回事呢？」

「我們也沒有不和睦，只是沒在客氣而已啦——」

為了解開影山的誤會，麗子重新介紹了三位損友。依序介紹過夏希、雛子、綾華後，麗子揭曉了包含自己在內的四個人的關係。

「我們是大學時代的社團朋友，社團名稱叫『四季運動同好會』。」

「四季運動同好會？」聽了麗子所說的怪異名稱，影山疑惑地歪著頭。「那到底是什麼樣的社團呢？」

四季運動同好會，那是時間、金錢，還有體力多到發慌的女孩子們，依季節不同挑選各種運動來玩的「超運動性」社團。也就是——

綾華說：「夏天去湘南海邊玩水上運動！」

夏希說：「秋天去輕井澤的高原打網球！」

雛子說：「冬天在越後湯澤滑雪！」

麗子說：「春天在井之頭公園賞花！」

四人齊聲說：「這就是四季運動同好會，人稱『ＳＳＤ』！」

過去曾重複過無數次的這段說明，幾乎已經到達宴會表演的高水準領域了。

「這……賞花也是運動嗎？這我還是第一次聽說呢。」影山用手指推了推銀框眼鏡。

「不過，那個叫做ＳＳＤ的社團，只有這四位成員嗎？」

「不，這個嘛。」麗子窺視了一下其他三人的表情。「其實還有一個叫做木崎麻衣的女孩，不過她發生了些事情。」

「因為一些緣故，她目前正在住院當中。」夏希以鬱悶的聲音補充說。

「嗯，是因為手代木——」當雛子正準備詳細說明時，

「雛子，不要多嘴！」綾華以尖銳的語氣打斷了雛子的發言。

不知道是不是感受到了飄散在四人之間的微妙氣氛，影山並沒有進一步追問，就這樣往後退了一步。

包含麗子在內的四個人，沉默了一會兒後，便開始談論起彼此的服裝。

「話說回來，我們大家都穿紅色系呢。」夏希環顧著四人的禮服開心似地說。「感覺好像清一色全都是紅色戰士的祕密戰隊喔。」

「雖然我有一半是粉紅色，但還是紅通通的呢。」這麼說完，雛子望向站在眼前的兩位富豪千金。「可是，像麗子姊和綾華姊，就完全撞衫了。」

「真的耶。這麼說起來，妳們兩個簡直就像紅色的『Ｗｉｎｋ』嘛。」（註1）

「不准說我們撞衫！」「誰是紅色的『Ｗｉｎｋ』啊！」

1　日本雙人女子偶像組合。

根本就不一樣吧，綾華與麗子互瞪著這麼說。只不過，身穿大紅禮服面對面的兩人事實上根本就是一模一樣，彷彿照鏡子一般。夏希指著這樣的兩人笑著說道。

「妳們連胸前的寶石顏色都一樣耶，該不會事先算計好了吧？」

在開往會場的禮車中，經過再三猶豫，麗子最後選擇的寶石是翡翠，如今在麗子大膽敞開的胸前綻放著綠色的光輝。另一方面，往綾華的胸前一看，那裡有個大小幾乎一樣的翡翠。的確，兩人的裝扮就連細節都重複了。

「真、真要說的話，夏希和雛子也是吧。」綾華開始反擊。「妳們胸前的寶石不也重複了嗎？兩人都是戴紅寶石吧。嗯，雛子的不是紅寶石嗎？」

「請不要這樣一直盯著人家的胸部看啦！」

雛子害羞似地按住了胸部，祥和的笑聲在她們一群人之間蔓延開來。就在這時——

麗子的視線不經意地捕捉到一位女性。那位女性穿著樣式別緻的黑色禮服，渾身上下散發出一股沉穩的氣質，用妖豔來形容恰到好處的側臉，讓人不得不駐足凝視。跟麗子和綾華一樣，渾身散發著大小姐光環的她，正是將高級飯店拓展到全國的飯店大王——手代木幸作的女兒手代木瑞穗。這個當作派對會場的「Hotel 港區」也是由手代木家經營的，大概是因為這個緣故吧，瑞穗和派對的主角桐生院吾郎正有說有笑。

順帶一提，麗子她們的SSD也跟瑞穗關係匪淺。

除了在井之頭公園賞花外，SSD辦活動時，很理所當然地會在度假勝地投宿，不過，每次挑選住宿地點，往往都選中了手代木家的旅館。麗子她們大學時代的朋友之中，還有個名叫手代木和也的男性友人，他是飯店大王的姪子，很輕易就能預約到房間。因為這層關係，手代木和也與手代木瑞穗兩人，也曾參加過好幾次ＳＳＤ的合宿（假運動之名的優雅度假）。麗子還記得，他們兩人都很會打網球。

當麗子正猶豫著該不該打招呼時，瑞穗似乎也注意到麗子她們的存在了。結束了和桐生院吾郎的對話後，瑞穗露出像是見到親密好友般的笑容，朝麗子她們的小圈圈走了過來。

「好久不見了，麗子。妳們非常引人注目喔，簡直就像會場裡只有這裡盛開著花朵似的。」

是紅色的花對吧，麗子原本打算這麼說，但一旁的綾華卻搶先開口了。

「那當然啊。畢竟爸爸是派對的主角，身為女兒，自然也得幫忙增色一番。」這麼說完，綾華用指尖揪著寬闊的裙襬，優雅地轉了一圈。「不過真可惜呢。這個派對上好像沒見到什麼帥氣的年輕男性。」

「唉，畢竟是慶祝六十大壽嘛。老頭子的人數多了點，也是沒辦法的事情啊。」麗子不滿地低聲說。

「哎呀，這對麗子來說不是正好嗎？」

綾華挖苦地這麼一說，麗子馬上朝綾華逼近到額頭互貼的距離。

「什麼嘛，妳這話是什麼意思啊！」「我可沒說妳喜歡老頭子喲！」「妳這不就在說了嗎！」「真的就是這樣啊！」「住口，妳這個╳╳！」「什麼，妳這個○○！」

瑞穗面帶微笑地看著兩人爭論的模樣。「妳們兩個還是一樣要好呢。」

「看起來像嗎？其實這兩人感情很差喔。」夏希訂正說。

「話說回來，我有件事想問問綾華。」這麼說完，瑞穗便壓低了聲音。「聽說今天這場派對不光只是慶祝六十大壽，好像還有什麼重要的事情要宣布，剛才令尊是這麼說的。只是並沒有告訴我詳情就是了。」

「咦，是這樣嗎？」綾華停止和麗子爭執，重新面對瑞穗。「什麼重要的事情啊？我可沒聽說過。」

「啊，關於那個傳聞，我也聽人家說過了。」雛子舉起手來。「不過詳細情況好像沒有人知道。到底會是什麼事情呢？」

「該不會是桐生院家的千金宣布要訂婚之類的——」瑞穗開玩笑似地這麼一說。

「咦——真的嗎？綾華姊！」雛子馬上當真地追問起來。

「假的、假的啦！這種事情絕對不可能。」綾華面紅耳赤地使勁搖頭。

看著這樣的綾華，麗子露出不懷好意的笑容點了點頭。

「的確。如果是這種大新聞的話，綾華不可能默不吭聲的。」

「原來如此，這倒也是。如果是綾華的話，反而會洋洋得意地主動說出來呢。」

夏希開心的拍了拍手，圍成一圈的五位女性之間同時爆出了笑聲。結果在不知道會有什麼重大宣布的情況下，大家就這樣不再深究下去了。這時瑞穗舉起單手揮了揮——

「那麼下次見面，再來我家玩吧。我隨時歡迎。」

這麼說完之後，瑞穗便離開了麗子她們談天的圈子。

藉著話題暫時中斷的機會，綾華和雛子說「我們去拿料理」，便走向擺放料理的桌子。這時，夏希輕輕戳了戳麗子的肩膀。

「欸，妳看。跟瑞穗在一起的人，那是和也吧。」

麗子朝夏希所指的方向望去。告別了麗子她們的瑞穗，現在正跟一個熟悉的面孔站在一起。那是大學時代的友人，手代木和也。他似乎也參加了這場派對。

手代木瑞穗與手代木和也。身為堂姊弟的兩人，宛如感情很好的姊弟一般，親密地交談著。

2

桐生院吾郎所謂的「重大宣布」，發生在派對漸入佳境的時刻。

站上講臺的桐生院家大當家，不疾不徐地取出一個長方形物體，那是ＤＶＤ的盒子。

在眾人屏氣凝神地觀望中，桐生院吾郎如此說道。

「各位引頸期盼的重大宣布就是這個——不過並不是DVD喔。接下來將要發生的事情，請各位仔細看清楚了。看，把這裡像這樣子……」

說著說著，桐生院吾郎抓住盒子一角，做了個輕拉的動作。於是包覆DVD盒子的透明塑膠膜不一會兒便漂亮地剝落了。

「這是即將發售的劃時代新商品——『DVD特殊膠膜』。各位在購買DVD的時候必定會遭遇到這種情況：『好想趕快看DVD，可是透明膠膜卻怎麼樣也無法順利撕下來』。有了這個發明，人們就能從剝除膠膜的焦躁感之中獲得解放了。如何啊？各位！」

一瞬間，會場內的空氣完全僵住了，不久，零星的鼓掌聲響起。那就像漣漪一般，擴散到整個會場，轉眼間，變成了震天價響的熱烈喝采。

「告訴我，影山。」麗子向身旁的管家問道。「那真的是劃時代的新產品嗎？」

「是的，那無疑是劃時代的商品。苦難的歷史終於在今日宣告終結了。」

這麼說完，影山本人也不吝惜的對著講臺送上掌聲。對麗子來說，這「重大宣布」實在是難以理解。

派對開始後，經過一個半小時以上，到了差不多快散會的時候，麗子和SSD的夥伴們聚集在會場外的走廊上，話題自然而然地集中在那個不著邊際的「重大宣布」。「真掃興」、「無聊透頂」、「莫名其妙」一片嚴厲的批判聲中，只有桐生院綾華一個人袒護著親人說「真不愧是爸爸」。

「什麼叫做『真不愧是爸爸』啊。」麗子嘛起嘴來。「其實妳根本就滿心期待著宣布訂婚嘛。」

「哎呀，什麼期待，那是開玩笑的啦。」綾華像是看透麗子心思似地說道。「妳才是提心吊膽地，害怕被我搶先一步吧。」

妳說誰害怕啊！兩人又照例互相貼緊了額頭，就在這時候——

「啊，妳們有看到瑞穗姊嗎？我找不到她呢。」

這麼說完，手代木和也加入了麗子她們談天的圈子。和也稱堂姊瑞穗為「瑞穗姊」，這是因為他們兩人關係形同親姊弟。

「瑞穗姊……？」雛子疑惑地歪著頭。

「沒看到耶。」麗子與綾華異口同聲地說。

「不是一直跟和也在一起嗎？」反過來這麼問他的是夏希。

「嗯，直到剛才為止，我們都還一直在一起——嗚哇！」

兩位身穿制服的警衛，擠開正在回答問題的和也，氣勢洶洶地衝了過去。驚慌失措的他們一跑到電梯前，便露出焦躁的表情等候電梯抵達。麗子察覺氣氛非比尋常，於是基於職業本能，關心詢問他們。

「怎麼了？發生了什麼事情嗎？」

不過警衛卻緊盯著樓層顯示燈，冷淡地回應「跟客人沒有關係」。

那就沒辦法了。雖然有些為時過早，但麗子決定使出大絕招。「——影山，把那個亮出來。」

「是。」影山迅速將右手滑進西裝胸前的口袋。

一轉眼間，抽出來的右手上握著警察的識別證。影山把它當成了副將軍的印鑑盒般高高舉起，原本冷淡的警衛們，態度頓時為之一變。

「警察！這下正好。」警衛們抓住影山握著識別證的手，把他拖進了才剛抵達的電梯內。「請跟我們一起來。」

看來他們似乎把影山誤認為警官了。當管家還在發愣的時候，人已經置身電梯內了。

「等等！我才是警官！」麗子也抗議著走進了電梯。

「我們也要去！」綾華、夏希、雛子，還有手代木和也也緊跟在後，根本就是趁亂混了進來。

電梯門隨即關上，並開始上升。警衛們的目的地是屋頂上。

其中一位警衛對影山解釋現況。

「我們接獲聯絡說，有女性頭部受傷倒在屋頂上，通知我們的是個年輕男性。或許這有可能是一起傷害事件也說不定。」

「聽、我、說。」麗子跺響了鞋跟。「他不是警官，我才是！」

麗子從影山手中搶回識別證，「我是國立署的寶生麗子！看，上面不是貼了張美女刑警的照片嗎！」並將它舉到警衛們的面前。就在警衛們終於理解眼前這一身禮服的大小姐，才是貨真價實的警官時，電梯總算抵達了屋頂上。

說起大樓的屋頂，照慣例就是水塔與晾衣臺。雖然麗子自以為是地這麼想，但「Hotel 港區」新館的情況卻大為不同。那裡是個綠意盎然、讓人無法聯想到大樓屋頂和港區的獨特空間。也就是所謂的空中花園。秋季的花卉種滿了花圃，各式灌木布置成英倫庭園風。庭園一角有個溫室，一小群人聚集在入口附近。

兩位警衛與麗子同時拔腿跑了起來。ＳＳＤ的三人及影山、手代木和也也尾隨在後。

麗子他們撥開人牆，來到了溫室的入口。溫室內臺階狀的架子上裝飾著大量盆栽。在這之中，一位身穿黑色禮服的年輕女性倒臥在中央的通道上。一旁有個西裝打扮的年輕男性，正一臉擔心地注視著她的臉。雖然麗子沒見過那位男性，但卻一眼認出了那位身穿黑色禮服的女性。

「瑞穗！」麗子大叫著飛奔進溫室裡。

警衛們也跟了上去，背後的ＳＳＤ成員們發出了近似悲鳴的叫聲。

雛子說：「不會吧！是瑞穗姊嗎！」

夏希說：「真的是瑞穗！」

綾華說：「瑞穗死了！」

喂，是哪個傢伙說了那麼不吉利的話啊！

儘管友人輕率的發言讓麗子蹙起眉頭，她還是確認起瑞穗頭部的傷勢。傷口在前額，靠近左邊太陽穴一帶的位置。幸好傷口很淺，出血量也不多，不過既然是頭部受傷，還是必須多加留意。麗子以果斷的態度下令。

「快叫救護車，還有警察。」

「我已經叫了。」西裝打扮的年輕男子回答。「手代木小姐沒事吧？」

「手代木小姐？」警衛對這個名字起了反應。「您說這位女性是手代木小姐嗎——？」

「是啊。她是手代木瑞穗，手代木幸作的女兒。」

聽了麗子所說的話，兩位警衛臉色立刻刷一聲地變得慘白。

「她說手代木！」「是這裡的老闆！」「不好了！」「快救她！」「不救她不行啊！」

「…………」你們那種看對象做事的態度是怎麼一回事啊？感到傻眼的同時，麗子轉頭面向身旁的年輕男性。「話說回來，你是誰呢？」

「我叫真山信二。是手代木小姐的，那個——朋友。」

那個——從這一瞬間的猶豫，就可以推測出真山信二和手代木瑞穗不光只是朋友，他們肯定是情侶的關係。雖然麗子並不知道瑞穗有正在交往對象，但瑞穗畢竟擁有那樣的美貌，就算有一、兩個男朋友，或是三、四個情人，那也一點都不值得訝異。

「寶生！」麗子背後傳來呼喚聲。回頭一看，只見手代木和也站在溫室入口處，擔心地朝這邊窺探。「瑞穗姊沒事吧？」

「嗯嗯，沒事了，手代木，別擔心。不說這個了，妳們幾個！」麗子像是現在才想起來似地，對已經踏進現場的三位ＳＳＤ成員提出警告。「現在馬上離開溫室。要是不聽從的話，我就以妨礙公務的罪嫌逮捕妳們喔。」

夏希說：「天底下哪有人會說要逮捕朋友的。」

雛子說：「我們只是擔心瑞穗姊啊。」

綾華說：「國立市的警官少在港區強出鋒頭了。」

麗子把三人的話當耳邊風，對身旁的管家下令。

「影山，沒關係，把她們轟出去！」

「遵命。」雖然影山行禮遵命，卻無法動粗。「請各位照大小姐說的話做吧。」於是他客氣地低下頭，把女性們趕出了溫室。

稍微恢復從容的麗子，環顧起溫室內。距離倒臥地上的瑞穗約兩公尺的通道上，躺著一個空空如也的花盆。麗子覺得不對勁，便把臉湊近一看。結果不出所料，那上面沾附著些許疑似血跡的液體。手代木瑞穗是被花盆打到頭部嗎？

這時，不知道是不是警衛們拚命照料產生了效果，失去意識的瑞穗「嗯——」地呻吟一聲之後，睜開了眼睛。

「啊，好像醒過來了呢，真是太好了。」麗子鬆了口氣。

「手代木小姐！」真山信二大叫。「發生什麼事了！是誰幹的！」

面對男友的提問，瑞穗以嘶啞的微弱聲音這麼回答。

「我被一個年輕女性攻擊了……用我沒見過的奇怪物體……」

瑞穗，妳誤會了喔，妳只是沒機會看清楚花盆，才會這麼認為。

儘管在心中這麼低喃，麗子卻什麼也沒說，就這樣豎耳傾聽瑞穗所說的話。

「……我看到她的臉了……是個不認識的女人……」

「妳說有不認識的女性攻擊妳！那真是太過分了！」真山氣得聲色俱厲了起來。

「是啊……可是，我好像在哪裡看過那個女人的臉……她穿著紅色禮服……是一件開襟禮服……胸口有顆閃閃發光的漂亮寶石……是大顆的綠寶石……對了，就像妳今天的打扮……」

瑞穗伸手指向麗子。麗子穿著開襟的禮服，胸口點綴著一顆翡翠。

沐浴在秋天的陽光下，神祕的綠色石頭綻放出燦爛的光芒。

3

不久，「Hotel 港區」周邊響起了救護車與警車的警笛聲。趕到新館屋頂上的急救隊員迅速將受傷的手代木瑞穗移至擔架上，眨眼間便從現場消失了。緊接著，由當地警察主導的調查也正式展開。

負責指揮現場的，是個感覺很認真踏實的中年男性，是三浦警部。

警部發現站在現場的麗子，頓時露出詫異的表情，然後，他像是探索記憶似地盤起手臂，歪著頭低聲沉吟。「呃——妳……我記得是……那個誰……嗯。」經過反覆苦思，最後三浦警部放棄了。「算了。總之，老百姓會妨礙調查，快點走開。」

「別放棄啊，三浦警部！」麗子求救似地叫道。「是我，國立署的寶生。在白金臺的事件中，被你當成犯人的寶生麗子啊。」

「啊啊，是妳啊。哎呀，我當然記得很清楚囉！」

「…………」你肯定忘得一乾二淨了。在嘴裡低聲碎唸後，麗子嘆了口氣。

「沒想到居然會再度見到妳，我們還真有緣啊，寶生。不過，在這次的事件中，妳該不會也是第一發現者吧？」

「很可惜，這次我是第二發現者。」這麼說完，麗子指向站在一旁的青年。「這邊這位真山信二先生似乎是第一發現者，打一一〇報警的也是他。不過，詳細情況我也還沒問明白就是了。」

聽完麗子的話，三浦警部重新面對真山信二。警部一臉正色地要求他說明從發現到打一一〇報警為止的詳細經過。

被警方訊問的真山，毫不畏怯地注視著警部的眼睛，滔滔不絕地開始說明。

「我和手代木瑞穗小姐是公司的同事。雖然還沒有對任何人說過，但我們兩人正在交往中。今天的派對也是她邀請我參加的。不過，在派對會場上，因為太在意旁人的眼光，我始終找不到機會和她交談，她好像也一直在跟堂弟和也聊天的樣子，於是我把她叫到了屋頂上。因為我知道飯店屋頂上有空中花園，是個沒什麼人會來的好地方。是的，我是用手機簡訊叫她出來的，時間大概是下午兩點半左右。她馬上就回信了——『我馬上就去屋頂上。』回信的內容就像這樣子。所以，她在回信之後，應該馬上就抵達屋頂了才對。」

「你沒有立刻到屋頂上嗎？」

「我當然也是這麼打算的，可是運氣不好，被公司的上司逮到，根本無法從會場脫身……我想，大概拖延了十分鐘左右吧。好不容易找出空檔，我連忙趕到屋頂上。我們約定碰面的地點，是空中花園的溫室旁，到了那邊一看，那裡沒有任何人在。我心想著她會不會生氣回去了，同時不經意地朝溫室裡望去，結果發現瑞穗小姐倒在通道正中央。我大聲慘叫，馬上衝到她的身邊，仔細一看，發現她頭部流血、失去意識。我慌慌張張地用手機叫救護車，順便報了警。因為不管再怎麼看，我都不覺得這只是單純的意外事故。」

順帶一提，用溫室內牆上的電話通知警衛室的，也是真山本人。

總之，狀況已經相當明瞭了。

在男友約會遲到的短短十分鐘內，手代木瑞穗遭到了某人的襲擊。凶器是倒在被害人身旁的花盆，犯人恐怕是臨時起意，拿起正好在溫室內或周遭的東西做為凶器。

這樣一來，問題就在於到底是誰，又是基於什麼原因，才會下手行凶。

可能成為線索的，果然還是被害者本人瑞穗所留下的話。麗子把瑞穗斷斷續續描述的內容，忠實轉告三浦警部，警部似乎對這些話抱持著濃厚的興趣、與強烈的疑問。

「犯人是『不認識的女人』——被害人是這麼說的吧。嗯，不過這就怪了。在高級飯店的空中花園裡，不可能會發生隨機傷害事件啊。」

「是啊，我認為不太可能是隨機行凶。而且，雖然瑞穗說犯人是『不認識的女人』，另一方面卻也表示『好像曾經在哪裡看過那女人的臉』。」

「這就矛盾了。到底是哪邊才對呢？是不認識的女人，還是認識的女人？」

「解開矛盾的關鍵或許是派對吧？」

麗子發表自己的解釋。「派對上有很多客人，其中大半都是『不認識的人』。可是，只要在派對舉行期間，一直待在同樣的空間裡相處，就算是不認識的人，也必然會碰上好幾次面。瑞穗所謂『不認識的女人』，卻又『好像曾經在哪裡看過對方的臉』，會不會是指桐生院吾郎六十大壽慶生派對的參加者呢？」

「原來如此。被害人說犯人『身穿紅色禮服』，這段描述也證明了犯人是派對上的客人，而且禮服敞開的胸口處還掛著閃閃發光的『大顆綠色寶石』——」

三浦警部斜眼看了裝飾在麗子胸前的翡翠墜子後，便立刻對幾位部下做出指示。

「犯人是年輕女性，身穿紅色系禮服。開襟的胸口處戴著綠色寶石。從留置下來的派對來賓中，找出符合條件的人——不，等等。」

三浦警部對已經下達的命令又做出些許修正。

「不必拘泥於綠色寶石這項條件，寶石的事情不要告訴任何人。把穿著紅色系開襟禮服的年輕女性全都聚集起來，動作快。」

4

在那之後，過了一會兒。地點是矗立在「Hotel 港區」旁，人稱舊館的一棟古色古香的五層樓建築內。

包含麗子在內的四位ＳＳＤ成員、還有手代木和也，以及真山信二，這些身為事件關係人，被要求留在這棟舊館一角的小廳內待命。至於影山，與其說是事件的關係人，倒不如說是麗子的關係人，理所當然地在她身旁待命當中。

小廳感覺上像是一座多功能會館，是個頗具歷史的空間。天花板垂吊著宛如古董般的吊燈，以及設置在牆上的白熾燈間接照明，醞釀出一股肅穆的氣氛。柔和的秋日陽光從窗邊照射進來。

在麗子他們等待的這段期間內，派對來賓的篩選作業似乎正遵照三浦警部的指示進行。符合條件的人，全都被視為新的嫌犯，被帶領到麗子他們所在的小廳。結果，七位身穿紅色禮服的年輕女性齊聚一堂。這七人分別是桐生院綾華、宮本夏希、森雛子，以及寶生麗子——也就是四位ＳＳＤ成員，另外還有麗子不認識的三名女性，也被過濾出來了。小廳內彷彿正在開著紅色禮服品評會一般，展露出華麗光景。

接著，三浦警部就像主角登場那樣，也出現在小廳內。除了麗子以外的ＳＳＤ成員們，立刻一股腦地對警部宣洩心中的不平與不滿。

「為什麼我們非得被當成嫌犯對待不可呢？」夏希說。

「就是說嘛，我們都是瑞穗姊的朋友耶。」

雛子也生氣地鼓起雙頰。

桐生院綾華氣憤難平地對警部投以攻擊性的視線。

「明知我是桐生院家的女兒，卻還把我當成嫌犯看待，您真是好大的膽量啊。唉，算了。話說回來，刑警先生，方便請教一個問題嗎？看來嫌犯似乎是身穿紅色洋裝的女性，不過，在派對賓客中，不是有很多人這麼穿嗎？」

「那倒也未必。」三浦警部客氣地解釋。「慶祝六十大壽的派對來賓年齡層較高，而且以男性佔壓倒性多數。雖然其中也有年輕女性，但泰半都穿著配色穩重的服飾。像紅色開襟禮服這種稍嫌太過招搖的服裝，只有在場的七位穿著而已。」

「什麼叫做太過招搖啊！」綾華不能把剛聽見這番話當作耳邊風，她手叉著腰提出強烈抗議。「我一點都不招搖，這種打扮對我來說只是居家服喔。」

「妳是開玩笑的吧！」「不可能！」「妳家每天都在開派對嗎！」

夏希、雛子、麗子等三人毫不留情地、不約而同狠狠吐槽了綾華。

無視於ＳＳＤ的喧鬧，三浦警部將目光轉向另外三位嫌犯。

一位是身材苗條，很適合短髮的女性，年齡大約二十出頭。另一位是體型豐盈的長髮女性，年齡應該是三十多歲。

不過就麗子所見，這兩位女性並沒有吸引三浦警部的注意。因為掛在胸前的寶石不對，一個是紫水晶墜飾，另一個則是珍珠項鍊，兩者色彩都跟綠色相去甚遠。

當然，理論上犯人的確有可能在犯案後換上其他寶石墜子，但是實際上卻很難辦到。因為瑞穗看到綠色寶石的情報，只有三浦警部和麗子等少數人知道，既然如此，犯人應該就不會想到要更換寶石以擺脫嫌疑。再說，犯人也不可能事先就準備好第二顆寶石墜子。所以，這兩人沒有意外的話，還是得排除在嫌犯之外吧。

然而，在目光移向第三位女性的瞬間，三浦警部表情頓時為之一變。

胸口大膽地開了個Ｖ字領的禮服，顏色是趨近紫色的紅。時下流行的縱向長捲髮染成了亮褐色；那是個氣質妖豔，帶點特種行業風味的女性。在她的胸前綻放光輝的，無疑是綠色寶石，那是個翡翠墜飾。

警部以事務性的口吻向她詢問姓名與職業。她用沙啞的嗓音回答道。

「永瀨千秋。我在品川車站附近的酒吧『步阿路』工作。」

「妳認識被害人手代木瑞穗小姐嗎？」

「說到手代木，這家飯店的老闆也是姓手代木吧。他有來過我們店裡，可是我不認識什麼瑞穗。咦，是他女兒嗎？喔——這樣啊。」

永瀨千秋不知為何，用著像是在裝傻打混似的態度回答。三浦警部平靜地詢問。

「妳是如何受邀參加桐生院吾郎的派對呢？」

「是吾郎哥親自邀請我的。吾郎哥是我們店裡的常客喔。」

「欸！不要隨便用『哥』稱呼人家的爸爸啦！」

活像桐生院家的榮耀被玷汙了一般，綾華面露怒容。

「好了好了，這種稱呼在特種行業不是很常見嗎——」麗子連忙插進兩人之間，並這麼安撫綾華。

三浦警部若無其事地點點頭說：「原來如此、原來如此。」然後往她胸口投注尖銳的視線。「話說回來，妳胸前的寶石真是漂亮啊。那是翡翠嗎？」

「嗯，這個嗎？當然，這是貨真價實的翡翠喔。有什麼問題嗎？」

被這麼一問，三浦警部知道關鍵時刻終於到了，於是直截了當地對她亮出之前一直隱藏起來的王牌。

「其實呢，我們已經查出，襲擊被害人的犯人是位身穿紅色開襟禮服的年輕女性，胸前還戴著一顆綠色寶石。妳知道這代表什麼意思吧。」

聽完警部所說的話，永瀨千秋立刻確認起自己禮服的顏色，接著目光落向敞開的胸口，注視著在那裡閃閃發光的翡翠。然後她視線遊移在其他六位女性胸前。她稍微放心似地嘆了口氣，再度反駁三浦警部。

「原來是這樣啊。的確，我的裝扮似乎跟刑警先生描述的犯人條件一致。可是真要說的話，那邊那兩個人應該也一樣吧。您看她們！簡直就像在胸前戴了同一副翡翠墜飾的紅色『Ｗｉｎｋ』嘛！」

「居然連妳也這麼說！」「不要用這種比喻！」

綾華和麗子之所以高聲怒吼，並不是因為被人當成嫌犯感到不滿，而是對被人當成「Ｗｉｎｋ」感到不快。「好了好了，妳們冷靜一點。」三浦警部這麼安撫了暴跳如雷的美女們後，便重新面對永瀨千秋。

「她們在外表上確實也符合條件。不過，這位寶生麗子是國立署的現任刑警。另一方面，這位桐生院綾華小姐則是桐生院吾郎的女兒喔。」

「那又怎麼樣？難不成刑警和千金小姐就不會犯罪嗎？」

「唔，妳說得沒錯。」心不甘情不願地點點頭後，三浦警部又對她亮出手中的另一張王牌。「其實，被害人手代木瑞穗小姐在遇襲前一刻，看見了犯人的臉。聽說犯人是被害人所不認識的女性。不過，這兩人跟手代木瑞穗小姐是從學生時代開始就有很深厚的交情。不，不光是這兩人，在場四人都是自學生時代起，就跟手代木瑞穗小姐有所往來的社團夥伴。也就是說，這四個人都不在嫌犯之列。另外——」

這麼說完，三浦警部指向站在牆邊的夏希與雛子。「那邊那兩個人都戴著紅色寶石，從這點也可以排除她們的嫌疑。」

「怎、怎麼會……」

「另一方面，就算再怎麼搞錯，手代木瑞穗小姐也不可能把純白的珍珠和紫水晶看成是綠色的。因此，這兩位女性也不是犯人。所以說！」

三浦警部像是嚇唬對方似地，把食指伸向她面前。

「符合犯人條件的人物只有永瀨千秋小姐，妳一個人而已——」

警部急著想要說出結論，不過有個男人大聲打斷了他的話。

「請等一下！」

一行人的視線朝著聲音傳來的方向集中，是手代木和也。他先望向永瀨千秋，「事到如今，我們就別再隱瞞了！」說了這番令一行人摸不著頭腦的話。然後他走向三浦警部，並道出了意想不到的事實。

「雖然我還沒告訴父親，不過，既然事情演變成這種地步，我就明說了吧。那邊那位永瀨千秋小姐，是我的戀人，我跟她正在交往。這件事情瑞穗姊也知道。幾天前我和永瀨小姐才跟瑞穗姊一起吃過飯。刑警先生，您明白這代表什麼意思吧。」

「你、你說什麼！」聽了手代木和也出乎意料的告白，警部瞪大眼睛低聲說道。「手代木瑞穗認識永瀨千秋……那、那麼瑞穗說的『不認識的女人』就不是永瀨千秋了……」

「是的，正是如此。她並不是犯人。」

從困境中拯救了戀人的手代木和也，用力點了點頭。擺脫嫌疑的永瀨千秋大概鬆了口氣吧，她也不忌諱旁人的目光，就這樣抱住了手代木和也。真是一幅美好的光景。

然而，ＳＳＤ成員們卻對恩愛的兩人投以宛如寒冰般冷漠的視線。

不知不覺間，時間已經過了下午四點半。這個季節特有的耀眼夕陽，照進嫌犯們聚集的小廳裡。

在這之中，三浦警部默默無言地坐在鋼管椅上。永瀨千秋犯人嫌疑被推翻，大概讓他受到相當大的打擊吧，警部身體右半邊沐浴在斜陽之中，連動都沒動過一下。

不知道是不是擔心三浦警部，之前一直佇立在牆邊的森雛子，獨自走向窗際，開始放下一扇又一扇的百葉窗。影山見狀，大概是本身的職業意識受到驅使吧，也沒有誰命令他，他就主動來到窗邊幫忙雛子放下百葉窗。雛子說了一句「謝謝你」，便將後續的作業交給管家，一個人回到了牆邊。影山把剩下的百葉窗全都放下來後，房內總算恢復了柔和的亮度。

這時，彷彿看準了作業結束的時機一般。

「那個，警部先生。」影山向三浦警部提出請求。「我想去小解一下，方便給我一些時間嗎？」

「嗯？」三浦警部一瞬間還以為影山會提出什麼重大的要求而緊張起來，過了一會兒，好不容易才理解了狀況。「什麼，要上廁所啊。沒關係喔，去吧。」

感激不盡，影山深深地行了一禮後，便帶著平靜的表情開門走出了房間。

不過麗子卻直覺不對勁。在這麼引人側目的情況下，那個影山居然要去廁所？這不可能。一定有什麼問題，麗子這麼心想，連忙向三浦警部提出要求。

「那個，警部——」

「沒關係喔，去吧。出了走廊左轉，走到底再右轉。」

不，誰說要去上廁所了——雖然感到氣憤，但麗子轉念一想，這樣倒也正好，便決定順勢利用警部的誤解。「那就不好意思了。」

於是麗子非常自然地走出了房間。一帶上門，麗子立刻往走廊左右兩側張望，尋找著影山的身影。這時，麗子背後毫無預警地響起了他的聲音。

「您在找什麼呢？大小姐。」

麗子像烏龜一樣縮起脖子轉過身來，神出鬼沒的管家在走廊的弧形轉角處，現出了修長的身影。「要去廁所的話，出了走廊左轉，走到底再右轉喔。」

「笨蛋，不是啦！」麗子跑到影山身邊，並伸手指著他的胸膛。「我有話要跟你說。」

「哎呀，是這樣啊？」用裝傻的語氣這麼說完後，影山迅速地推了推銀框眼鏡。「其實我也有些問題想要請教大小姐——請往這邊走。」

影山領著麗子來到走廊盡頭。打開鐵製門扉，在那裡有座室外逃生梯，最適合用來講悄悄話了。麗子立刻問影山。

「影山，這次的事件你怎麼看呢？你知道什麼對吧？換做是平常的話，你這時候也該口無遮攔地說什麼『連這種事情都不明白嗎？這個笨女人！』了吧。」

「您這是偏見，大小姐。即便是我，也不至於會說出那麼放肆的話。」

的確，麗子也不記得曾被罵做「笨女人」。這會是所謂的被害妄想症嗎？

「可是，你應該察覺到什麼了不是嗎？」

「是，我確實多少明白了一些事情，但現階段還不能說出來——話說回來，大小姐，可以請教您一個問題嗎？」

這麼說完，影山從眼鏡底下投射出機敏的視線。「ＳＳＤ的第五位成員——我記得名字是木崎麻衣小姐——聽說她正在住院當中，原因好像跟手代木和也先生有關。事實上，ＳＳＤ成員看他的時候，視線感覺相當苛刻。木崎麻衣小姐跟手代木和也先生之間，到底發生過什麼事情呢？」

「……………」麗子不禁支支吾吾了起來。「那跟這次事件有關嗎？」

「恐怕是的。」影山半是斷定地說，促使麗子下定決心。

「我知道了，那我就說吧，其實也不是什麼稀奇的事情，麻衣會住院，是因為自殺未遂。她從自家公寓的陽臺跳樓了。幸好墜落在花圃上，柔軟的土壤形成了緩衝，讓她保住了一命。不過還是身受重傷就是了。」

「唔。那麼，木崎麻衣小姐意圖自殺的原因，是手代木和也先生吧。」

「沒錯。手代木是跟我們同大學的朋友，這段關係在畢業後也一直持續下去。畢竟彼此都是社會人了，實在是找不到機會一起打網球，不過每年春天的賞花他也會參加。其中麻衣和手代木感情特別好，於是兩人便開始交往。我想應該持續了兩年左右吧。可是就在兩個月前，兩人分手了。原因是手代木有了新戀人……」

「就是永瀨千秋，那個在酒吧工作的妖豔美女吧。」

「我也是剛剛才知道的，雖然有聽過傳聞就是了。手代木品味真差呢。」

「原來如此。被手代木先生甩了之後，麻衣小姐哀痛至極、企圖自殺。SSD成員們之所以對手代木先生冷漠以對，就是因為這個緣故吧。」

「唉，就是這麼一回事。因為麻衣太可憐了嘛。」

「原來如此。那麼大小姐，最後再請教您一個問題。遇襲的瑞穗小姐，也曾和堂弟和也先生一同參加過春天的賞花嗎？」

就收尾來說，這個問題還真是出人意表。麗子不禁蹙起眉頭。

「啊？你問這要做什麼？不，瑞穗沒有參加過賞花。瑞穗雖然是朋友，卻不是同一所大學的夥伴，況且，年紀又比我們大一些。」

「我就猜想有可能是這樣。」影山開心地大大點了點頭。「嗯，這樣我就大概知道襲擊瑞穗小姐的犯人，其真實身分與目的了。」

「咦，你真的知道了嗎！那你趕快詳細解釋給我聽啊。」

「若要詳細解釋起來的話，天都要黑了。」

「案情有那麼複雜嗎？」

「不。其實有個辦法，可以在短短一瞬間解決事件，您意下如何呢？」

「什麼意下如何——當然是越快解決越好啊。可是，事件真的可以瞬間解決嗎？」

「應該沒問題。」影山自信滿滿地重新面對麗子，以嚴肅的語氣說：「只不過，為此必須仰賴大小姐的幫忙。」

「幫、幫什麼忙啊——好啊，無論什麼都儘管說吧。」

於是影山在麗子面前深深低下頭，並提出了出乎意料的請求。

「我想請大小姐再一次在大家面前表演那個。」

「那個？那個是什麼啊？」麗子傻愣愣地等待他繼續說下去。

影山隨即說出了令人意想不到的話，讓麗子不禁懷疑起自己的耳朵——

5

在那之後，過了幾分鐘，麗子獨自一人站在相關人等聚集的小廳門前。宛如第一次踏上舞臺的新人女演員一般，她大大地吁了口氣，然後慢慢將手靠上門把，推開門扉。一腳踏進室內的瞬間，桐生院綾華一如預期地拋來挖苦似的訕笑。

「麗子，妳到底是上哪兒找廁所去了？難不成是在走廊上遇難了嗎？」

「嗯，走廊上颳起暴風雪，害我迷路了。」

麗子一邊鬼扯，一邊斜眼確認影山的模樣。麗子忠實的僕人正帶著若無其事的表情站在窗邊，幾乎完全抹消了自身的存在感。麗子也裝出無視於影山的態度，一直線地朝房間中央走去。然後——

「呀啊！」

麗子毫無前兆地絆到腳，摔了一跤，在下一個瞬間，麗子就像是個被人擊出逆轉再見全壘打的敗戰投手似地四肢著地。身為名門千金，不該有這樣的失態，而且今天還發生了第二次。目睹麗子宛如重播數小時前的光景一般的再度跌倒，其他SSD成員們一開始也不禁啞然。不過經過一瞬間的沉默後，小廳內響起了譏諷的笑聲，是綾華的聲音。

「呵呵呵，怎麼啦？麗子。一天居然跌倒了兩次，我看腳都要骨折了吧。」

「別說了，綾華。」夏希大概是顧慮到眼前的情況吧，她出聲斥責了綾華。「不要緊吧？麗子。」

「妳沒事吧？麗子姊。」雛子也驚慌地大叫著趕到麗子身邊。

雖說是損友，但畢竟是從學生時代以來的老交情了。三位朋友一臉擔心地聚集到按著腳踝、蹲在地上的麗子周圍，並彎腰查看麗子的狀況——就在這個時候！

佇立窗邊的影山，用力拉扯垂落的細繩，其中一扇放下來的百葉窗，一口氣被拉了起來。剎那間，小廳內充滿了刺眼的光芒。

麗子飛快地抬起頭來定睛注視前方。綾華、夏希、雛子——三人胸前閃閃生輝的寶石就在麗子眼前，被斜射進來的夕陽一照，綾華的翡翠益發綻放綠色的光彩。夏希的紅寶石也變得更紅豔了。

然後在目光轉向雛子胸口的瞬間——

「！」麗子差點忍不住大叫出聲。

原本掛在雛子胸前的紅寶石已經不在了。如今在她胸口閃爍的，是散發綠色光輝的翡翠——不，不應該是這樣，雛子的項鍊墜子根本就不是紅寶石或翡翠。麗子把手伸向雛子的墜飾，以指尖抓起了綠色寶石。雛子的表情僵硬得令人同情。

「對不起，我騙了妳，雛子。」

麗子重新在陽光中端詳起雛子的寶石，果然沒錯。

「亞歷山大變石——在白熾燈下呈現紅色，在陽光下則會透出綠光的變光性寶石。可是，能夠變色變得如此徹底的，還真少見呢，沒錯吧，影山！」

「您說得是，大小姐。」管家欽佩似地鞠躬行禮。

「雛子！」麗子盯著學妹的眼睛厲聲問道。「妳為什麼要隱瞞呢？」

渾身直打哆嗦的森雛子，總算死了心，坐倒在地放聲大哭。對不起、對不起，她的嘴裡不斷冒出懺悔的話語，那正是自白。麗子緊緊抱住雛子，綾華與夏希丈二金剛摸不著頭腦地面面相覷。三浦警部匆匆忙忙跑到雛子身旁。

正如同自己所宣告的，在一瞬間讓事件結束後，影山像是什麼事也沒發生過，再度放下了百葉窗。

西斜的太陽被擋住後，雛子的寶石又變回了血一般的紅色。

不久，當秋天的夕陽完全隱沒在大樓之間的時候。

三浦警部帶著森雛子離開了現場。桐生院綾華與宮本夏希似乎無法理解究竟發生了什麼事情，面對一直要求解釋的她們，麗子貫徹強勢的態度說道。

「雖然我全都明白了，但基於現任刑警的立場，哪怕是再好的朋友，我現在也還是什麼都不能說。」

其實麗子自己也不太明白緣由。

麗子好不容易能夠親耳聽到影山述說詳情，是在乘坐禮車返回國立市的時候。

在駕駛座上握著方向盤的影山，開始娓娓道來。

「大小姐應該覺得很不可思議才是。為什麼森雛子是真凶呢？襲擊手代木瑞穗的犯人應該是她『不認識的女人』，但是森雛子和手代木瑞穗不是打從學生時代以來的老交情了嗎——您是這麼想的對吧？」

「嗯，是啊，這兩人是朋友。為什麼瑞穗會說什麼犯人是『不認識的女人』呢？難不成是為了包庇雛子而故意說謊？又或者只是單純看錯了呢？」

「不，瑞穗小姐既沒有說謊，也不是看錯。事實上，瑞穗小姐並不認得雛子小姐。」

「啊？」麗子不由得傻住了。「瑞穗跟雛子從以前開始就是朋友喔。在今天的派對上兩人也聊得很熱絡喔。影山，你眼睛是瞎了才沒看到啊？」

聽到麗子以帶著瞧不起人的口吻這麼說，駕駛座上的管家仍舊不改說話音調。

「恕在下斗膽回話，大小姐才是，您把眼珠擺到哪裡去了呢？」

他一如往常地以謙卑有禮的語氣口出狂言。麗子一個閃神，從後座上摔了下來，臀部重擊在轎車堅硬的地板上。

「大小姐，這樣太危險了。請您務必繫上安全帶……」

「就是你害我遇到危險的！」後座的麗子猛然站起身子，這回卻一頭撞上了車頂。「好痛——你到底想說什麼？說到我的眼珠，你看，兩顆都好好地長在臉部正面喔。還是說，你以為我眼睛長在背上嗎？」

「不，我並沒有這麼說。」影山困窘地聳了聳肩。「不過，大小姐的眼裡並沒有看到真相，這是事實。」

「這話是什麼意思啊？」

「就我所見，雛子小姐與瑞穗小姐連一次都沒有交談過。」

「沒這回事喔。你在旁邊應該也聽到了啊。瑞穗加入我們的小圈子後，大家聊那個『重大宣布』聊得很起勁。不是有這件事嗎？當時瑞穗和雛子兩人確實有交談啊——」

「真的是這樣嗎？瑞穗小姐確實和大小姐有過交談。『好久不見了，麗子。』瑞穗小姐這麼說著，加入了各位的談話之中。然後她說：『我有件事想問問綾華。』隨即對綾華小姐提起了重大宣布的傳言。不過，瑞穗小姐在交談過程中，從未提及夏希小姐與雛子小姐的名字，不是嗎？」

「瑞、瑞穗或許沒提到兩個人的名字吧……可是應該有講到話才對……」

「不。在那個情況下，瑞穗小姐多半是在跟綾華小姐交談。她很開心地打趣著說：『該不會是宣布訂婚吧？』當時雛子小姐在兩人身旁，興致盎然地聽著她們的對話，並且對綾華小姐說：『那個傳聞我也聽說了』、『真的嗎？綾華姊』等等。這些話絕不是對瑞穗小姐說的。當時瑞穗小姐和綾華小姐相談甚歡，另一方面，雛子小姐也向綾華小姐攀談。可是就我印象所及，瑞穗小姐與雛子小姐連一句話都沒有交談過。這是為什麼呢？」

「為什麼——？」

「恐怕是因為，兩個人都不太清楚對方是誰。」

聽了影山所說的話，麗子差點再度從後座上滑下來。

「你說誰不清楚啊！開玩笑，那兩個人應該對彼此都很熟啊！」

「就是這種成見，遮蔽了大小姐的雙眼。大小姐身為ＳＳＤ成員，與雛子小姐交往密切，每年春天都會相約一起賞花。在此同時，站在寶生家千金的立場上，大小姐也經常有機會在派對等場合，見到手代木家的千金瑞穗小姐。大小姐也很清楚雛子小姐與瑞穗小姐都是您學生時代的朋友，曾一同快樂地享受運動趣。於是，大小姐產生了一個成見。那就是自己熟知的森雛子，以及自己熟知的手代木瑞穗，這兩人當然也對彼此很熟悉才對——」

「……可、可是真的就是這樣啊。」

「實際上，雛子小姐與瑞穗小姐兩人都聽過對方的名號。不過，兩人只有在學生時代度假時共處過。再加上大學畢業後，已經過了好幾年了，在這段期間內，身為牙醫之女的雛子小姐，以及飯店大王的女兒瑞穗小姐，這兩者之間會有什麼交集嗎？當然，她們依然以大小姐與綾華小姐為橋樑，間接維持著聯繫。雛子小姐從大小姐口中得知瑞穗小姐最近的消息，瑞穗小姐從綾華小姐口中得知雛子小姐的傳聞，兩人之間存在的關係是這樣才對。不過，那終究只是侷限於口耳相傳的情報。事實上，雛子小姐和瑞穗小姐最近根本沒有機會直接碰面，不是嗎？而且瑞穗小姐也沒有參加過春天的賞花——」

「聽你這麼一說，好像真是這樣……」

「如此一來，就算兩人把彼此的長相忘得一乾二淨了，那也沒什麼令人不可思議的。在聊天的當兒，雛子小姐大概一邊看著突然插話進來的瑞穗小姐，一邊暗自苦思『這個人是誰？』吧。這方面，瑞穗小姐恐怕也是一樣。看了站在旁邊的雛子小姐，儘管心中抱著『這傢伙是誰？』的疑問，瑞穗小姐卻還是與大小姐和綾華小姐相談甚歡。」

雖然不知道瑞穗會不會在心中稱呼雛子為「這傢伙」，不過這不是重點，就姑且不提了。影山道出的真相，令麗子大感意外，瑞穗與雛子居然互不相識！

「真不敢相信。那兩人看起來，明明聊得很開心啊……」

「哎，這在聚集了許多人的派對上是常有的事。盡情暢談過後，才絞盡腦汁地心想『剛才那個人是誰』，派對上經常鬧出這種笑話，一點也不足為奇。」

「話是這麼說沒錯啦。那麼夏希又怎麼樣？夏希知道瑞穗喔。我還記得瑞穗離開聊天的圈子後，夏希曾清楚地說出了瑞穗的名字。」

「您說得沒錯。夏希小姐大概記憶力特別優異吧。不過另一方面，瑞穗小姐是否還記得夏希小姐，這點實在是不得不叫人懷疑。事實上，在那個交談的場面中，夏希小姐也曾親暱地跟瑞穗小姐搭腔，但瑞穗小姐卻沒有主動與夏希小姐攀談。這恐怕是因為瑞穗小姐已經把夏希小姐的長相忘得一乾二淨了。」

「也就是說，對瑞穗而言，夏希跟雛子兩人都是『不認識的女人』吧。」

「正是如此。然後派對開始，經過了兩個小時，下午兩點半的時候，事件發生了。在空中花園的溫室裡，瑞穗小姐遭到某人襲擊。根據瑞穗小姐的證詞，犯人是她『不認識的女人』，可是卻又『好像在哪裡見過對方的臉』。您覺得如何呢？大小姐，這段微妙的證詞，正足以顯示出夏希小姐及雛子小姐兩人與瑞穗小姐之間的隔閡。您不這麼認為嗎？」

「的確。對瑞穗來說，夏希與雛子是『不認識的女人』。此外，瑞穗跟我們交談時，她們兩人就在旁邊。所以瑞穗確實『在哪裡見過她們的臉』。你打從一開始，就懷疑夏希跟雛子了吧。」

「沒有的事……我只是考慮到有這種可能性罷了。」

影山像是在申辯似地說。「而就犯行的可能性來看，很難想像犯人會是夏希小姐。因為記憶力強的夏希小姐記得瑞穗小姐是以前曾經一同出遊的夥伴，所以夏希小姐會突然襲擊瑞穗小姐的可能性恐怕很低。」

「那當然啊，夏希怎麼可能會襲擊瑞穗嘛。不過等等，既然如此，雛子應該也沒有理由襲擊瑞穗才對啊。如果你的推理是正確的，雛子應該不知道瑞穗是何方神聖。這樣的話，她就更沒有理由要襲擊瑞穗啦。」

「是的，大小姐，這裡就是值得深思的地方了。」影山透過後照鏡看了麗子的表情一眼。「大小姐應該也看到了吧。瑞穗小姐在派對期間，大多是跟誰在一起呢？」

「瑞穗都跟堂弟手代木和也在一起。那兩人就好像感情融洽的姊弟，總是形影不離。那有什麼問題嗎？」

「在大小姐眼中，之所以會把那兩人看成感情融洽的姊弟，是因為大小姐正確認知兩人的關係是堂姊弟。不過，同樣的光景看在雛子小姐眼裡，又是如何呢？雛子小姐只知道瑞穗小姐是『不認識的女人』。換句話說，那幅景象看在雛子小姐眼中，只像是和也先生正在和『不認識的女人』親暱地交談著。雛子小姐到底會把這個『不認識的女人』當成什麼身分的人呢？」

被這麼一問，麗子試著設身處地，站在雛子的立場思考。面露微笑和手代木和也親密地緊挨著彼此的妖豔美女，看起來絕不可能像是姊姊或堂姊。

「我知道了！雛子誤以為瑞穗是手代木的新戀人，對吧！」

「您說得沒錯。只要朝這個方向想，您應該就能明白雛子小姐有充分的動機犯下這起事件。是的，雛子小姐打算替住院中的友人木崎麻衣小姐報仇，向那個導致手代木和也先生與木崎麻衣小姐感情破裂的可恨女人復仇。也就是說，原本應該遭到襲擊的人，是和也先生的新戀人永瀨千秋。不過因為雛子小姐產生了誤會，使得瑞穗小姐反而錯遭襲擊。這就是這起事件的真相。」

說完全部的結論後，影山直視前方專心開車。麗子在腦海中反覆思考他所說的推理。手代木瑞穗被錯認成永瀨千秋遭到了襲擊。犯人是森雛子。雖然這結論令人意外，但照他的推理，確實可以解釋清楚這次瑞穗突然被『不認識的女人』襲擊的怪異事件。他的推理大概是正確的吧。

不過，為了慎重起見，麗子朝駕駛座丟出一個問題。

「雛子是什麼時候發現自己搞錯了？」

「恐怕是大小姐在溫室中發現瑞穗小姐之後不久吧。當時，大小姐朝倒在地上的她呼喊『瑞穗』。另一方面，一旁的真山信二則是叫她『手代木小姐』。那時在後面聽到這些話的雛子小姐，她喊了些什麼，您還記得嗎？『不會吧！是瑞穗姊嗎！』雛子小姐是這麼說的。我們只單純把她的呼喊聲當成驚訝的表現，聽過就算了。不過現在回想起來，那句話就是字面上的意思。雛子小姐就是在那一瞬間，才發現自己襲擊的人是手代木瑞穗，於是驚訝得忍不住叫出聲來。」

「原來如此。聽你的解釋，犯人的確不可能是雛子以外的人。可是，要斷定雛子是犯人，有個很大的問題。那就是寶石的顏色。根據瑞穗的證詞，在犯人胸口閃爍光芒的是綠色寶石。然而雛子胸前的寶石卻是紅色的。欸，影山——」

麗子從後座探出身子詢問影山。

「看到雛子的紅色寶石，你不覺得自己的推理錯了嗎？」

「不，剛好相反。如果我的推理是正確的，那顆紅色寶石就非得是綠色的不可。這是我的見解。」

「還真是嘴硬啊。你這麼想有什麼根據嗎？」

「有個地方讓我有點在意，那就是雛子小姐在那個飯店小廳裡的奇怪舉動。大小姐有發現嗎？」

「雛子的奇怪舉動？她做了什麼奇怪的事情嗎？」

「接近傍晚的時候，看到夕陽照進房間裡，雛子小姐主動想要放下房間的百葉窗。我感佩於這位小姐的貼心，便趨前幫忙。於是在那一瞬間，她將工作交給了我，自己又退回牆邊。結果就剩下我獨自一人放下剩餘的百葉窗——不過我怎麼想都覺得很納悶，為什麼雛子小姐會中途停止自己主動開始的工作呢？」

「對啊，因為雛子害怕陽光。」

「是的。正確來說，是害怕照到陽光的自己被人看見，所以雛子小姐才會想要放下百葉窗遮擋夕陽。我一上前幫忙，她便連忙退回太陽照不到的牆邊。那麼，為什麼她會極力想要避開陽光呢？莫非她的寶石會因為陽光而變色——想到這裡，我才總算得知了她配戴的寶石是什麼來歷。」

管家的慧眼讓麗子不禁為之讚嘆。

「沒想到居然是亞歷山大變石，我原本還以為是什麼劣質的紅寶石呢。」

「雛子小姐本人恐怕也是故意想誤導周遭的人這麼想，以求擺脫嫌犯之列。所以，一旦這點遭到推翻，雛子小姐應該就會立刻死心才對，我是這麼想的。那麼，該如何讓站在牆邊的雛子小姐誘導到陽光能夠照到的地方呢？於是我才拜託大小姐設下那樣的一個局。」

「原來如此——我是很想這麼說啦。」這麼說完，麗子這才對管家偵探宣洩心中的不滿。「那齣戲真的有必要嗎？那樣不就顯得我寶生麗子好像是個『為了解決事件，不惜陷害朋友的冷酷女刑警』嗎？」

「大小姐，您會不會把自己說得太帥氣了？大小姐只是在眾人面前跌倒而已——」

「總之！」麗子硬是打斷管家的話。「就算不演那齣戲，只要你在大家面前把自己的推理講清楚，事情不就解決了嗎？」

不過面對表示強烈不滿的麗子，影山卻一臉毫不相干似地這麼回答。

「您會生氣也是情有可原，不過關於這點，當時我應該已經告訴過您了才是——『若要詳細解釋起來的話，天都要黑了』。」

嗚！麗子悶哼一聲，那是影山在逃生梯上說過的話。麗子總算明白了他那句話的真正意思了，他掛記的是太陽即將下山這件事情。

「一旦太陽下山，亞歷山大變石就不會釋放出綠色的光芒。因此，必須趁還有太陽的時候做個了結吧。」

事實上，事件也確實在天黑之前解決了。影山的急中生智，與麗子的稀世演技，讓事件在一發生沒多久，就迅速獲得了解決——無論如何，事件能夠迅速解決，真是太好了，麗子心想，雖然被逮捕的是自己的好朋友。

「話說回來，大小姐。雛子小姐會被控以嚴重的罪名嗎？」

「不，別擔心。她只是初犯，又沒有計畫性，瑞穗的傷勢也很輕。雖然在法庭免不了會被問罪，但是應該能獲判緩刑。而且，現在住院當中的麻衣，身體也漸漸好起來，到時候ＳＳＤ全體成員再一起——啊，對了！」

「您怎麼了，大小姐？」

「影山，雖然早了點，但我現在先說一聲。」

麗子突然興頭一起，對管家單方面地下令。

「明年四月的第一個禮拜五，絕對不能安排任何活動，我有事情要拜託你。」

對慧眼獨具的管家而言，只要有這句話就夠了。駕駛座上的影山以可靠的語氣回答道。

「是要去井之頭公園占場地吧。請儘管交給在下，大小姐。」

第四話　平安夜來椿密室殺人案如何？

1

事件發生在十二月二十四日的餐桌上。當時，寶生家的獨生女麗子正在享用溫烤小羔羊、嫩炒鴨肉、義式真鯛薄片、扁豆湯，以及特製法式吐司等平凡的早餐。然而，這般司空見慣的光景，卻突然間產生一道深深的裂痕。起因是隨侍麗子身旁的忠實僕人，管家影山欠缺思慮的一句話。

「——大小姐，您今晚的安排是？」

一瞬間，麗子的雙手變得異常僵硬。在她的刀叉之間，小羔羊像是活過來似地彈跳起來，噗咚一聲地掉進扁豆湯中。

「…………」目睹了這不該看到的場景後，彷彿想將一切怪罪在眼鏡上一般，管家拔下銀框眼鏡，開始擦拭起鏡片。「那個……請您忘了我剛才的問題……」

「什麼嘛！」麗子反倒覺得自尊心受創，於是大聲叫道。「你以為這點小問題嚇得倒我嗎？別開玩笑了。早在半年前，就有一堆人搶著想在聖誕夜當天約我出去，為了拒絕他們，我還撒了好多謊呢。」

影山把擦拭完鏡片的眼鏡再度掛回去。

「不愧是大小姐，想必是因為大家都喜愛您的人品吧。」

「這也是原因之一啦，不過更重要的是臉。誰叫麗子妹妹那麼可愛嘛——只不過！」

彷彿接下來才是重點一般，麗子伸出手指朝向影山，繼續說道。

「你也知道，寶生麗子我是現役刑警，任職於人稱關東地區勤務最繁忙的警視廳國立署，所以，事情未必都能順遂的照著計畫走喔。畢竟，凶惡的犯罪者才不管什麼聖誕節的安排，想犯案隨時都可能犯案。難得快樂的平安夜，最後搞不好一點也不平安，只好自己一個人無奈地回家呢。」

「原來如此。『平安夜不平安』——真是漂亮的迴文修辭呢。」

不，我沒有那個意思，而且你也不用對這種奇怪的地方感到佩服啦！

「所以囉，那又怎麼樣？我的安排跟你無關吧。無論有沒有約會，反正有必要時，我會打一通電話叫你的。」

「是，關於這件事情……」彷彿大企業主管們正在記者會上為公司捅出的紕漏致歉一般，影山制式化的慎重地鞠躬行禮。「其實我今晚有重要的約會——」

還沒把影山的話聽到最後——砰咚！麗子就自己從椅子上滑了下來，臀部重擊在地板上——呃，什麼？你剛才說了什麼？

面對一手拿著叉子、嚇得目瞪口呆的麗子，影山帶著嚴肅的表情重複說道。

「今晚我有重要的約會，屆時將不在宅邸內，還請您見諒。」

麗子咀嚼著他所說的話，緩緩地站起身子。她把叉子放在餐桌上，才吃了幾口的法式吐司也擱著不管了，就這樣茫然地離開餐桌。然後，她拿起放置一旁的 Burberry 大衣，機械性地穿上，戴好工作用的裝飾黑框眼鏡後，麗子突然以蘊含著殺氣的眼神，惡狠狠地瞪著影山，以丹田之力直指他的臉大叫。

「你這個叛徒——明明只是個管家，明明只是個管家——明明只是個管家，居然膽敢丟下我，逕自跑去赴什麼聖誕夜的重要約會，我絕不允許！

麗子激動得幾乎要暈厥過去了。另一方面，影山依然維持平靜的表情。

「請冷靜一點，大小姐。我一個晚上不在這裡，並沒有什麼大不了的，況且老爺也已經同意了。」

「哦——是這樣啊！的確沒什麼大不了的。別說是一晚了，你乾脆請假一個禮拜，好好享受吧！在這段期間內，我會善盡刑警的繁忙勤務！再見——」

「請等一下。」當麗子正準備離開餐廳時，影山叫住了她。「您要去上班了嗎？請讓在下開車送您吧。」

「不、需、要！」麗子斷然拒絕了管家的提議。「我走路去。不，搭公車去。」

「您說搭公車嗎？」影山不禁露出了嗤之以鼻的表情。「不好意思，大小姐，敢問您有乘坐公車的經驗嗎？現在這時刻想要上下公車，是需要些技巧的。像大小姐這樣一竅不通的外行人，突然想搭公車，只會被擠到通道最尾端，連下車都辦不到，最後落得跟著公車繞一大圈、回到原本公車站牌的下場。我不會騙您的，請您坐車去吧。」

「…………」麗子說不出話來。沒想到居然被人鄙視到這種地步，而且，還是從一大清早就被這樣愚弄，哪有這種事。怒上心頭的麗子固執地宣告。「我要搭公車，公車公車！」

於是管家以帶著恭敬的口吻、卻又冷淡的態度說：「那就請大小姐隨意了。」

「我當然會隨意。」火大的麗子這麼說完後，便轉過身子，「絕對不可以追上來喔！」然後丟下了這句好像在期待著什麼的臺詞。她頭也不回地快步往宅邸的玄關走去，就以這樣的氣勢推開大門——在那一瞬間，躍入麗子視野中的是在朝陽中閃耀光輝的雪、雪、雪。

麗子完全忘了，昨晚的國立市，難得在這個時節下起了大雪。

麗子滿懷期待地悄悄回頭一望。影山並沒有追上來，他似乎忠實地奉行著麗子的吩咐。麗子不由得嘆了口氣。

要在逐漸消融的雪地中走到公車站牌，實在是太折騰人了。

2

過了一個小時，一輛客滿的公車抵達了公車站牌。車門一打開，麗子的身體立刻像柏青哥的小鋼珠一樣，猛力被彈出車外。

黑色褲裝滿是皺折，束起來的頭髮翹得亂七八糟。與其說是正要去上班的打扮，倒不如說像是了結一樁大案子之後的模樣。即使如此，她那鋼鐵的意志卻絲毫沒有遭受任何打擊。

「哼，怎麼樣，雖然影山口口聲聲說什麼『繞一大圈回到原本公車站牌』，不過你看看，我這不就在其他站牌下車了嗎。」麗子以成功登陸在月球表面般的驕傲態度，環顧著周遭。「不過，這裡到底是國立市的哪裡啊？」

不是國立署附近，而是隨處可見的平凡住宅區。從大馬路上不斷延伸出一條又一條的小巷，老舊的房屋櫛比鱗次。重新望向公車站牌，只見上面寫著「西國分寺醫院前」這幾個令人失望的文字，這下連麗子也不禁垮下肩膀。「居然已經不在國立市了……」

照這樣下去到得了國立署嗎？麗子不安地心想。

不過算了，上班稍微遲到一下也沒關係。畢竟在東京已經有「積雪的早上遲到也OK」這條貼心的不成文規定。

重振精神的麗子放棄公車，轉而找起了計程車。大馬路上的雪已經融得差不多了，但人煙稀少的巷子裡還積了不少雪。在這種情況下，置身在陌生住宅區的麗子不安地四處張望。突然，一陣女性的慘叫聲傳進她的耳裡。

麗子嚇了大一跳，瞬間停下腳步，窺伺著周遭。這時，她的面前突然出現了一位臉色驚惶的女性。對方從巷子裡跑了出來，大概是大學生的年紀吧，體型瘦高，腿也長得不合比例。身穿紅色大衣、配上窄管牛仔褲，肩背托特包，腳上的運動鞋則是被雪弄得髒兮兮的。

這樣的一個人，衝出巷子便左右張望，發現了站在附近的麗子。儘管差點跌倒，她還是衝到麗子身邊，劈頭說出令人意想不到的話。

「不好了，有人……有人死了……快、快叫警察……」

「咦，警察？我、我知道了，打一一〇是吧。」驚慌失措的麗子下意識地要拿出手機時，不不不，等一等，這才想起了自己的職業。她收起手機，改拿出警官的識別證遞到女性面前。「我就是警察，國立署的寶生麗子。妳說有人死了是真的嗎？」

人高馬大的她彎下腰確認麗子的識別證。

「這下正好！」大叫著這麼說完，女性立刻以驚人的力道抓住麗子的手腕，一個勁地拖著她走。「在這邊，女警小姐，這邊這邊！」

不，我不是女警，是刑警啊——這麼抗議的麗子，被身穿紅色大衣的她帶往巷子入口，就是她剛才衝出來的那條小巷。巷子兩邊都是水泥牆，前方十公尺處則見到一棟時髦的三角屋頂住宅。與其說這條巷子是馬路，不如說是那個三角屋頂住宅的住戶專用的個人通道。

「松岡在那裡面……」這麼說完，女性硬是把麗子拉往巷子裡。

為了安撫情緒激動的她，麗子以具有威嚴的聲音說「先等一下」。然後在巷子前停下腳步，很有警官風範地審慎確認起眼前的景象。

昨晚下的雪覆蓋了巷子，積雪厚度約一公分。不過，這條積雪的路上，卻只留下兩個看似有人通行的痕跡，一個是人的足跡，另一個則是腳踏車的胎痕。除此之外，雪地表面上沒有其他顯著的痕跡。

「這是妳的腳印吧。」

麗子指著的足跡輪廓分明又清晰，而且在巷子裡來回繞了一趟。

「是的，這是我剛才在這條巷子裡來回時留下的腳印。」

「那麼這邊的胎痕是？」

麗子把臉湊近雪上，這個胎痕在產生後，似乎經過了一段時間。車輪通過的地方，雪已經融了大半，露出底下棕色的地面。與其說這是胎痕，感覺更像是地面上彎彎曲曲地畫著寬度跟胎痕差不多的棕色粗線。當然，胎紋早已經是無法辨識清楚了。

「那大概是松岡騎腳踏車回家時，留下的痕跡吧。」

「妳說的松岡，是住在這個家裡的人吧。話說回來，妳跟那個人是什麼關係呢？」

慎重起見，麗子一邊詢問，一邊用手機拍下巷子的狀況。身穿紅色大衣的女性表示自己的名字叫中澤里奈，這個家的住戶則是叫松岡弓繪，據說兩人是就讀同一所大學的朋友。取得這些情報之後，麗子總算踏進了積雪的巷子裡。

麗子和中澤里奈靠著巷子的邊緣走，穿過巷子後，便抵達了三角屋頂住宅的玄關。腳踏車的胎痕也同樣直通到玄關，玄關旁的腳踏車停車場裡，停放著應該是松岡弓繪所有的黃色腳踏車。

麗子從包包內取出一副白色手套，套上雙手，然後伸手打開玄關大門。

玄關後方筆直地延伸著一條短廊，盡頭是看似客廳的房間。隔開走廊與客廳的門完全敞開，所以，就算從玄關這裡，也能看到整個客廳的情況。有人倒臥在客廳地板上。麗子親眼確認了這點。

「妳在這裡等著。」

把中澤里奈留在玄關，麗子獨自進入屋內。她經過走廊，來到了客廳。

那是個空空盪盪的房間，比較顯眼的東西頂多只有電視、沙發，以及小桌子。在這之中，一位年輕女性以仰臥的姿態倒在客廳地板上。

女性擁有時下大學生的平均體型，細瘦的臉龐，看上去應該算得上是美女，頭髮也是又長又漂亮。她身穿粉紅色T恤，外面套著一件針織毛衣，是在房間裡放鬆時的家居打扮。

「這女孩就是松岡弓繪小姐吧。」

面對麗子的詢問，中澤里奈從玄關那頭回答「是的」。麗子聞言，確認起倒臥地上的她的脈搏。松岡弓繪已經死了，頭部可見些微出血，她似乎是因為頭部受到撞擊，或是遭到毆打而死的。

接著麗子打量起屍體周遭，但是卻沒有找到疑似凶器的物體。相反地，她在客廳裡發現了一座幾乎垂直立起來的梯子。抬頭一看，那裡有個活用三角屋頂的空間所建造的閣樓。

麗子交互確認閣樓與屍體的位置。如果一不小心從那個閣樓摔下來，頭部重擊地面的話，或許就會呈現這樣的死狀也說不定——想到這裡，麗子拿起了手機。無論這是意外事故或殺人事件，都得先打一一〇報警才行。

然後，姑且也聯絡一下無能的上司吧。撇開這是幸運抑或不幸，麗子率先抵達現場是事實。這麼一來，就不會因為遲到而挨罵了。

在那之後，過了幾分鐘——「好，我知道了，寶生。我一分鐘後到，等我一下。」留下奇怪的話之後，上司結束了通話。不不不，一分鐘太勉強了吧。從國立市到西國分寺，這段路程不可能只花一分鐘就能趕到。儘管心裡這麼想，麗子還是覺得有點好奇，於是來到巷子入口等待他的到來。結果過了整整一分鐘，一輛公車駛過麗子眼前，停靠在「西國分寺醫院前」的公車站牌處。車門一打開，一位男性立刻像是柏青哥的小鋼珠一樣，猛力被彈了出來。白色西裝配上黑色大衣與紅色圍巾，會打扮得這麼招搖的人，要不是統領國分寺市一帶的黑道頭子，就是風祭警部了。

風祭警部是知名汽車製造商「風祭汽車」的少爺，平常這位年輕的菁英警官，總是開著銀色 Jaguar 四處跑，為殺人現場增色不少。然而今天他卻樸實的搭著公車登場。

在目瞪口呆的麗子面前，風祭警部不停地東張西望。不久，總算發現麗子的他高舉單手「嗨」地打了聲招呼，然後留意著路上的積雪，小心的走到她身邊。

「早啊，寶生。哎呀，看妳的表情好像充滿好奇呢。唉，這也難怪啦。」這麼說完，警部立刻開始解釋。「這件 Armani 長大衣是從義大利訂購的，這條紅色圍巾是銀座老店……」

「不，衣服的事情無所謂。」雖然搭配的品味很糟糕。「話說回來，您為什麼搭公車來呢？」

「啊啊，妳感興趣的是這件事啊。」

不，我一點都不感興趣，不過，總不好讓心裡的芥蒂影響到工作，我才想趁現在弄個清楚。就只是這樣而已。

「其實也沒什麼啦。要是讓路上積雪弄髒了 Jaguar，不是很討厭嗎？所以呢，我想說，偶爾搭公車上班也不錯，可是一上車後卻馬上被擠到通道最尾端，連下車都辦不到，結果跟著公車繞一大圈，回到了原本的公車站牌。就在這時候——」

他接到了來自麗子的電話吧。很遺憾，麗子無法恥笑警部沒用。

那還真是辛苦呢，麗子用指尖推著裝飾用眼鏡這麼說完，這才重新進入工作模式，帶著警部前往現場。「請往這邊走，警部，死者是名叫松岡弓繪的大學生，發現者是就讀同一所大學的中澤里奈小姐……」

就在麗子向上司說明狀況的時候，警車接連開到了周邊道路，現場頓時籠罩在嚴肅氣氛之中，風祭警部的打扮品味也就被人拋在一旁了。

3

在松岡弓繪家的玄關前，中澤里奈對風祭警部重新敘述一次發現屍體的經過。聽說她在前往大學的路上，都會經過這個住宅前面的樣子。

「那時我不經意想起了包包裡有之前跟松岡借的書。剛好有這個機會，我想說乾脆就趁現在還給她好了，於是我朝她家的方向望去，發現窗戶透出了燈光。啊啊，原來松岡在家啊，我這麼想著，走到玄關，按下門鈴，可是卻沒有人應門。無奈之下，我抱著把書放下就走的想法，試著轉轉看門把，結果門沒上鎖，很輕易就打開了。松岡果然在家嘛，我這麼想著，同時往屋內窺探，卻看到有人倒在客廳裡……」

察覺異狀的中澤里奈連忙進入屋內，在客廳發現了屍體。隨後她慘叫著跑出屋外，就在這時遇見了麗子。過程大致上就是這樣。

「我明白了。稍後可能還有什麼事情要請教妳也說不定。」

這麼說完，風祭警部暫時丟下中澤里奈，自顧自地快步走向現場的客廳。在那裡，他見到了屍體。

風祭警部觀察屍體好一會兒，但是，屍體似乎沒什麼地方讓他特別感興趣。他很快將注意力轉向三角屋頂的閣樓。

「這房子挺別緻的嘛。一個大學生居然租了獨棟房子自己住，真是奢侈啊。不過我大學的時候也是租了4LDK的樓中樓獨立式公寓來住就是了。」

風祭警部這樣結束了今天第二次的吹噓之後，

「——哎呀哎呀，難得有這個機會，就該上去閣樓看看嘛。」

宛如想要爬上雙層床上層的小孩子一般，警部立刻踏上梯子，一口氣爬到一半的位置。在下一個瞬間，他自己踩到了圍繞在脖子上、長度過長的圍巾，「嗚嘔」地發出像是青蛙即將窒息般的呻吟聲。警部就這樣從梯子上跌落地面，砰咚地背部重擊地面。「——嗯嗚。」

「…………」你到底想做什麼啊？警部。麗子皺起眉頭。

斜眼瞪著痛苦的在地上直打滾的上司一眼，麗子自己迅速爬上梯子。

如果用榻榻米來計算的話，閣樓的空間大概有三疊那麼大。地毯上鋪著寢具，這應該是松岡弓繪的床吧。更裡面一點的地方，似乎是當成收納空間來使用。

書、雜誌、DVD等物品塞滿了低矮的架子。

各式各樣的運動相關用品亂七八糟收放在牆邊。

網球拍和高爾夫球桿，大概是她的興趣吧。啞鈴和彈力繩則是用來減肥，滑雪板和雪地滑板像是接下來準備出場似地，保養得相當好。不過，松岡弓繪再也無法度過這個能夠使用它們大顯身手的冬天了。

突然回過神來，風祭警部已在不知不覺間爬上了閣樓。為了防止危險，他已經脫掉了紅色圍巾。警部從閣樓邊低矮的扶手處探出身子，俯瞰著客廳，並伸手指向那邊說道。

「寶生，妳看這座閣樓跟客廳屍體的位置關係。恐怕松岡弓繪是不小心從這座閣樓上摔了下去，結果頭部撞到地板而死了。換句話說，這是一起不幸的事故。」

說完，警部炫耀似地露出得意的表情望著麗子，彷彿期望能掀起一陣喝采的風暴一般。然而警部不過是說出了任誰都想得到的推理罷了，別說是喝采風暴了，甚至連一絲微風都沒能吹起。

「抱歉，警部。」麗子慎重地選擇用語建議。「雖然不能否定事故的可能性，可是我們也無法否定她有可能是被誰推下去的，不是嗎？」

「那麼，妳認為這是一起殺人事件囉？喂喂喂，何必想得那麼複雜呢？」

「不，這哪裡複雜了！是警部太呆頭了吧！」

糟糕，居然不小心真的說出了「呆頭」兩個字。

不過警部並沒有對說錯話的麗子生氣，反倒盤起雙臂，陷入了沉思。不久，警部抬起頭說了一句「既然如此」，便走到客廳的窗戶邊。

窗戶打開後，外頭有個稱不上庭院的狹小空間，前方豎立著磚牆，緊鄰在隔壁的，是一棟木造兩層樓建築。警部指著眼前的狹小空間。

「妳看，寶生。圍牆和建築物之間的小空間也積了這麼多雪，磚牆上也有。不過這些雪的上面，別說是人類的腳印了，甚至連貓的足跡都沒有。」

「的確是這樣。」麗子證實了警部所說的話是事實，她隱約察覺到警部的企圖，於是搶先一步說道。「其他窗戶也調查看看吧，警部。」

麗子與警部在松岡弓繪的小房子內到處打開窗戶，確認外頭的雪景。長方形建築物東西南北四個方位都看遍了，結果無論哪個方位，都沒有發現疑似人類足跡的證據。

調查至此，風祭警部似乎更是抱定了絕對的確信。重新回到客廳後，他在麗子面前再度表現出得意的態度，不，是表演他拿手的推理。

「聽好了，寶生。這棟房子四面都被鄰家包圍。能夠通往大馬路的，就只有從玄關出去的那條小巷。發現屍體時，除去第一發現者與寶生的腳印，這條巷子裡就只剩下腳踏車的胎痕了。這條胎痕應該是死去的松岡弓繪返家時所留下來的。換句話說，巷子內並沒有任何蛛絲馬跡顯示有誰離開過這棟建築物。我們雖然觀察了建築物周遭，但是每個地方都沒有人經過的跡象，積雪依然保持得很完整。要跨越圍牆逃到鄰家院子裡，卻又不在積雪上留下痕跡，這種事情恐怕沒人能辦到吧。話說回來，寶生，昨晚的雪是從幾點下到幾點呢？」

「我記得是晚上六點左右開始下，大概九點左右停。」

「我也記得是這樣。那麼，就算雪是在昨晚九點的時候停的。昨晚九點過後，松岡弓繪騎著腳踏車回到了這個家。在那之後，這個房子就沒有人進出了，她是獨自一人待在這個家裡。也就是說——」

風祭警部在面前豎起一根手指，慢條斯理地道出結論。

「這起事件，是獨自在家的松岡弓繪，自己一個人從閣樓上跌下來摔死，不可能是他殺。因此，這是一起事故，沒錯吧？」

「原來如此，您說得的確有道理。」儘管點頭附和，麗子卻還是不由得感受到一股微妙的異樣。

風祭警部剛才的推理，一反常態地條理分明，不僅準確，而且尖銳。今天的警部看來像是幹勁十足，為什麼呢？麗子不經意地心想，難不成——

「警部，您拚了命想要趕快完成今天的工作，是吧？」

風祭警部頓時露出一副驚慌失措的神情，雖然他臉上清清楚楚寫著「說中了」三個字，他卻反駁起來。

「沒、沒這回事。」警部竭盡全力裝傻。「我只是覺得，沒必要白白浪費時間，特地為了這肯定是事故的簡單事件東奔西跑罷了——況且今天又是聖誕夜。」

這才是你的真心話啊。不過，撇開風祭警部不談，恐怕也沒有哪個刑警願意把聖誕夜耗在調查殺人事件上吧。的確，如果事情能夠單純的以不幸的事故收場，這樣或許是最好的。但是，那終究也要真的是意外事故才行。

這麼想著的同時，麗子不經意地朝窗外望去。

隔壁的民宅的二樓映入她的眼簾，玻璃窗的另一頭，有個大概七十幾歲的老婆婆正俯瞰著這邊。麗子偶然和她對上了眼，在下一個瞬間，老婆婆像是要叫她過去似地招著手。咦，找我嗎？麗子指著自己的臉問道。

玻璃窗後的老婆婆像是說著「沒錯」一般，深深地點頭。

雖然不清楚是怎麼回事，但隔壁的老婆婆似乎有什麼話想要跟警察說的樣子。

麗子立刻與警部一同造訪鄰家，門牌上寫著佐佐木時子。才剛按響玄關的門鈴，門就迫不及待地開了。探出頭來的，是位滿頭白髮、身穿灰色棉襖的女性。您是佐佐木時子女士吧，聽麗子這麼一問，她很乾脆地點了點頭。

「歡迎你們。唉唉，別站著說話，進來啦。」

佐佐木時子操著一口岡山一帶的方言，帶領兩位刑警前往客廳，接著她一屁股坐在和室椅上，朝麗子露出好奇的表情。

「那麼，刑警專程找上我這老傢伙，是想問些什麼呢？」

喂喂喂，她沒問題吧，警部彷彿這麼說似地對麗子使了個眼色，麗子也面露不安的神色。

「那個——不是老婆婆叫我們過來的嗎?」

於是佐佐木時子擺出一副沉思的模樣，然後她砰地敲了一下手，「喔喔，對啦。」並且抬起頭來說:「我有些值得一聽的情報，一定要告訴警察。」

「…………」這老婆婆沒問題吧?儘管不安逐漸擴大，麗子還是等她接著說下去。

「其實啊。」這麼說完，佐佐木時子開始告訴刑警們她所謂「值得一聽的情報」。「昨天晚上我聽到了奇怪的聲音喔。那時候我坐在二樓房間的窗邊，眺望著外頭的雪景，結果突然傳來了砰咚的聲響。一瞬間我還以為是不是地震，可是好像不是這麼回事兒。雖然那時候我搞不太清楚發生了什麼事情，不過，今天早上就鬧出這場騷動了，聽說住在隔壁的女孩子好像死了。於是我心想，啊啊，昨晚的巨響，會不會跟這件事情有關啊?怎麼樣?刑警小姐，兩者之間有什麼關係嗎?」

麗子不由得點了好幾次頭，的確有關係。佐佐木時子聽到的砰咚巨響，肯定就是松岡弓繪從閣樓跌下來的撞擊聲沒錯。

激動的風祭警部搶在麗子前頭，追問佐佐木時子。

「老婆婆，您記得聽見那聲巨響時的正確時間嗎?」

「知道啊。因為當時我馬上就看了時鐘，那是晚上十點發生的事情。」

晚上十點。所以那就是事件發生的正確時間了。就打探情報來說，光是這樣就已經是相當大的收穫了。不過，為了進一步得到更多情報，警部又接著問道。

「您只有在那個時候聽到怪聲嗎？其他還有發生什麼事情嗎？」

於是老婆婆上下點了點頭，彷彿又要告知什麼新事實似地壓低聲音。

「有啊，是聲音。我又聽到了同樣的砰咚聲。」

「咦？」風祭警部也神情緊張地探出身子。「那、那是在昨晚幾點的時候？」

「不是昨晚，是今天早上，就在剛才啊。那是幾點的時候呢……」

不，幾點鐘都無所謂了。今早的砰咚聲，肯定是風祭警部從梯子上摔下來的聲音。麗子無言地低下頭，警部則是難為情似地用小指搔著頭。

「呃——那麼寶生，我們也差不多該走了……」

警部判斷已經沒有其他該問的事情，便站起身子。不過這時佐佐木時子又說了令人在意的話。

「這麼說起來，我看到了一個人喔。不過，我只是隔著窗簾看到人影罷了。」

「人影？」原本已經站起身的警部，再度坐了回去。「是松岡弓繪小姐嗎？」

「這我怎麼可能知道啊。只不過我確實看見了人影，那應該是在昨天晚上剛過十點不久的時候吧。」

「喔，原來如此。昨天晚上十點過後啊……晚上十點過後……咦？」總算察覺事有蹊蹺的警部，用像是要把眼前的老婆婆揪起來問話般的氣勢說：「喂，這是真的嗎？如果是晚上十點過後的話，那就是聽到那個砰咚巨響之後的事情囉。妳是不是搞錯了啊，老太婆！」

「喂，誰是老太婆啊，你這個死小鬼！」

「對、對不起。」遭到喝斥後，警部縮起身子重新問道。「關於晚上十點過後這點，您是不是有什麼誤會呢？大姐。」

警部，我想這時候你只要說「老婆婆」就夠了……

「不，哪有可能搞錯。」佐佐木時子強硬地堅持。「我隔著窗簾看到人影，是在聽到那聲巨響之後不久的事情。錯不了的。」

真是令人震驚的證詞。如果佐佐木時子聽到的巨響是松岡弓繪摔下閣樓造成的聲響，那麼那時候她應該已經死了，要不然就是身受重傷奄奄一息。這樣一來，佐佐木時子在那之後隔著窗簾看到的人影，到底會是誰呢？

犯人，這句話浮現在麗子的腦海裡。也就是說，這是一起殺人事件嗎？

兩位刑警隨即告辭離開佐佐木時子家，回到了通往松岡弓繪家的小巷。穿越巷子時，風祭警部頻頻歪著頭。

「——可是，不覺得有點奇怪嗎？如果這是起殺人事件的話，犯人要如何逃離這個被雪封鎖起來的住家呢？要怎麼做，才能不在雪的上面留下任何腳印呢？」

這正是最大的謎團，麗子也想不出個好答案。

另一方面，警部卻又說道「啊啊，對了對了」，表現出一副好像已經找到新結論的樣子。一待警部回到現場的客廳後，便提出了建議。

「再把第一發現者，中澤里奈找來問話吧。」

麗子不太清楚警部的目的是什麼，不過，既然松岡弓繪的死不能以單純的事故了結，訊問就變成必要的程序了。

再度出現在麗子他們面前的中澤里奈，似乎不知道為什麼自己會再被找來的樣子。

面對這樣的她，警部什麼也沒多做解釋，就開始展開詢問。

「聽說妳跟松岡弓繪小姐唸同一所大學。妳們是什麼關係？社團朋友嗎？」

「不，是打工的同事。我們在同一間咖啡廳打工，所以自然就熟識了。」

「原來如此。在妳眼裡看來，松岡弓繪小姐是個什麼樣的女性呢？」

「她是個活潑的人。個性開朗，而且運動全能，不管是誰都很喜歡她。」

中澤里奈如此吹捧著已逝的故人，不過很可惜，以麗子當警官的經驗來說，無論是誰都很喜歡的人，這種人並不存在於這個世界上。雖然偶爾會有像風祭警部這種，誤以為大家都喜歡自己的人出現就是了。（不，這種人根本就很少見吧！）

「話說回來，中澤小姐。」這位風祭警部面露親暱的笑容這麼搭話，便直截了當地丟出直逼核心的問題。「昨天晚上十點前後，妳人在哪裡，在做什麼呢？」

「嗄？這是在調查不在場證明嗎？」中澤里奈臉上浮現狼狽的神色。「松岡不是死於事故嗎？」

「哎呀，妳怎麼會這麼想？沒有人說她的死是事故啊。」

當然有人說過，警部自己剛才應該就這麼說過了才對。麗子嘆了口氣，並插嘴催促中澤里奈回答。

「這只是例行性的調查，現在還不知道松岡小姐是不是死於事故。」

彷彿接受了麗子的解釋，中澤里奈總算開口。

「昨晚十點，我自己一個人待在公寓的房間裡，所以拿不出什麼不在場證明。」

可是，她又接著對兩位刑警訴說：「您該不會真的懷疑是我殺了松岡吧？那我反過來問您，如果我是犯人的話，我要怎麼樣才能離開現場呢？那條巷子裡確實留有我的腳印，不過那是我今天早上發現屍體時留下的。如果昨晚十點我在這個屋子裡殺死松岡後逃走，這條巷子裡卻又沒有留下另一道足跡，這不是很奇怪嗎？」

沒錯，事情正如同她所解釋的一樣。接下來，警部會作何回應呢？可是警部彷彿早已料到她會如此主張一般，立即展開反駁。

「昨晚十點殺害了松岡弓繪後，犯人未必就在當晚逃離了現場。犯人可能耐心等了一個晚上，到了早上的時候，才離開現場也說不定。又或者是佯裝成第一發現者。」

「什麼……」中澤里奈露出困惑的表情。「簡單來說，刑警先生的想法是這樣吧。那條巷子裡的腳印中，前往玄關的『去程』腳印其實是昨晚留下的，只有從玄關回來的『回程』腳印是今早留下的。而我則是在堅稱那是我今早往返時的腳印，您是這個意思嗎？這怎麼可能。這種方法，這種方法……」

不過她突然一臉認同地說：「原來如此，的確可行！可行可行！」

「可行對吧。」警部得意地點了點頭。「豈止可行，就算說『除此之外別無他法』也不為過呢。所以說，能夠殺害松岡弓繪的人就只有妳了。妳明白了嗎？」

「我明白了。哎呀，不愧是刑警先生，真是深謀遠慮啊，開什麼玩笑啊——！」

中澤里奈終於忍不住爆出一長串吐槽。「什麼耐心地和屍體一起在殺人現場度過一晚，世界上有哪個殺人犯會這麼做啊！這也未免太不切實際了！」

中澤里奈會大發雷霆也不是沒道理的。警部所說的做法，在理論上確實可行，但是在現實上太不切實際了，而且也和麗子自己的觀察結果不符。麗子向警部強調這點。

「我曾經近距離觀察過中澤小姐的腳印。什麼其中一道是昨晚留下的，另一道是今早留下的，這種事情絕無可能。過了一晚的腳印，還是才剛印上去的腳印，兩者一比對，馬上就看得出差別。」

「喔、是嗎？那、那就沒辦法了。」警部流露出內心的動搖，同時撤回自己的假設。

「如果是這樣的話，殺害松岡弓繪的到底會是誰呢？」

出乎意料地，回應風祭警部碎碎唸的是中澤里奈。

「我知道有個男的可能有嫌疑。是在同一間咖啡廳打工，一個名叫大澤正樹的男生。他最近被松岡甩了。」

聽說這個名叫大澤正樹的男性自尊心很強，是很容易鑽牛角尖的那種人。大澤正樹可能恨不得想殺了松岡弓繪吧，中澤里奈悄聲說道。

看來，她用「無論是誰都很喜歡」來形容松岡弓繪，只是出於對往生者的顧忌罷了。

4

從國分寺往國立市路上的某個十字路口。在牛排館與壽司店爭奪少數客人的街頭一角，有間咖啡廳，名叫「日吉茶房」。寶生麗子與風祭警部一踏進店內，年輕女性立刻喊道「歡迎光臨～～」迎接兩人。

風祭警部環顧著空空盪盪的店內，和麗子一起坐進了最後方的座位。然後也不知道到底是在哪裡學來的這種規矩，他啪一聲地彈響指頭，叫來身穿圍裙的女服務生，連菜單也沒看，劈頭就說：「告訴我妳們今天推薦什麼咖啡。」

長髮綁成馬尾的嬌小女服務生一瞬間「咿」地倒抽了口氣。不過打量過警部的特殊打扮後，她馬上換回若無其事的表情，「我推薦藍山日吉特調～～」並且提出了這個有趣的建議。

然而就麗子所見，菜單上的咖啡，只有調和式與藍山兩種。她似乎看出警部是個有錢人家的公子哥兒，於是想出了一個根本不存在的新發明。

「好。那就來這種咖啡兩杯——不，是三杯。」

三杯？面對好奇地這麼反問的女服務生，警部微笑著說：

「沒錯，是三杯。還有，幫我把大澤正樹這個工讀生叫來。我要點的就這些。」

「好的，藍山日吉特調三杯跟大澤一人是吧。」

請稍等～～這麼說完，綁著馬尾的她便消失在廚房那頭了。

「嗯，這家店比想像中要來得好呢，女服務生也很討人喜歡。」

儘管受騙點了高價咖啡，警部卻依然滿心歡喜。等了一會兒，一位年輕男性從廚房裡端著托盤和咖啡出現了。男性帶著緊張的表情，來到麗子他們桌前。

「讓兩位久等了，這是調和……不，這是藍山日吉特調。」

說穿了，就是普通的調和式咖啡吧，麗子一瞬間洞察了新菜單的真面目。這麼說來，端著咖啡過來的他，就是另一個點購的品項，大澤正樹。

麗子一邊用指尖推了推裝飾用眼鏡，一邊觀察著他。

身高大概一七〇公分左右吧。肩膀寬闊，體格結實，給人像是運動員的堅韌印象。稜角分明、獨具特徵的臉讓人感受到一股強烈的意志。

「你就是大澤正樹吧，很好。來，坐下來喝杯咖啡吧。這咖啡是為你而點的。話說回來，我想你應該也隱約察覺到我們是誰了吧——叮咚！正確答案！我是國立署的風祭，這位是我的部下寶生。關於被殺害的松岡弓繪小姐，我們想請教你幾個問題。」

「被、被殺害？」大澤正樹的表情滿是驚訝。「松岡過世的消息，我已經透過朋友的簡訊得知了。可是她被殺害，這種事情我還是第一次聽說。這是真的嗎？」

「啊啊，這種可能性恐怕很高。」警部盯著坐在對面的大澤正樹的臉，冷不防丟出了觸及核心的問題。「聽說你和松岡小姐在交往，直到最近才被她甩——不，是跟她分手了，沒錯吧？」

「是、是的，雖然是這樣沒錯，不過刑警先生，您該不會是在懷疑我吧？」

「不，怎麼會。我看起來像是在懷疑你嗎？」虛與委蛇地避開對方的問題後，警部又繼續發問。「昨天晚上十點左右，你人在哪裡，在做什麼呢？」

「這、這是不在場證明的調查吧，您果然是在懷疑我。啊啊，可是，說到晚上十點，那時候我已經下班，一個人走在積雪的路上準備回家，所以無法提出明確的不在場證明……」

「原來如此。話說回來，你跟松岡小姐當初是怎麼開始交往的呢？」

「只是因為我們是在同一家店打工的同事，自然而然就熟起來了。不過，一開始是她先開口跟我搭訕的。」

「喔——你這是在炫耀嗎？」警部忍著呵欠說。

「不是！這是事實，請不要在奇怪的地方打岔。」大澤正樹像是被激怒似地癟著嘴巴，重新拉回正題，接著說：「我們大概從一年前開始交往，然後在上個月分手，所以交往還不滿一年。是啊，我們是一對很普通的情侶。夏天會一起去海邊玩水，冬天會去山上滑雪——」

「這麼說起來，松岡小姐好像是位活潑的女性嘛。」

「是的，尤其冬季運動，她更是樣樣精通，她甚至熱衷到自費買了全套的相關用品。眼看最喜歡的季節即將來臨，卻在這個時候遭到殺害，真是太可憐了。」

麗子邊聽他說，邊回想著放在現場閣樓裡的滑雪板和雪地滑板等用具。等到話題告一段落後，麗子開口問道。

「為什麼她會在這個最喜歡的季節來臨前甩了你——不，你們兩位為什麼會分手呢？」

「沒關係的，刑警小姐，您大可直問『她為什麼甩了我』。」

「那我問了——她為什麼甩了你呢？」風祭警部直截了當地問。

「聽你這麼一說，真叫人覺得火大！」儘管粗聲粗氣了起來，大澤正樹還是老實回答了問題。「原因出在她那邊。簡單來說，就是她結識了新的男朋友，是個叫做高野道彥的傢伙——啊啊，對了！」

大澤正樹突然露出生氣勃勃的表情，向兩位刑警這麼說明。

「兩位刑警們可能認為，被甩掉的我為了洩憤，而殺了松岡也說不定，但我可沒做出這種事情。真要說的話，高野道彥不是更可疑嗎？高野這個男人遊手好閒，能夠滿不在乎地腳踏多條船，聽說他和女性之間的糾紛多到數都數不清，所以他跟松岡之間一定也有什麼問題……」

麗子一邊聽著大澤正樹的證詞，一邊把高野道彥的名字記在手冊裡。

高野道彥是跟松岡弓繪就讀同一所大學的學生，住處是從日吉町十字路口繼續前往國立市方向的路上的公寓。麗子和風祭警部一走出咖啡廳，便馬上前往拜訪新的嫌犯。

按下三樓一戶公寓的門鈴後，開門探出頭來的是個身材修長的男性。

「褐髮」、「耳環」，以及「晒黑的肌膚」。輕浮男子的三大要素齊備，打扮得活像個玩咖的這個男人——不，麗子很確信，這個人實際上一定玩得很凶——正是高野道彥。就像是在觀察著玄關前的可疑物品一般，他的視線小心謹慎地投向兩位刑警。

「我們是國立署的人。」這麼說完，警部帥氣地出示了識別證。

不過高野道彥卻對警部絲毫不感興趣，相反地，他衝著麗子露出不懷好意的笑容。感受到他那彷彿來回舔舐般的視線，麗子頓時覺得背上又刺又癢。

「——找我有何貴幹？我可沒做什麼壞事啊。」

他什麼都不知道嗎？還是故意裝作不知道呢？警部對這位輕浮的大學生問道。

「你認識松岡弓繪小姐吧。沒錯，就是你女朋友。她過世了喔，好像是被殺害了。」

「…………」聽了警部所說的話，就連玩咖男也不禁瞬間為之語塞。「被殺害了？被誰？」

「這個嘛，會是誰呢？」警部以意味深長的視線打量著嫌犯。

「啊，我嗎？你說我嗎，刑警先生？哈哈，別開玩笑了。為什麼我要殺死弓繪啊？我可是發自內心深愛著弓繪耶。妳說是吧？刑警小姐。」

不知道為什麼，輕浮男居然向麗子徵求同意。

——這我哪知道啊！麗子一邊在心中暗自咒罵，一邊裝出若無其事的表情問道。

「聽說你最近才剛和松岡弓繪小姐開始交往是吧？」

「嗯，是啊。我們在大學社團聯誼時認識，然後就在一起了。不過最先開口搭訕的是她啦，嘿嘿。」

他百分之百是在炫耀，不過，現在也無法確認到底是不是事實了。

「昨晚十點左右，你人在哪裡，在做什麼呢？」

「十點左右嗎？啊啊，那就沒問題了。因為我昨晚跟小綾一起過夜。換句話說，我有完美的不在場證明呢。」

「…………」為什麼呢？在這男人提出完美不在場證明的瞬間，麗子覺得自己心中對他的不信任感攀升到了極限。「跟小綾一起過夜？你不是發自內心深愛著松岡弓繪小姐嗎？」

麗子帶著錯愕的表情這麼一問，高野道彥便不舒服似地扭動身體。

「不，那個，昨晚我的心屬於弓繪，但身體卻跟小綾在一起。欸，妳應該明白我的意思吧？刑警小姐。」

不要什麼事都徵求我的同意！再說，那個小綾是誰啊！

「那個小綾是誰呢？」

警部彷彿代為說出麗子的心聲般問道。高野道彥以辯解的語氣回答。

「那、那個，小綾是咖啡廳裡的女孩。就是在弓繪打工的『日吉茶房』當女服務生，那個超可愛的馬尾女孩——」

啊啊，是那個女孩啊！意外的發展，讓麗子不禁蹙起眉頭。

為了詢問女服務生，麗子與風祭警部再度折返「日吉茶房」。順帶一提，很適合綁馬尾的那個女孩名叫神崎綾香，暱稱叫小綾。

麗子他們打開咖啡廳的門進入店內。在鬆懈狀態下呆呆站著的大澤正樹，似乎嚇了一跳，「歡、歡迎光臨！」他以僵硬的語氣這麼迎接兩人。

風祭警部就座後，便馬上彈響指頭點餐。「藍山日吉特調——」

「警部！」麗子打斷了上司的話，然後為了避免無謂的支出，她親自點餐。「請給我們三杯調和式咖啡。還有，可以幫我們叫神崎綾香小姐過來嗎？」

請稍等一會兒，留下這句話後，大澤正樹露出鬆了口氣的表情，退回廚房內。

過了幾分鐘，「讓兩位久等了～～」手持托盤的嬌小女服務生，神崎綾香一面這麼說著，一面出現在麗子他們桌邊。她把三杯咖啡端上桌後，便立刻坐下問道。「兩位找我有什麼事情嗎～～？」

「嗯，其實我們想跟妳確認一些事情。來，坐吧——啊啊，妳已經坐下啦。那我就問了。昨晚十點左右，妳人在哪裡，在做什麼呢？」

「這是不在場證明的調查吧。關於松岡弓繪去世的事情，剛才我聽大澤說過了。」

這麼說完，神崎綾香重新回答警部的問題。

「昨晚十點我人在朋友的公寓。他叫高野道彥。沒錯，是朋友啦。他是這家店的常客，因為經常碰面，我們自然就熟起來了。」

「妳知道他是松岡弓繪小姐的男朋友嗎？」

「嗯，這我知道，不過我跟高野只是普通朋友。」

「喔，普通朋友會在他的房間一起過夜嗎？」

「咦？啊啊，高野是這麼說的吧。」那就沒辦法了，神崎綾香彷彿這麼說似地點了點頭。「是的，沒錯。直到早上為止，我都跟他在一起。」

麗子越來越搞不清楚了。神崎綾香的證詞，完美地印證了高野道彥的不在場證明。那麼，高野道彥是清白的嗎？不，感覺上神崎綾香也可能是故意幫他作偽證，其實他才是真凶。到底哪邊才是真相呢？

無視於陷入煩惱的刑警們，神崎綾香又繼續說下去。

「兩位刑警該不會是在懷疑高野吧？不過不是他喔，這我可以作證。不說這個了，我知道有個人，心底恨不得松岡弓繪去死。兩位不想知道是誰嗎？」

「咦，妳說什麼？」風祭警部表示興趣。「恨不得松岡弓繪去死？有人這麼想嗎？」

「有啊，那個人從很久以前，就一直喜歡著大澤正樹，可是大澤被甩了之後，還是對松岡一往情深。所以對那個人來說，松岡的存在應該很礙事才對。那個人就是——」

神崎綾香像是提防別人偷聽似地壓低聲音說：「是中澤。一起在這間店裡打工的中澤里奈，她一定有問題〜〜」

聽到這個意外的名字，麗子和風祭警部不禁面面相覷。中澤里奈。結果繞了一大圈之後，殺人的嫌疑又落到第一發現者頭上嗎？

5

再度折回西國分寺的現場後，刑警們又花了幾個小時，在現場周邊打聽消息。只是，就算四處奔走到天都黑了，他們還是沒能取得新的線索。總之，目前浮上檯面的嫌犯是大澤正樹、高野道彥、神崎綾香，以及第一發現者中澤里奈這四個人。

「——不過，我認為中澤里奈不可能喜歡大澤正樹。畢竟供出大澤有嫌疑的不是別人，就是中澤里奈。」

「的確。可是事關人命，如果主動舉發大澤正樹，就能夠減輕自己的嫌疑，她也很有可能會選擇這麼做。」

在松岡弓繪家前面的大馬路上，原本用嚴肅的語氣訴說著自己意見的警部，突然換成輕鬆的態度，對麗子聳了聳肩。

「不過啊，第一天的收穫，差不多就是這樣啦。接下來的調查，等明天再繼續吧——不說這個了，寶生，今天是什麼日子呢？」

噗通！果然來啦。麗子絞盡腦汁思考著，有沒有什麼好方法可以蒙混過去，但她也明白假裝不知道今天是幾月幾日是沒用的。「今天是聖誕——」

「沒錯，是聖誕夜！」警部的聲音高了一個八度。「是戀人們手拿著香檳酒杯與火雞腿，在飯店的蜜月套房內互訴愛意的特別夜晚。咦，妳說我的想法還停留在泡沫經濟時期？放心，沒問題的。我們『風祭汽車』直到現在也還處於泡沫經濟全盛期呢。哎呀，不說這個了，其實今晚我為妳訂了最高級的法式餐廳，讓我們暫時忘卻殺人事件那些殺風景的現實，一起享受難得的聖誕夜如何？好，既然這麼決定了，那就趕快坐上我的Jaguar——嗯，Jaguar？」

風祭警部漲紅的臉一瞬間變得蒼白，他雙手抱頭悔恨地大叫。

「完了——！我今天把 Jaguar 扔在家裡了——！」

「啊，請不要在意，警部。我自己搭公車回去。」麗子乾脆地這麼說完，便搭上了在絕妙時機抵達的公車，然後從階梯上對警部行禮致意。

「等等，寶生，我也跟妳一起走！」在急忙想要上車的警部面前，車門無情地關閉，「噗啊！」一聲，將警部彈到了路邊。麗子對司機抱著感謝之意。

公車開始行駛。從最後方的窗戶回頭一看，只見警部正提起腳踹著路旁的磚牆呢。

開車後過了十幾分鐘，公車抵達了國立車站前。雖然離寶生家最近的公車站還很遠，但這裡似乎是這班車的終點站了，所以麗子也只能莫可奈何地下車。鬆開綁起來的頭髮，拿下裝飾用眼鏡後，麗子便在人行道上邁開步伐。

令人不快的是，街上充滿了聖誕節的氣氛。越是認真去看，就會覺得自己真是不幸纏身，所以麗子一邊假裝什麼都沒看見，一邊在腦海裡思考著事件。

松岡弓繪的死是他殺嗎？還是事故呢？如果是被殺害的話，犯人又會是誰呢？在那種情況下，犯人又要怎麼樣才能從現場逃走呢？

「而且雪上還沒有留下任何痕跡，這是怎麼做到的……是怎麼做到的……嗚！」

麗子似乎在不知不覺中思考得太渾然忘我，導致忽略了前方。她正面撞上了一大團紅色的東西。「對、對不起。」

麗子腳步踉蹌地道歉。迅速以雙手扶好她的是紅衣聖誕老人——裝扮成聖誕老人的高個男子。「您沒事吧？大小姐。」

男子手拿看板，似乎正在路上販賣蛋糕的樣子。放心，我沒事，擺著手這麼說完，麗子再度邁開步伐。「不行不行，走路要小心才行，」麗子做了個輕輕敲頭的動作。「——不過影山還真是辛苦呢，這種日子還要在蛋糕店打工嗎？」

唉，影山光靠管家的那份薪水，大概無法滿足生活上的所有開銷吧。如果有價碼好的打工機會招手，他當然會想要在聖誕夜拋下老爺與大小姐，選擇另外一邊，這也是可以諒解的——可以諒解個頭啦！不，最重要的是，他為什麼會在這裡！

麗子猛然折回來時路，在鐘錶行前抓住了聖誕老人。

「影山！你在這種地方——啊，對不起，我搞錯了。」麗子向鐘錶行的聖誕老人道歉後，重新抓住了隔壁蛋糕店的聖誕老人。「——影山！」

「哎呀，大小姐，您要來份聖誕節蛋糕嗎？很便宜喲。」

「你在說什麼啊。」麗子目瞪口呆地大叫。「現在不是賣什麼蛋糕的時候啦！」

過了幾分鐘之後。在蛋糕專賣店「Noel」店內一角的用餐區。

麗子和身穿聖誕老人裝的影山正對而坐。尷尬的氣氛與冒著熱氣的咖啡隔開了兩人，遠遠眺望此處的幼稚園孩童指著影山喊著：「啊，聖誕老公公在休息！」

「其實我染上了棒球簽賭的惡習……」影山帶著一本正經的表情啜飲了一口咖啡，然後冷不防地做出這番爆炸性的發言。

嗅出犯罪氣息的麗子，表情頓時緊張了起來。不過影山卻平靜地開口。

「我在立川的棒球打擊場遇見了某個人，並和對方打了個賭。看誰最先打出全壘打，輸的人要聽從對方的要求，這是當時打賭的約定。結果，在這重要的聖誕夜當天，我落得必須到『Noel』幫忙賣蛋糕的窘境，真是非常抱歉。」

「簡單來說，就是蛋糕店老闆很擅長打棒球吧。」麗子不禁嘆了口氣，搔了搔頭髮。

「嗯——嗯，該怎麼說呢？這好像跟我所知道的棒球簽賭不一樣呢。」

看來，剛才飄散空氣中的犯罪氣息似乎是自己的錯覺。

「您放心了嗎？」影山露出微笑。「話說回來，大小姐。您剛才說『現在不是賣什麼蛋糕的時候啦』，這話是什麼意思呢？聖誕夜裡，還有比賣蛋糕更重要的事情嗎？」

「更重要的事情多的是吧。」的確，現在最重要的還是今天的事件。「其實，發生了一樁奇妙的案子。今天早上不是積了雪嗎——」

麗子於是詳細敘述起上班途中遭遇的事件始末。影山也顯露出興趣，側耳傾聽麗子的話。遠遠眺望此處的幼稚園孩童指著影山說：「啊，聖誕老公公在瞎扯蛋！」別開玩笑了。提供影山推理的線索絕不是瞎扯蛋。畢竟他過去曾屢次從麗子的話中看透了事件的真相。

「原來如此，的確是樁不可思議的案子。」聽完麗子的話後，影山啜了一口手邊的咖啡。「沒有留下足跡的密室，嫌犯有四個人是吧？」

「沒錯。或許還有其他嫌犯也說不定，不過，現在你先從這四個人來思考吧。」

「遵命。」影山點了點頭，然後劈頭就說：「這起事件的重點，看來果然還是出在足跡。犯人要如何才能在巷子裡不留下任何腳印，順利逃走呢？」

「是啊，這點我也很納悶。」

「不過，只要再往深處想一想的話，事件就真相大白了。大小姐，雖然您已經極為接近事件的真相，卻還是沒有察覺到呢。」

麗子隱約感覺到自己被愚弄了，於是生起氣來。「這話是什麼意思啊？」

「大小姐應該還記得才對，松岡弓繪家裡有些非常有意思的用具，是收納在閣樓上的滑雪板與雪地滑板等用品。大小姐應該也多少有點在意吧。」

「的確，我對那些用具有點印象。」

麗子重新回想閣樓的景象。

「沒錯，仔細一想，滑雪板和雪地滑板感覺上一定跟雪中的密室有關。比方說，穿著滑雪板走在雪上如何？這樣至少就不會留下腳印了——你覺得呢？影山。」

「原來如此、原來如此。」影山深深地點了好幾次頭。「就像您所說的一樣，只要穿上滑雪板，犯人確實就不會在雪上留下腳印了。不過，巷內的積雪僅有一公分厚，如果要滑雪通過那裡的話，巷子裡的雪就會被壓得亂七八糟。然而，大小姐發現屍體的時候，通往現場的巷子裡的雪是平整的。也就是說，儘管雪地滑板與滑雪板等道具確實耐人尋味，最終還是與事件沒有任何關聯。居然連這種事情都不懂——」

影山直直注視著眼前的麗子，以極為恭敬有禮的語氣斷言道。

「很抱歉，大小姐的腦袋實在是太單純了，根本只有幼稚園孩童的等級。」

喝著咖啡聽他講話的麗子，完全沒有任何防備，一聽到影山在此時冷不防說出「幼稚園孩童的等級」的發言，讓麗子驚訝得把口中的咖啡噴向管家的臉。

這時，方才的幼稚園孩童跑了過來，敲了一下影山的頭說：「別瞧不起人！」接著幼稚園孩童「耶——」地發出勝利的歡呼，隨即一溜煙跑得不知去向。

「…………」影山茫然地掏出手帕，擦拭被咖啡潑濕了的臉。「請問，我是不是說了什麼不妥的話呢……」

麗子默默取出手帕，優雅地擦拭著嘴角。為了讓心情冷靜下來，她拿手鏡整理好亂掉的妝容。然後她喝了一口杯內的水，慢條斯理地開口。

「你說誰只有幼稚園孩童的等級啊！別看我這樣子，我可是以極優秀的成績、從極優秀的大學畢業呢——！別瞧不起人！」

當麗子想學幼稚園孩童那樣作勢打人時，影山近乎滑稽地縮起了身子。看在這意想不到的反應上，麗子原諒了影山。比起這個，現在更重要的是事件本身。
「滑雪板和雪地滑板與事件無關是吧。那不然是怎樣？說那些用具很耐人尋味的是你呀。難不成那是騙人的嗎？」
「不，很耐人尋味確實是事實。只是，那些道具看起來實在不像是能夠直接用在犯案上。不過大小姐，若是在這裡停止思考的話，就到不了真相了。更進一步思考才是最重要的。」
「更進一步？這話是什麼意思？」
「只看眼睛能看得到的東西還不夠，要想像出眼睛看不到的東西，才能看穿事件的真相。您明白了嗎？」
「不，我不明白，簡直是一頭霧水。」麗子像個功課不好的學生似地搖了搖頭。
「重點在於大澤正樹的證詞。他是這麼描述松岡弓繪的：『尤其冬季運動，她更是樣樣精通，她甚至熱衷到自費買了全套的相關用品。』沒問題嗎？大小姐。只有滑雪板和雪地滑板等用具，這樣可以算是擁有了冬季運動的全套相關用品嗎？您不覺得好像欠缺了什麼重要的東西嗎？」
「啊，聽你這麼一說。」
麗子總算也察覺到了。聽到冬季運動，絕大多數人第二個想到的，都是那項運動。而松岡弓繪的閣樓上，卻少了這項重要的用具。

「是溜冰吧。閣樓上有滑雪板跟雪地滑板，卻沒有冰刀鞋。」

「正是如此。可是根據大澤正樹的證詞，那些用具中應該要有冰刀鞋才對。既然如此，為什麼冰刀鞋會不見呢——」

「是犯人拿走了吧。也就是說，犯人為了偷走冰刀鞋，而下手殺害了松岡弓繪嗎？」

「啊啊，大小姐。」影山用指尖輕輕推了推銀框眼鏡，嘆著氣說：「世界上有哪個傢伙，會為了一雙冰刀鞋而不惜犯下殺人大罪嗎？請您別說蠢話了。」

「喂！你這個人，真的一心想要被開除是吧！」

麗子放在桌上的拳頭不停顫抖。「那我問你，是誰為了什麼目的拿走了冰刀鞋啊？」

「帶走冰刀鞋的人，當然就是殺害松岡弓繪的犯人，他的目的就是為了從被雪地包圍的密室中逃脫。」

「嗯，你是說犯人穿著冰刀鞋走在雪地上嗎？這是行不通的喔。就算不會留下普通的腳印，雪上還是會留下冰刀的痕跡啊。要是有這種痕跡的話，在發現屍體的當下，我就會注意到了。」

「的確，大小姐說得沒錯。只像平常那樣走在雪上，當然沒有任何意義。那麼，犯人是如何使用冰刀鞋的呢？說起冰刀鞋的特徵，自然是鞋底的冰刀部位吧。這讓我想到，通往現場的巷子裡，除了大小姐與第一發現者中澤里奈的腳印外，應該還留有另一道細長的痕跡才是。那就是松岡弓繪返家時，騎乘腳踏車留下的胎痕。」

「這麼說起來，巷子裡確實是有一道胎痕……呃，犯人該不會是！」

「正是如此，大小姐。犯人以冰刀鞋的刀刃，巧妙地踩過了細長的胎痕，要領就跟在雪上走鋼索一樣。」

影山彷彿親眼目睹了現場情況似地說道。

「巷子裡積了一層薄薄的雪，從被雪封閉的密室玄關到大馬路上，約有十公尺的距離。在這上面，只留下了腳踏車的胎痕。犯人恐怕穿上了冰刀鞋，踩著謹慎的步伐，在胎痕上前進吧。好不容易走出巷子，抵達大馬路上後，犯人便在那裡迅速換上普通鞋子，並且把冰刀鞋藏在身上，就這樣消失在夜晚的黑暗之中。如此一來，現場的巷子裡，乍看之下，自然就見不到疑似犯人留下的足跡了。」

的確如此。腳踏車的胎痕寬度比人穿的鞋子窄，卻比冰刀寬，所以冰刀鞋的刀痕混進胎痕裡，就很難察覺出來了。這就是犯人的企圖。

「可是，只要近距離觀察胎痕，應該就會發現上面還重疊著一道冰刀鞋的刀痕才對吧，難道都沒有人發現嗎？」

「在下雪的寒冷夜晚，誰也不會去注意那麼細微的部分的。看在路過行人的眼裡，恐怕都只看到巷子裡有一道胎痕吧。」

「原來如此，這倒也是。」麗子表示認同。「然後到了隔天早上，當我觀察那條巷子的時候，雪已經開始融化，胎痕的部分都露出底下棕色的地面了，所以無法看出冰刀鞋的刀痕。由於找不到犯人的腳印，現場就變成了被雪冰封的密室，是這樣沒錯吧？」

「正是如此——說到這裡，您應該已經知道了吧？」

「啊，知道什麼？」

「犯人的真實身分。兇手必然是能夠穿上被害人冰刀鞋的人物，我們姑且從四位嫌犯當中來想吧，您認為大澤正樹與高野道彥兩位男性，穿得下女性的冰刀鞋嗎？」

「不，穿不下吧。雖然男性之中，也有些人的腳跟女生一樣小，但是那兩人並非如此。大澤正樹體格像運動員一樣結實，高野道彥也長得很高。這兩人的腳，尺碼肯定都比一般人更大。」

「那麼兩位女性又如何呢？中澤里奈與神崎綾香，穿得下被害人鞋子的會是誰呢？身材高挑的中澤里奈、與個頭嬌小的神崎綾香，雖然腳的大小不見得與身高成比例，但至少神崎綾香和松岡弓繪體格相近。相反地，中澤里奈不太可能穿得下松岡弓繪的鞋子。」

「的確。可是，也不能就這樣斷定吧，只要硬塞的話，說不定連中澤里奈也穿得下去。然後，她又在隔天早上假裝第一發現者，這也不無可能啊。」

「不，這不可能。」影山乾脆地斷言。「如果中澤里奈是犯人，卻又假裝第一發現者的話，照理來說，她應該會把前晚帶走的冰刀鞋放回原位才對。畢竟她有這樣的機會，沒道理不善加利用吧。但是，冰刀鞋終究沒有被放回閣樓上。這證明了中澤里奈並非犯人。」

原來如此，見麗子點著頭這麼說，影山才道出結論：「從以上這幾點看來，殺害松岡弓繪的真凶，應該是神崎綾香。」

不過，那終究只是從這四位嫌犯之中來考慮的結論就是了——補充上這句話之後，影山津津有味地啜飲著咖啡。

犯人是咖啡廳的女服務生神崎綾香，如果是這樣的話，就會出現好幾處疑點。所以麗子對影山丟出幾個問題。

「事件當晚，高野道彥跟神崎綾香在一起，這是假的不在場證明吧。」

「正是如此，大小姐也是這麼想的嗎？」

「是啊，打從一開始我就懷疑這個不在場證明了。不過，沒想到那個輕浮男人居然會為了包庇神崎綾香的犯行而說謊，這還真叫人意外呢。」

「是啊。事實上昨晚十點左右，神崎綾香應該人在松岡弓繪家吧。」

「神崎綾香是怎麼去松岡弓繪家的？巷子裡沒有留下走進去的腳印，所以她是在大雪還沒停之前，就來到松岡弓繪家囉？不過這樣感覺上也有點奇怪。」

「大小姐，腳踏車這種東西，是可以雙人共乘的喔。」

經影山點醒，麗子才恍然大悟。

「照這樣推論，在晚間九點雪停了之後，兩人騎乘著同一臺腳踏車來到松岡弓繪家。

然後在將近十點的時候，兩人起了爭執。雖然這畢竟只是想像，但既然兩人都跟高野道彥有深交，那麼遲早有一天會爆發口角，這也不足為奇。而那剛好就發生在昨天晚上。」

「接著到了晚上十點，神崎綾香把松岡弓繪從閣樓上推了下去。」

「是的。松岡弓繪剛好撞著頭部要害，因此當場死亡。神崎綾香急忙想要逃走，卻在這時候突然想到，如果就這樣在雪地上留下腳印離去的話，任誰都會懷疑松岡弓繪是遭人殺害的。反過來說，倘若她能在不留下腳印的狀況下離去，松岡弓繪的死，看起來就像單純的意外事故了。對犯人來說，當然是後者最為理想。那麼，有什麼方法可以不在雪地上留下腳印呢？這時，她腦海裡浮現了利用冰刀鞋的想法——感覺上大概就是這樣吧。」

影山就這樣穿著聖誕老人裝，完成了解謎。光聽他的推理，犯人的確很像是神崎綾香，不過結果究竟是如何呢？總之，只要先攻破高野道彥提出的偽造不在場證明，就能以此為切入點，一舉揭穿所有的謊言了吧。

無論如何，那都是明天之後的任務了。現在的問題，反而又回到今天這個夜晚。

「話說回來，影山。」麗子接著問他。「你還要繼續幫忙賣蛋糕嗎？」

「是的。距離達成營業額，還有五十個左右。」

「是嗎？我知道了。」這麼說完，麗子站起身來。「我也來幫忙吧，就當作是你幫忙推理的回禮。」

「這可不行，大小姐。我會被老爺罵的。」

「那就被罵吧。」麗子爽快地這麼說，並露出微笑。「放心啦，我不會告訴爸爸的。再說，比起影山你拿著看板杵在店門口，我穿著聖誕老人裝露出微笑，一定可以賣出更多蛋糕的。誰叫麗子妹妹那麼可愛嘛。」

麗子雙眼發亮，一副幹勁十足的樣子。因為她從很久以前，就一直很想穿穿看聖誕老人裝。

影山無奈地大大嘆了口氣。

這天晚上，國立市的主要街道大學大道上，出現了一對聖誕老人。一位是個子很高，戴著銀框眼鏡的男聖誕老人，另一位是把紅色迷你裙裝穿得很漂亮的女聖誕老人。因為兩人的活躍，「Noel」的蛋糕飛快地賣完了——

第五話　頭髮是殺人犯的生命

1

說起國立市，那是個給人良好印象的普通城市——在中央線沿線都市中，屬於有錢人家居住的城市。在這樣的國立市裡，花柳家更是名氣響亮，是個名符其實的資產家。

畢竟「花柳家電」是西東京聲名遠播的家電量販店，和同行的山田家電和小島家電競爭得相當激烈。花柳家的宅邸座落在一橋大學附近一處清靜的住宅區內，散發出的豪氣，凌駕在周遭低調的兩層樓住宅區之上。高聳的紅磚圍牆與森嚴的門扉，彷彿堅決抗拒著外人入侵一般。

在過新年的氣氛已然淡去的一月中旬某個早上。

長年服侍花柳家的幫傭，田宮芳江用手背揉著睡眼惺忪的雙眼，獨自走在朝陽照耀的走廊上，她正準備要去廚房準備早餐。

走廊上空氣冷颼颼的，整座宅邸鴉雀無聲。這也難怪，雖說出太陽了，但時間也才剛過早上七點。而且花柳家的人們基本上都很晚起。作息健康正常，比幫傭還早起的人連一個也沒有。

這時，田宮芳江突然心生奇怪的感覺，在走廊上走到一半，便停下了腳步。

「是什麼呢？」她抽動著鼻子，窺探起周遭的情況。幫傭敏感的鼻子嗅到了像是什麼東西燒焦的惡臭。

「有誰在廚房裡烤魚嗎……」

不過臭味的來源並非廚房，而且，一大早根本不可能有其他人會在廚房烤魚。想到這裡，她更仔細地打量起四周，這時，面向走廊的一扇門頓時躍入了她的視野之中，是會客室的門。那扇厚重的木製門扉開了一道小縫，焦臭味似乎就是從這扇門微開的縫隙中飄出來的。

「是誰在會客室裡烤魚嗎……」呃，這怎麼可能嘛。幫傭自己吐槽了自己後，便開始思考合乎現實的可能性。「難不成發生了火災！」

這麼說起來，會客室裡是有一座用來營造優雅氛圍的暖爐。雖然實際上很少用來取暖，但暖爐終究是暖爐，要在裡面生火，是絕對沒問題的。

田宮芳江心中萌生討厭的預感，立刻走向有問題的門前，形式上地在門上敲了幾下。見裡頭無人應答，她馬上把沉重的門扉完全推開。

拉上窗簾的會客室裡，黑得跟深夜一樣。往裡頭踏進一步，焦臭味感覺好像變得更濃烈了。這個房間裡肯定發生了什麼異狀，這麼想著，田宮芳江戰戰兢兢地繞到窗前，一口氣拉開了厚實的窗簾。會客室內突然充滿了晨光。

一瞬間，田宮芳江目睹了意想不到的光景，不由得「啊！」地發出驚呼聲。

放置在會客室中央的接待用桌椅，在那張沙發上，一位身穿純白色毛衣的女性，以正面朝上的狀態靜靜地橫躺著，不過她並非躺著休息，女性的胸前，有片顯眼的鮮紅汙漬。從那裡滴落的紅色水珠，在厚厚的地毯上蔓延畫出紅色的地圖，那肯定是從女性身體裡流出來的血液。

「…………」田宮芳江嚇得像根柱子一樣佇立不動。

她的視線被女性朝天的臉龐吸引住了。

毫無表情的蒼白面孔，清楚顯示出女性早已斷氣。尖尖的下巴、櫻桃小口、細長的雙眼、短得讓人誤以為是男生的黑髮——

田宮芳江彷彿勉強從喉嚨裡擠出聲音來，呼喚起某個人的名字。

「……夏、夏希少爺……」

花柳夏希是這個家裡的老么，今年十九歲。個性天真爛漫，人見人愛。他那原本應當光明無限的人生，就這麼突如其來地落幕了嗎？

不敢相信眼前光景的田宮芳江，以顫抖的雙手掩住臉，轉過身子，然後用飛快的腳步從會客室內飛奔而出。「不、不好了，夏希少爺他——」

就在剛跑到走廊的時候，背後突然傳來呼喚她的聲音。「怎麼了？芳江阿姨。」

「咿。」幫傭嚇得回過頭去。「咿咿咿咿。」看了站在眼前的人，她又發出慘叫聲，一屁股癱坐在地上。「夏、夏夏、夏希少爺！為、為什麼！」

出乎意料地，站在那裡的，是一位留著黑色短髮的人，他無疑是花柳夏希本人。完全摸不著頭緒的幫傭，陷入了輕微的錯亂狀態，「啊哇、啊哇、啊哇哇……」她就這樣坐在地上，交互指著會客室的門與夏希。「夏、夏希少爺人在這裡……那麼那個人到底是誰……」

另一方面，同樣一臉莫名其妙的花柳夏希說道。「妳在說什麼啊，芳江阿姨。」同時往半開的會客室門內隨便瞥了一眼。

「嗚。」一瞬間，夏希的側臉也浮現出緊張的神色，但他毫不畏怯地走到眼前的女性身邊，在近距離下，觀察起對方的模樣。過了一會兒，他輕輕點了點頭，以冷靜的語氣準確地道出了事實。「這個人是優子姊啊，優子姊死了。」

「咦？您說優子姊，是寺田優子小姐嗎？」

田宮芳江不可置信地重新望向沙發上的女性。

寺田優子是花柳家的親戚，也是夏希的表姊。由於她經常來花柳家玩，田宮芳江跟她也很熟。不過，田宮芳江過去從未把優子誤認成夏希，這是因為寺田優子擁有一頭長可及腰的美麗秀髮，她跟短髮的花柳夏希只消一眼就能分辨出來。

可是，為什麼呢——？

彷彿回答幫傭的疑問一般，夏希發出了滿是驚訝的聲音。

「錯不了的，芳江阿姨，死掉的人是優子姊。可是為什麼呢？為什麼她的頭髮被剪掉了？難不成這是殺人事件？頭髮被剪掉，也是犯人幹的好事嗎……」

2

寶生麗子坐在梳妝台前，盯著鏡中的自己，把早上寶貴的時間浪費在沒有勝算的瞪眼遊戲上。左手握著吹風機，右手拿著梳子的麗子，頭頂上叛逆地翹起了一撮頭髮。雖然麗子又梳又壓，但它依然不屈不撓地主張自我的存在。儘管是自己的頭髮，卻像正值叛逆期的國中生一樣難以應付。不久，當麗子厭倦了與毛髮進行無謂的搏鬥，把手中的梳子朝鏡子扔出去的時候，她的手機響了。

「是，我是寶生……咦，花柳家……是，知道了，我馬上過去。」

結束手機的通話後，麗子對應該就在房門外待命的忠實僕人下令。

「影山！緊急出動。早餐不吃了，馬上備車，然後把外套跟大衣拿來。還有——教我能夠把睡亂的頭髮一瞬間撫平的方法！」

麗子離開鏡前，分秒也不敢蹉跎，以機敏的動作走出房間，前往宅邸的玄關大廳。在那裡等著她的是身穿筆挺西裝的高挑男性。端正的臉龐給人一種知性沉著的印象，很適合臉上戴的銀框眼鏡——他正是寶生家的管家影山。影山熟練地幫麗子穿上手中的外套，並且將樸素的長大衣遞給她。

接著，彷彿進入最後一道程序般，「請用，大小姐。」影山這麼說完，便交給她一樣跟當下情景格格不入的道具。

是一把大剪刀。

「………」一瞬間撫平亂髮的方法就是這個吧。麗子來回看著遞上來的剪刀、與管家的臉。「我說啊，影山，我的頭髮可不是衣服上多出來的線頭耶！」

麗子挖苦著狠狠一瞪，管家立刻惶恐地把剪刀藏在背後。

「真是非常抱歉。」影山若無其事地行了一禮後，便開門護送麗子出門。「——那麼請您上車。」

不久，影山駕駛著全長七公尺的禮車，從寶生邸的大門出發了。

儘管在意頭頂的亂髮，後座上的麗子還是像平常一樣把頭髮束起，戴上裝飾用的黑框眼鏡。一瞬間，寶生麗子從大小姐身分華麗地——不，是平凡地變身成為新人刑警。雖然內在還是一樣的，但外表卻給人一種拘謹樸實、還有一點點聰明的形象。

國立署的同事們只認識變身後的麗子。不知道為什麼，竟沒有人發現她就是巨大財團「寶生集團」總裁寶生清太郎的千金，對於想要以一介警官的身分克盡職責的麗子而言，這倒也正好。不過再怎麼說，這些人也未免太遲鈍了吧，是對美女沒興趣嗎？麗子偶爾也會對此感到不滿，女人心真是複雜啊。

無論如何，千金刑警的真實身分，在短時間內似乎還不會曝光。

「話說回來，大小姐，花柳家發生了什麼重大案件嗎？」

影山一邊將轎車開往國立市市中心，一邊問道。

「聽說宅邸內發現了年輕女性的屍體，看來似乎是起殺人事件呢。」

「啊啊，果然……」影山遺憾似地搖了搖頭。「我從很早以前就在擔心了。畢竟近年來花柳家老是糾紛不斷，尤其是大當家花柳賢治遭遇交通事故過世後，花柳家的亂象更是讓人看不下去。有人說花柳家遲早會發生更糟糕的事情，諸如此類的謠言時有耳聞呢。」

「喔，這種謠言是誰告訴你的？」

「哎呀，您不知道嗎？大小姐的父親，寶生清太郎對於其他名流顯要的八卦愛得要死，這已經是眾所皆知的事實了。」

「…………」父親那種低俗的興趣，讓女兒羞愧得要死。「父親也真是的……」

麗子在後座上縮起身子接著說道。

「不過，最近花柳家確實很混亂。起因是外遇風波，早已過了花甲之年的花柳賢治，迷上了從事特種行業的女人。因為這個緣故，他和妻子花柳雪江的不和，正式浮上檯面。就在爭執越演越烈的時候，賢治本人突然被卡車撞倒去世了。」

「是的，那是不過一個月之前的事情。」

「酒醉的賢治不慎跑到路上，引發了交通事故。警方是這麼判斷的，但實際上又是如何呢？我聽過一種說法，賢治對陷入膠著狀態的愛恨人生感到厭倦，於是自己衝到了卡車前方。不過更大的問題在於他死後。賢治的外遇對象，伊藤芙美子突然闖進了花柳家。芙美子拿出重新撰寫的遺書，主張『我也有權利繼承花柳賢治的遺產』，然後，今早花柳家終於發生了殺人事件——啊啊，真是的，接下來到底會變成怎麼樣啊！是不是叫人亂在意一把的啊？影山！」

面對尋求同意的麗子，駕駛座上的影山露出一抹刻薄的笑容。

「大小姐好像也很喜歡聽名流顯要的八卦呢。血緣果然是騙不了人的。」

「我、我才沒有呢。」麗子連忙辯解。「我是因為身為警官，基於職業上的關心，才對這個問題感到好奇。別把我跟父親混為一談。」

「真是非常抱歉。」影山微笑著點了點頭。「話說回來，大小姐，花柳家就快到了，怎麼辦呢？要直接停在警車車陣的——」

「別說傻話了，影山。要是開著凱迪拉克停在事件現場的話，那不就跟風祭警部一樣了嗎？行了，在這裡放我下車吧，接下來我自己走。」

麗子在快要到花柳家的地方下車。影山低下頭說「祝您工作順利」，目送著麗子離去。麗子遊刃有餘地揮著手說「包在我身上」之後，便意氣風發地搖曳著大衣的下襬，朝花柳家邁開步伐。

3

警車接連聚集到花柳家大門口，麗子斜眼確認了那輛厚著臉皮地停在警車車隊前的銀色Jaguar。極端愛好英國車的上司，似乎早一步抵達了現場。麗子小跑步穿過大門，踏進宅邸內。

這時背後突然傳來了某人的聲音。「早啊，小姑娘！」

不，不是某人。全世界只有一個人會在殺人現場這麼稱呼麗子。回頭一看，不出所料，眼前那個露出微笑、身穿白色西裝的男子，正是國立署引以為傲的超級菁英，同時也是麗子的直屬上司風祭警部。他其實是知名汽車製造商「風祭汽車」的少爺。這點不光是國立署的職員知道，連在多摩地區活動的大多數罪犯們也都知之甚詳。

「啊，我來晚了，警部。看來又是殺人事件呢。」

「唔。自從我跟你搭檔以來，國立署轄區內的殺人事件好像一口氣變多了呢。我想這應該純屬偶然啦，不過這數據還真是令人不快——嗯？」

突然間，風祭警部彷彿發現了什麼重要的東西一般，皺起了眉頭把臉湊近麗子。

「怎、怎麼了嗎？警部。我、我的臉上有什麼——」

「不，不是臉。」警部指著麗子的頭說：「寶生，妳頭頂冒出一撮怪毛耶。還是說，這是現在流行的髮型？」

「不、不是！這才不是怪毛！不要指啦！」

為了避開警部肆無忌憚的手指，麗子拚了命地按著頭。那時候真該心懷感激地使用影山遞給自己的剪刀才對，事到如今，麗子才後悔地這麼想著。

「不說這個了，警部，關於剛才的事件——被殺害的是誰呢？花柳雪江？還是伊藤芙美子？」

「哎呀，妳果然也是這麼想啊。其實我也是喲。」

警部在走廊上緩緩邁開腳步。「考慮到最近花柳家裡，妻子與愛人的敵對關係，會這麼一口斷定也不無道理。不過很遺憾，被殺害的似乎不是妻子，也不是愛人呢。」

「警部，從您剛才的口氣聽來，您好像對於妻子和愛人沒有被殺死，感到很扼腕啊。」

「喔，是這樣嗎？哎呀，那只是措辭上的誤會罷了。」警部不以為意地接著說：「被害人是名叫寺田優子的女大學生，她是花柳雪江的外甥女。詳細情況還不清楚。總之，先去看看屍體吧。」

不久，兩位刑警抵達了位於走廊盡頭的會客室。室內配置著皮革沙發、黑檀木桌子、櫥櫃等家具，給人一種莊重沉穩的印象，尤其是牆邊的暖爐，更是營造出格外優雅的氣氛。

被害人寺田優子的屍體橫躺在沙發上。警部立刻走了過去，從頭到腳仔細地觀察過屍體後，警部自顧自的開始說起了任誰一眼都能看清的事實。

「妳看，寶生。被害人胸口有疑似利器刺殺的傷痕，凶器恐怕是刀子之類的東西，而且是從正面挨了一刀。視線可及之處，不見其他外傷，所以這應該就是致命傷了。屍體周遭沒有看似凶器的物體，也就是說，犯人將凶器帶走了。嗯——從眼前的情況看來，這無疑是一起殺人事件呢。」

「…………」

廢話。連小學生都看的出來吧，身為菁英刑警，一本正經地說出這種推理，不覺得丟臉嗎。不過，即使看到麗子冷淡的反應，風祭警部仍舊毫不畏縮地注視著她的臉這麼說。

「寶生，從妳的角度觀察，妳發現了什麼對吧？無論再小的事情都沒關係。來，不要客氣，儘管說吧。」

「是，那就恭敬不如從命了。」這麼說完，麗子提及了警部的重大疏漏。「關於被害人頭髮被剪掉一事，可以就這樣置之不理嗎？」

「嗯，頭髮？」警部一瞬間眉毛彎成了八字型，將視線轉向屍體頭部。「呃，這髮型不是原本就長這樣嗎？」

「並不是！」麗子指尖推著裝飾用眼鏡斷言道。「年輕女性不可能頂著這種剪的像狗啃過的短髮走在路上，這一定是犯人胡亂剪掉的，用剪刀還是什麼工具，咖喳咖喳剪掉的。」

「原、原來如此，這樣啊……怪不得我總覺得髮型不太適合她。」

不，問題不在於合不合適，而是犯人為什麼要這麼做啊。

「犯人的目的是什麼？為什麼要特地剪掉被害人的頭髮呢？」

面對麗子認真的提問，風祭警部「嗯——」地沉吟起來。然後警部盤起雙臂，目不轉睛地凝視麗子的頭，正顏厲色的低聲這麼說：「——會不會是想要修掉亂翹的頭髮呢？」

「…………」警部，下次再提起這件事情的話，我真的會揍你喔。

麗子威脅似地狠狠瞪了警部一眼，對方似乎也察覺到她在釋放什麼訊息了。風祭警部抖動一下背脊，唐突地轉換了話題。

「總、總之，先找第一發現者問話吧。關於剪去屍體頭髮的殺人魔是誰，說不定能問出一些眉目呢。」

於是，第一發現者——幫傭田宮芳江被叫進了會客室。

身穿圍裙的田宮芳江是個白髮很明顯、已過中年的女性，這樣的她，表情豐富地對兩位刑警述說了發現屍體的經過，以及她當時有多麼震驚。幫傭的證詞沒有吞吞吐吐，讓麗子覺得，她只是很老實地說出了事實。

聽完供述之後，風祭警部馬上就對感到疑惑的地方，對田宮芳江提出問題。

「寺田優子小姐是雪江夫人的外甥女，換句話說，她不過是花柳家的親戚罷了。為什麼她會在這座宅邸裡遭到殺害呢？她昨晚住在這裡嗎？」

「不，優子小姐並沒有住下來。其實我也覺得很奇怪，優子小姐為什麼會在這座宅邸裡呢？我並沒有聽說優子小姐要來啊。」

「唔，所以被害人是在誰也不知道的情況下，潛進了屋裡。或是宅邸裡的誰，私自帶她進來，然後趁著深夜，在會客室裡偷偷加以殺害。原來如此、原來如此——」

接著警部表示興趣的是被害人的髮型。

「寺田優子小姐留有一頭及腰的長髮，所以這具屍體的頭髮，看來是犯人親手剪掉的，是這樣沒錯吧？」

「是啊，錯不了的，刑警先生。」

警部起了個頭，田宮芳江立刻接話。

「優子小姐的頭髮被剪得亂七八糟，連我一開始看了也沒認出她來。優子小姐的頭髮是非常美麗的黑色長髮，走在路上時，男人們都會忍不住回頭欣賞。現在居然被蹧蹋成那樣子，犯人真是太狠毒了，絕對不可原諒。」

田宮芳江一副憤慨難平的樣子。不過她的怒火看來不像是針對寺田優子遭到殺害一事，而是在生氣犯人把女性頭髮剪掉的行為。那一頭長髮，大概真有這麼美麗吧。這樣的話，犯人的動機有沒有可能出乎意料，是在那方面呢？畢竟，世界上有很多男性對女性的頭髮表現出異常的執著——

正當麗子想到這裡的時候，風祭警部自信滿滿地開口了。

「犯人是男性。畢竟世界上有很多男性，對女性的頭髮表現出異常的執著。犯人是有戀髮癖的男性，妳不這麼認為嗎？寶生。」

「…………」呃——其實我剛才也是這麼想的……
不過就在警部徵詢同意的瞬間，麗子改觀了。事情果然不是這樣，她會這麼想，並沒什麼特別的理由——雖然沒有根據可言，但是麗子從過去的經驗學到，跟風祭警部背道而馳的想法，往往才是最快通往真相的捷徑。既然警部說犯人是有戀髮癖的男性，那麼實際上就一定不是這樣。犯人不是個有戀髮癖的變態。犯案動機應該還有其他原因才對。
彷彿支持麗子的想法一般，田宮芳江對警部提出建言。
「我想犯人應該不是想要優子小姐的頭髮。」
「咦，為什麼你會這麼說呢?男人全都有戀髮癖喔。」
不是全部吧，警部的思想還真是充滿了偏見。田宮芳江不以為意地接著說道。
「問我為什麼，您沒有聞到嗎?這間會客室裡飄散著一股焦臭味。而且臭味似乎是從這座暖爐裡冒出來的——」
說著說著，田宮芳江走到牆邊氣派的暖爐旁，伸手往裡頭一指，白色灰燼裡可以看到漆黑色的灰燼混雜其中。如果只看那些黑色的灰，模樣簡直就像是一條黑蛇在暖爐中翻騰一般。麗子馬上就聯想到那團灰燼的真面目是什麼了。
「這是頭髮!犯人把被害人的頭髮剪下來，丟進暖爐裡燒掉了對吧!」
「是的，我也是這麼認為。如果犯人是想得到優子小姐頭髮的男性，那就不可能剪下來當場燒掉才對。」

她說的沒錯。犯人並不是執著於被害人的頭髮。事實上剛好相反，犯人剪下美麗的頭髮後，當場就燒掉了。這種行為，可視為對女性最大的褻瀆，犯人會是對寺田優子的美麗長髮感到異常忌妒的女性嗎？所以，光是殺了她還不滿足，甚至做出了損毀屍體頭髮的行為。這麼想就說得通了。

正當麗子想到這裡的時候，風祭警部又多嘴地插話了。

「犯人是女性。是對寺田優子美麗的頭髮感到異常忌妒的女性，妳不這麼認為嗎？寶生。」

「…………」是啊，我確實曾這麼想過。就在警部開口之前。

可是，和警部朝相反方向思考的作戰計畫，也就此泡湯了。在通往真相的捷徑都被封閉起來的現在，犯人是男是女的機率，變成分佔五五波。

4

不一會兒法醫趕到了現場，並且開始進行驗屍工作。根據法醫的觀察，寺田優子的死因為失血性休克致死。致命傷是刺在胸口上的一刀，凶器為利器——例如刀子或菜刀之類的東西。從死後的僵硬程度來看，死亡時間推測為深夜，大約凌晨一點前後。關於被剪掉的頭髮，法醫並沒有提出什麼特別引人注目的見解。

「總之，既然現場是花柳家的會客室，懷疑花柳家的人犯案，也是無可避免的事。」

風祭警部的調查方針非常簡單。雖然不知道這麼簡單是好是壞，麗子姑且也只能點頭了。

「由於賢治過世了，現在還住在這座宅邸裡的只剩妻子雪江，還有兩個孩子而已。雖說是孩子，但聽說那兩個人也已經二十歲左右了。怎麼辦呢？要先找雪江夫人來問話嗎？」

「不，從孩子們先開始吧。尤其是幫傭供詞中提到名叫夏希的女孩子，我想跟她談談。只聽幫傭的一面之詞，我實在難以下定論……」

於是兩個孩子一起被叫到了刑警們面前，地點是賢治曾當作書齋來使用的房間。兩人面露緊張的神情，來到這個房間，然後照著被問及的順序，說出姓名、年齡以及職業。

「花柳春菜，二十三歲。剛出社會一年，在『花柳家電』總公司的總務處上班。」

「花柳夏希，十九歲。在本地就讀大學。可是並不是一橋大學，為了慎重起見，先說一聲。」

春菜與夏希都擁有白皙的肌膚與端正的五官。春菜留著普通的短髮，髮尾切齊脖子的髮際線一帶。另一方面，夏希則是留著男孩子氣的短髮。撇除髮型不同外，兩人長得非常神似，一眼就能看出彼此繼承了相同的血統。

不過面對眼前的這兩人，警部端整的側臉卻浮現困惑之色。

因為他對夏希的應答感到不滿嗎——不對。警部把自己的臉湊近夏希那張完美無瑕的漂亮臉蛋，不客氣地問道。「——妳是女孩子吧？」

花柳夏希像是被惹怒了似地，以粗魯的語氣回答：「——我是男的。」

「喔！」警部驚慌失措地瞪大了眼睛。「是、是這樣嗎？」

「嗯，是真的。」姊姊春菜回答道。「就我所知，夏希從小時候起，就一直都是男孩子，他從來沒有變成女生過。所以夏希不是我的妹妹，而是弟弟。這樣您明白了嗎？刑警先生。」

居然這麼有條有理地解釋，看來，這位姊姊似乎也是個有點奇怪的人。

「原、原來如此。這麼說起來，他的確是個男的……」不過警部依然帶著半信半疑的表情。「幫傭沒說是女孩子嗎？寶生。」

「不，聽您這麼一說，幫傭好像沒說清楚是男生或女生。不過，我原本也以為小夏一定是個女孩子。」

「不要叫我小夏。不管怎麼看，我都是個男的吧。瞧，我頭髮這麼短，聲音也很粗。朋友都說我擁有迷人的低沉嗓音呢。」

夏希右手撫摸著短髮，同時表達強烈的抗議。不過他的聲音並沒有如他自己說的那麼粗獷，以男性來說，反而算是較為尖銳的聲調，至於五官則顯然很女性化。原來如此，難怪剛發現屍體當時，田宮芳江看到頭髮被剪掉的被害人後，會貿然斷定死者是夏希了。

麗子點點頭，一旁風祭警部也頻頻用力點頭，好像在說「我懂了」一般。

「其實在聽幫傭敘述的時候，我就覺得不太對勁。看到屍體後，夏希好像太冷靜了。一般而言，年輕女性在那種情況下，不是都會尖叫一下嗎？可是，既然知道夏希是唸大學的男生，那就說得通了。」

不過，所謂男生看到屍體不會感到驚慌失措，這也僅僅是警部的偏見罷了。夏希之所以能保持冷靜，是因為事先就知道那裡有屍體了。換言之，她——更正，他才是真凶。這種看法應該可以成立才對。

麗子慎重地檢討著各種可能性。另一方面，警部則是非常隨便地轉換了話題。

「話說回來，被殺害的寺田優子小姐，跟你們是表親關係吧？」

「是的，優子的母親是家母的妹妹。」春菜很懂得掌握要領地解釋。「我們從小就經常往來雙方的家裡。可是，優子的雙親，大概在兩年前發生交通事故，雙雙過世……」

「在那之後，優子姊就自己一個人生活了。」夏希接著說：「所以對優子姊來說，現在我們就像她的家人一樣。她經常來我們家一起吃飯，或是相約出去玩。沒想到居然會發生這種事情……」

「原來如此。那麼寺田優子小姐在深夜時分造訪花柳家，也不是什麼稀奇的事囉？」

對於警部的問題，姊弟互看了一眼，然後搖了搖頭。
「不，她沒有在深夜的時候來過。」
「啊啊，我也沒印象。」
「那麼，寺田優子小姐昨晚為什麼會來這座宅邸呢？」
「大概是來找誰吧。」「你是指誰啊？」「比方說姊姊。」「不對喔，不是找夏希嗎？」「不是我啦。」「也不是我啊。」「那就是找媽媽了。」「是這樣嗎……」
寺田優子何時出現在這座宅邸裡？又是為了什麼而來？春菜與夏希的對話在這方面始終含混不清。警部再度換了個話題。
「那麼，方便告訴我寺田優子小姐的為人如何嗎？比方說，有沒有人對她懷恨在心呢？」
「您別說笑了，優子怎麼可能遭人忌恨呢。優子人如其名，是個非常溫柔善良的好人，大家都喜歡她，對吧？夏希。」
「嗯嗯，沒錯。優子姊是個很普通的大學生，不可能會有人恨到想殺了她。」
「喂喂喂。」聽了春菜和夏希的話，警部這麼開口了，他誇張地聳了聳肩。「因為是很普通的大學生，所以不會招致怨恨？因為是個好人，所以討人喜歡？那可未必喔。事實上，大學時代的我，也是個很普通的大學生。除了雙親很有錢，長相又帥氣之外，就沒有特別值得一提的地方了。此外，我還是個性無可挑剔的大好人。可是，怨恨我的男人多到連雙手都數不清呢，這世界就是這麼可怕啊。」

「……………」麗子傻眼到什麼話都說不出來了。

不只現在，風祭警部舊事重提時，總會加入個人的吹噓與謙卑，可以拿來吐槽的地方實在是太多了。聽在春菜和夏希耳中，大概會覺得像是在聽某種無法理解的空談吧。

繼續讓警部說下去，恐怕有損國立署的威信。這麼判斷的麗子，往前踏出一步，對美人姊弟（？）丟出了制式化的問題，也就是所謂不在場證明的調查。

「凌晨一點左右，你們人在哪裡，在做什麼呢？」

只是，就算這是在犯罪調查上不可或缺的一環——但面對這種問題，恐怕沒多少人能拿得出像樣的答案才對。要是有的話，那傢伙肯定是在事前就準備好不在場證明的犯人。結果不出所料，春菜和夏希感情很好似的，同時搖搖頭。

「那時候我一個人在房間。」

「啊啊，我也睡得很熟。」

他們並沒有拿出什麼假造的不在場證明，從這個角度看來，兩人都是清白的吧。不不不，這麼斷定也未免太多慮了。麗子不改慎重的態度，繼續尋求線索。

「我想你們應該也發現了，寺田優子小姐的頭髮被剪得亂七八糟，對吧？關於那件行為的意義，你們有沒有什麼頭緒呢？」

兩人對這個問題會有什麼反應呢？是回答有戀髮癖的男性幹的？還是回答忌妒亮麗秀

髮的女性幹的?麗子興致勃勃地等待兩人的答案。不過春菜沉思了一會兒後,便像是投降似地搖了搖頭。

「不行。我完全想不出來。」

「啊。」另一方面,同樣陷入思考的夏希大叫著抬起頭來,在麗子與風祭警部面前理直氣壯地說道。

「該不會是實習美髮師拿來當做理髮的練習臺了吧?」

這怎麼可能嘛!春菜響亮的吐槽聲直衝書齋的天花板。

大致詢問過春菜與夏希後,風祭警部像是想起什麼似地開口。

「對了,你們有過世的寺田優子小姐生前的照片嗎?有的話請借我們一張,畢竟我們沒看過頭髮被剪掉之前的她。」

「沒問題,優子姊的照片我有很多。」

夏希回應警部的請求,馬上跑出了書齋。再度出現在麗子他們面前時,夏希手裡拿著一本筆記本大小的相簿,他在桌上攤開那本相簿。

「哪張好呢……這張如何?這是今年過年期間大家一起去湘南海邊兜風時拍的照片喔。拍得很好吧。」

仔細一看,照片上是生前的寺田優子。在風和日麗的晴空下,她背對嚴冬的海洋,微笑著比出勝利姿勢。其他還有幾張照片,也是在同一個地點拍攝的。每張都是正面向前的照片。不過警部卻不知為何，不甚滿意地搖了搖頭。

「臉部入鏡自是當然，不過我想要同時拍到長髮的照片，從頭頂到髮尾全都要拍進去。」

簡單來說，警部希望同時看到臉和背部。麗子不由得嘆了口氣。

「警部，怎麼可能會有那麼湊巧的照片——」

「不，可以找到這種照片。」夏希一邊把相簿往回翻，一邊說。「瞧，這張怎麼樣？雖然是去年秋天拍的就是了。」

麗子把臉湊近夏希手指著的照片，地點似乎是大學校園，從背後擺著炒麵攤位這點，可以看出這是園遊會的一景。寺田優子背對著相機，回頭朝鏡頭這邊露出微笑。垂落背部的豐盈黑髮，在柔和秋陽的照射下閃閃發光，雖然臉有點偏斜，但考慮到能夠將臉與頭髮同時收進取景框裡，這個美女回眸一望的姿勢反而才是最自然的。

寺田優子似乎很喜歡這個姿勢，以同樣的姿勢拍攝的照片還有好幾張。

「這就是生前的被害人啊。真的是很漂亮的頭髮呢……我就借用這張了。」

面對若無其事地將挑選出來的照片收進口袋裡的警部，

「請不要拿來做奇怪的事情。」夏希小心謹慎地叮嚀說。

「什麼奇怪的事情？」春菜疑惑地歪著頭。

5

結束了對春菜與夏希的詢問後，風祭警部向正在走廊上待命的巡警下令「把花柳雪江帶來這裡」。在等候夫人抵達的這段期間內，警部像是一隻嗅聞著獵物氣味的鬣狗一般，煩躁不安地在書齋內走來走去。

「這次寺田優子遭到殺害，是在花柳家發生的事件。說到這個花柳家，總是醜聞不斷，如今賢治的遺產紛爭，也還鬧得如火如荼，這次事件肯定跟一連串的糾紛脫不了干係。妳也是這麼想的吧？寶生。」

「這個嘛。」其實不太確定的麗子，只好慎選用詞。「寺田優子是花柳雪江的外甥女，跟遺產的繼承問題沒有直接關聯吧。殺了她，有誰會得到什麼好處嗎？」

「應該有吧，能夠從中獲得好處的傢伙。算了，只要問過雪江夫人，一定能知道一些內情。噢，好像來了。哎呀，久候大駕了，來，快請進——」

咖鏘——不等警部說完，雪江夫人就把門打開，迅速地踏進書齋內。這裡是自己家，沒必要受到任何人的指揮，雪江夫人彷彿這麼主張似地，表現出一副堂堂正正的態度。這樣的她，一走到刑警們面前，便突然以強烈的語氣斷言道。

「犯人是那個女的。刑警先生，請立刻逮捕那個女人。」

雪江夫人瞪著警部的臉。她身穿白色高領針織毛衣，配上米色裙子，雖然裝扮簡單樸素，但言談中卻有股不容分說的魄力。

「請、請冷靜一點，夫人。」警部被夫人的氣勢逼得節節後退。「您說的那個女人，難不成是伊——」

「伊藤芙美子。」雪江夫人打斷警部的話，一口咬定地說。「還會有其他人嗎？刑警先生！」

「不，我大概明白夫人想說什麼。可是夫人，殺人案發生在深夜的花柳家會客室內。身為外人的伊藤芙美子要犯案，恐怕很困難吧——」

「一點都不難。」雪江夫人又出言打斷了警部的發言。

看來，她似乎是個不容他人申辯的那種人，警部臉上明顯露出不快的表情。不過夫人卻絲毫不以為意，我行我素地說起了自己的意見。

「伊藤芙美子和我老公有一腿喔。這樣的話，她或許能輕易拿到了這座宅邸的鑰匙。要不然，也有可能是自己偷偷拿去多打了一把鑰匙。只要有了鑰匙，想趁夜溜進來是很簡單的事情。難道不是嗎？刑警先生。」

「話、話是這麼說沒錯，可是為什麼呢？伊藤芙美子溜進宅邸裡，殺害寺田優子的理由是什麼？沒有動機的話——」

「要動機的話——」

「她有什麼動機啊！」這時換成警部出言打斷了夫人的發言。

「…………」警部，你幹麼燃起這無謂的鬥爭心啊？打聽案情可不是「打斷對方發言的比賽」呀。傻眼的麗子，於是開口冷靜地詢問夫人。

「關於伊藤芙美子殺害寺田優子小姐的動機，您有想到什麼嗎？」

雪江夫人並沒有回答，反而轉身和兩位刑警拉開了一點距離。這是怎麼一回事？麗子與警部面面相覷。在這樣的兩人眼前，夫人擺出回眸一望的姿勢，朝兩人投以妖豔的笑容。「——怎麼樣啊？」

老實說，她這種問法真的讓人覺得不知所措。就在刑警們猶豫著不知該作何反應的時候，雪江夫人收起微笑，不耐煩地發出尖銳的叫聲。

「我是問，看了我的背影後有沒有想到什麼。你們還不明白嗎？我背上這一頭美麗的黑色長髮。如果只看背影的話，怎麼看也不像是五十幾歲的人吧，被誤認為二十幾歲的女孩也不為過，不是嗎？」

「咦，啊啊，原來是這個意思啊，呃——」警部撥弄著瀏海，面露困惑之色。「這個嘛，喂，喂，寶生，妳怎麼想呢？」

「咦？」你太狡猾了吧，警部！居然讓部下回答這種沒有正確答案的問題——儘管心懷不滿，麗子還是拚了命地思索著不會傷害任何人的最佳解答。

「是、是啊，的確是不會讓人不覺得看起來不像是二十幾歲的人。」結果，到底看起來像還是不像，連回答的麗子本人都搞不清楚了。「——這又怎麼了嗎？」

「什麼怎麼了，答案已經很明顯了。」雪江夫人再度轉向刑警們，並作出了衝擊性的發言。「伊藤芙美子把寺田優子誤認成我，下手殺死了她。」

「什、什麼。」風祭警部一瞬間大吃一驚，然後馬上點了點頭。「唔，所以是誤殺嗎？原來如此，姑且不說臉，如果只看到背影的話，這也不是不可能的事情。」

「……刑警先生，您該不會是故意說出這種失禮的話吧？」

雪江夫人透過眉間皺紋表現女性的自尊心，同時繼續自己的推理。

「伊藤芙美子想要殺我，所以使用備份鑰匙趁夜溜進了這座宅邸，然後，她大概碰巧遇見了寺田優子吧。宅邸裡只有一位長髮的女性，這麼深信的伊藤芙美子，把寺田優子的背影誤認成我了，於是她在會客室裡刺殺了寺田優子。雖然把人殺死之後才發現搞錯了，但一切已經為時已晚——怎麼樣啊？刑警先生。」

雪江夫人表現出挑釁的態度。另一方面，風祭警部聳著肩膀回答。

「您的意見確實很有趣，但是有幾點我無法理解。首先是第一點，為什麼犯人要剪掉被害人的頭髮呢？」

「那當然是擾亂偵辦的手法啊。」

「原來如此。那麼還有另一點，假使這件案子是誤殺，那麼，伊藤芙美子真正的目標就是雪江夫人您了。不過，我不認為伊藤芙美子殺害您會有什麼太大的意義。如果伊藤芙美子持有的遺書是偽造的，那麼終究發揮不了作用。反之，如果具有法律效力的話，不管您是生是死，她都能繼承賢治先生的財產。無論如何，她殺害您並不具有什麼意義，不是嗎？」

警部難得提出了合情合理的意見，不過雪江夫人卻露出了失望的表情。

「殺人不需要什麼意義。」她極力堅持己見。「那個女人恨我入骨是事實。難道說，刑警先生您想袒護那個女人嗎？」

「不不不，我絕無此意。當然，我們也知道，伊藤芙美子是重要的嫌犯之一。」

等到警部和雪江夫人的脣槍舌戰告一段落，麗子插嘴提出了制式化的問題。

「不好意思，凌晨一點的時候，請問夫人您人在哪裡，在做什麼呢？」

聽了這個問題後，「居然還懷疑起我來了。」雪江夫人表現出大致合乎想像的反應。接著，她氣憤地扭曲著表情回答。

「凌晨一點我人在床上。大半夜裡，怎麼可能會有不在場證明啊。」

「這也難怪。」麗子點了點頭。「話說回來，最近寺田優子小姐身邊有沒有發生什麼怪事呢？不管您察覺了什麼，都請儘管說出來。」

「怪事啊。」雪江夫人注視著半空中沉思了一會兒後，便慢條斯理地開口。

「這麼說起來，優子是不是交了男朋友啊？」

「男朋友？為什麼您會這麼想呢？」

「因為她最近髮型稍微變了，好像燙成了大波浪的捲法之類的，而且髮色好像也變成偏茶色了。雖然那是誰也察覺不出來的微小變化，但可騙不了我的眼睛。那一定是為了配合她男朋友的喜好。」

錯不了的，雪江夫人這樣擅自下了定論。不過，從未因為男友的喜好而改變過一條眉毛造型的麗子，實在無法理解夫人所說的話。

6

麗子與風祭警部把花柳家的相關人員全都找來問過話了，不過事情並非這樣就結束。最後還有一個無論如何都得詢問的人物，那就是伊藤芙美子。

「聽說，她一個人住在賢治在中野區買給她的公寓裡。要去看看嗎？警部。我明白了。那麼我們這就坐車……不！不是警部的 **Jaguar**，是便衣警車！」

麗子一點都不想坐上象徵這位肉食系上司的 **Jaguar**。不僅迄今連一次都沒有搭乘過，麗子甚至還覺得，只要坐上去就輸給他了。

結果就照麗子所主張的，刑警們搭乘一般的便衣警車前往中野區。

說到中野，那是以中野百老匯而名聞遐邇的熱鬧城鎮，與西邊的秋葉原並列為人氣景點。不過，來自外縣市的人很難找到這個中野百老匯的位置。「那究竟是多麼熱鬧的一條大道啊？」只要懷抱著這種想法的人，就絕對找不到。畢竟中野百老匯並不是一條路的名字，而是一棟商業大樓。

很慚愧的是，麗子是在當上警官之後，才發現了這個事實。不過這也難怪。畢竟麗子只知道正統的紐約百老匯。東京的中野百老匯居然是個熱鬧人擠人的大樓，這在千金大小姐的腦海裡，根本是難以聯想的事情。

除了熱鬧的商業大樓外，這樣的中野，其實也是個拉麵店異常集中的城鎮，該說一點也不出所料嗎？伊藤芙美子所住的公寓樓房，一樓也是開著拉麵店，一面聞著豚骨高湯的濃厚香氣，麗子他們來到了可疑嫌犯所居住的三樓一戶公寓前。可是按了好幾次門鈴，都沒人回應，看來似乎是不在家的樣子。莫可奈何之下，兩人順便晃進了一樓的拉麵店收集情報。

警部逮住正在廚房裡切蔥的老闆問道。「你認識伊藤芙美子嗎？」

這時老闆突然舉起菜刀，指向角落的位子。

「喏，坐在那兒的就是芙美子啊。」

坐在那裡的，是個撩起長髮吸著鹽味拉麵的苗條女性，她身穿黑色毛衣，配上窄管牛仔褲，雖然打扮樸素，但五官端正，算得上美女。髮色是偏金黃的茶色，頭髮長度則是跟雪江夫人差不多。

「我們是國立署的人，妳是伊藤芙美子小姐吧？」

面對風祭警部的提問，她嘶嘶地爽快吸了一口麵，然後應了一聲「ＹＥＳ」。刑警們在她眼前的位子坐下，隔著一個碗，與嫌犯正面相對。芙美子用湯匙品嘗高湯的滋味，對她來說，刑警們的突然造訪，似乎並不值得驚訝的樣子。

「花柳家發生了殺人事件對吧？我在新聞上看到了，不過那跟我無關。被殺死的女人叫什麼來著？反正是我不認識的女人。」

「寺田優子。她是雪江夫人的外甥女──就是這個女孩。」

警部遞出跟夏希借來的照片。芙美子瞥了照片上的長髮美女一眼後，便沉默下來。她目不轉睛的注視著照片好一會兒，不過最後卻搖了搖頭。

「我不認識這個女人。雖然好像有在賢治先生的葬禮上看過，但我應該沒跟她說過話才對。殺了這個女人，我能得到什麼好處嗎？」

滔滔不絕地為自身立場辯護的芙美子，再度豪爽地吸了口麵，「欸，妳說是吧？刑警小姐。」然後她向麗子尋求同意。

麗子當然不能點頭回答「是啊，沒錯」，因為目前雪江夫人所宣稱的誤殺的可能性依舊存在。所以麗子開門見山地問了。

「昨晚凌晨一點左右，妳人在哪裡，在做什麼呢？」

面對這個問題，花柳家的人都很普通地回答「在床上睡覺」。不過畢竟伊藤芙美子是個做過特種行業的女人，她給了個不太一樣的答案。

「昨晚凌晨一點的話，我應該是在中野區的哪裡跟誰一起喝酒吧。不過我喝太多、記不得了，等到回過神來，我人已經在自己房間的床上了。然後我一直睡到剛才，現在正在吃早餐——雖然已經是中午了。」

這麼說完，芙美子吸起了分不出是早餐還是中餐的拉麵。花柳賢治究竟是覺得她哪裡有魅力呢？麗子現在突然好奇了起來。

「簡單來說，就是沒有不在場證明對吧。」麗子重新確認。

「沒有。」芙美子立刻回答。「可是那又怎樣？刑警們真的懷疑是我嗎？別開玩笑了。為什麼我要——啊啊，我知道了。刑警們一定是被花柳家那些傢伙慫恿了吧。說我壞話的傢伙究竟是誰？算了，我大概也猜得出來。一定是雪江老太婆吧？還是春菜呢？」

「嗯？」風祭警部對芙美子的話起了反應。「為什麼妳會提到春菜小姐的名字呢？」

感覺上的確很唐突，麗子也滿懷好奇的等待她解釋清楚。芙美子像是在吊刑警們胃口似地，往嘴裡塞了一片叉燒肉後，這才道出原委。

「那是去年十二月的事情，春菜突然跑來我家大吵大鬧。明明是第一次見面，她卻在玄關劈頭罵我是偷腥的野貓。我不回話，她就自顧自地罵個不停。像是『快和爸爸分手』、『媽媽好可憐』、『妳一定是看上我們家的財產吧』、『╳╳！』、『妳這個●●！』什麼話都說出來了。」

「唔——又是╳╳又是●●啊，真是太過分了。」

警部仰起身子表示驚訝。

「那麼之後怎麼樣呢？妳把她趕回去了嗎？還是揍了她一頓呢？」

「我怎麼可能這麼做嘛！」芙美子握拳咚地敲了一下桌子。「我當然是想趕她回去啊，可是她怎麼樣也不肯離開。就在我們僵持不下的時候，春菜的手機響了。她一接起電話臉色馬上變了。然後，在結束通話的同時，她什麼話也沒說，就這樣突然衝出玄關。」

「喔，這還真叫人在意啊。是誰打電話來，通知她什麼事情呢？」

「電話好像是從家裡打來的。就是通知她賢治先生被卡車輾斃的事啦，所以她才什麼都沒告訴我就調頭跑了。拜她所賜，我直到隔天看了報紙上的訃聞欄，才知道那個人的死訊。不覺得很過分嗎……我是真心愛上了那個人啊……」

聽了芙美子悶悶不樂的聲音，麗子忽然感到同情起來。雖然是外遇的關係，但芙美子確實愛著賢治。她的悲傷是真的，麗子心想。然而在下一個瞬間，芙美子雙手捧起碗，咕嚕咕嚕地把最後一滴湯也喝光。

「哈～～好飽好飽！」

看到芙美子一臉幸福的吃相，麗子已經不知道什麼才是真的了。

7

這天晚上，即將從今天跳到明天的深夜時分。

被宛如群星般璀璨的吊燈照亮的寶生家餐廳裡，結束一天繁忙工作後回到家裡的麗子，正享用著遲來的晚餐。今天一整天都被工作追著跑，實在是找不出時間好好吃一餐。因此，飢腸轆轆的麗子，眨眼間解決掉寶生家優秀的廚師準備的超一流晚餐，總算是填飽了肚子。最後麗子雙手捧起大碗，咕嚕咕嚕地想把最後一滴湯也喝光——

「嗯哼。」突然間，一陣刻意清嗓子的聲音傳來。聲音的來源，是穿著西裝站在麗子身旁的管家。「您真是太粗魯了，大小姐。這不是淑女應有的舉止。」

「有什麼關係嘛。你就睜一隻眼閉一隻眼就好啦。這才是紳士應有的舉止，不是嗎？」

「是。」管家影山傷腦筋似地嘆了口氣。「不過，為什麼您今晚的晚餐是拉麵呢？聽說是大小姐指定想要吃的，這又是為什麼呢？」

「呃——這是因為……」這是因為在中野看過了伊藤芙美子的吃相，那景象始終留在腦海裡揮之不去。「這不重要吧，我偶爾也會想嘗嘗這種庶民口味啊。算了，把碗撤下去吧。給我紹興酒。」

結果還沒喝完最後一滴湯，寶生家特製的鹽味拉麵就被收走了。

麗子轉而拿著盛有紹興酒的玻璃杯，走向可以俯瞰夜景的客廳，舒舒服服地在沙發上坐下。在繁忙的一天結束後，總算有段輕鬆的時間了。不過，這時閃過麗子腦海裡的還是那起「斷髮殺人事件」。為什麼犯人殺害寺田優子之後，還要剪下她的頭髮燒掉呢——

「為什麼殺害了寺田優子之後，犯人要剪下她的頭髮燒掉呢？」

「對，沒錯，問題就在這裡——影山！」麗子反射性地從沙發上站起來。「你怎麼會知道這件事情？姑且不論寺田優子遇害一案，她頭髮被剪掉的事，這是只有調查員才知道的機密喔。」

「這沒什麼好奇怪的。我的情報來源是老爺，而老爺則是直接從花柳家的雪江夫人那兒獲得了情報。畢竟老爺對於其他名流顯要的八卦愛得要死……」

「這句話今天早上就聽過了！不用再說第二遍！啊啊，父親也真是的……」

麗子之所以面泛紅光，似乎不光只是因為紹興酒的緣故。

不過既然情報都已經洩漏出去，麗子也就沒必要再隱瞞了。而且這個名叫影山的管家，雖然對名流顯要的八卦興趣缺缺，卻對複雜離奇的殺事件異常感興趣。此外，這個男人擁有非比尋常的眼力，光聽麗子的描述，就能看透風祭警部花上一百年也無法識破的真相，麗子在私底下很倚重這樣的影山。

「好吧。我就詳細告訴你，等會兒讓我聽聽你的意見。」

這麼說完，麗子在沙發上重新坐好，按順序解釋起今天一整天的來龍去脈。

影山站在麗子身旁默默傾聽她所說的話。等到麗子大致說完後，影山像是已經解開所有謎團似地點了點頭。

「原來如此，是這麼一回事啊。我很清楚了。」

「咦，你已經知道了嗎？不愧是影山——那麼你知道了什麼？」
「是。在下現在才搞清楚大小姐想吃拉麵的理由。」
「…………」沙發上的麗子感到渾身無力。「我真是白稱讚你了。算了，這也沒辦法。畢竟調查才剛開始，情報還不夠多嘛。」
「是。不過在下有幾個問題想請教您。」
恭敬有禮地做了一段開場白後，影山開始向麗子發問。「首先是第一個問題。被害人的頭髮，確定是用剪刀剪掉的嗎？有沒有可能是其他刀械呢？」
「是剪刀喔。錯不了的，法醫檢視過被剪斷的頭髮的斷面後，確定是這樣沒錯。」
「那麼第二個問題。在暖爐內燒掉的頭髮，真的是被害人的嗎？有沒有可能是其他人的頭髮呢？」
「不可能。在暖爐內燒掉的是寺田優子的頭髮，調查過現場採集到的殘渣後，這點也已經獲得了確認。」
「原來如此，那麼最後再請教一個問題。」影山面對麗子，豎起一根手指，並提出了最重要的問題。「儘管獲得了這麼多情報，卻還完全看不出真相，大小姐您的尊頭腦有毛病嗎？」
哎呀，我是怎麼了？回過神來，麗子已經一屁股坐在地上。琥珀色的液體從手中的玻璃紹興酒杯中灑落出來。看來，她似乎是過於震驚，才會從沙發上滑落下來。這也難怪，要是她有認真地做好回答管家提問的心理準備，要是有做好心理準備，要是有做好心理——這傢伙又口出狂言了！沒有做好防範的自己，真是太蠢了！

「請問……我說了什麼失禮的話嗎？」

「不，何止失禮，我說你啊。」麗子把玻璃杯重擊似地放在桌上後，便倏地站起身子，對口無遮攔的管家展開反擊。「尊頭腦有毛病是什麼？什麼叫做尊頭腦啊！就算在『頭腦』前加了個『尊』字，那也不會因此就帶有正面意義啊！」

「對不起，我向您表達深切的歉意。只是，掌握了這麼多線索，卻還不明白真相，您果然還是稍嫌駑鈍……」

「你還敢說！」麗子中途打斷影山的狂妄發言，並且挑釁說道。「既然你敢把話說的這麼難聽，你應該已經看出真相了吧，那就說來聽聽啊。犯人是誰？為什麼被害人的頭髮會被剪掉呢？」

被這麼一問，影山才轉而開始說明。

「我覺得奇怪的是，犯人為什麼要拿剪刀剪掉被害人的頭髮。關於這點，大小姐怎麼會一點都不覺得怪異呢。」

「是啊，我是不覺得怪異。」麗子氣結地回答。「因為說到剪頭髮的工具，最先想到的一定是剪刀吧，這有什麼好奇怪的嗎？」

「那麼我請問您，犯人殺害寺田優子時，是用什麼做為凶器呢？」

「是銳利的刀械，大概是尖刀吧。犯人持刀刺了寺田優子胸口一刀，然後再剪掉被害人的頭髮——」

「用剪刀是嗎？即便犯人手中已經有了刀子？」

聽了影山的指摘，麗子恍然大悟。的確，犯人刺殺寺田優子之後，抽出刀子帶走了，所以犯人手中確實有一把刀。儘管如此，犯人要剪掉被害人的頭髮時，卻沒有用手上的刀子，而另外去拿剪刀。這是為什麼呢？

「這、這個……用刀子或許也可以……可是畢竟還是用剪刀比較……嗯——奇怪了。」

經過一陣語無倫次後，麗子終於投降了。「影山你說得的確沒錯，為什麼犯人要捨刀子而就剪刀呢？」

「一般來說，如果要把長髮綁成一束、一刀剪斷的話，使用刀子應該會比較方便吧。用剪刀反而剪不來。另一方面，如果要把短到一定程度的頭髮再剪得更短的話，則是用剪刀較為方便。」

「沒錯。所以，這是怎麼一回事？」

「大小姐您關心的似乎是『為什麼犯人要剪掉被害人的頭髮』。不過，真正應該考慮的問題是『為什麼犯人要把被害人的頭髮剪得極短』。如果只是想把頭髮剪掉的話，只要一把刀子就能搞定了，然而犯人卻刻意選用了剪刀，而且還剪得那麼短。犯人採取這種行動的理由，恐怕才是這起事件最大的重點。」
「這、也對。那麼，那個理由是什麼呢？」
「請您稍安勿躁，大小姐。正確的推理，是需要一定的時間與程序的。」
影山以從容不迫的動作伸手推了推銀框眼鏡後，便突然轉換了話題。
「話說回來，在大小姐的敘述中，還有另一個讓我覺得很奇怪的地方。是關於寺田優子的照片，大小姐，您沒有發現什麼嗎？」
「你說去年秋天園遊會上拍的照片啊。這個嘛，我不覺得有什麼奇怪的地方啊。硬要說的話，大概就是那個美女回眸一望的姿勢不太自然吧。」
「寺田優子好像很喜歡那個姿勢呢。」
「一定是想讓人家看看她引以為傲的頭髮吧，畢竟同一個姿勢的照片出現好幾張呢。」
「可是，今年過年期間去湘南海邊兜風時拍下的照片裡，沒有一張是以她喜歡的姿勢入鏡。是這樣沒錯吧？」
「嗚！」麗子不禁語塞。「聽你這麼一說，的確是沒有。為什麼呢？」
「寺田優子之所以偏好美女回眸一望的姿勢，是因為想要展示自己引以為傲的長髮。那麼，為什麼她突然不再擺出這種姿勢了呢？如果把因果整個倒過來想的話，答案自然就揭曉了。也就是說——」
影山瞬間停頓了一下，然後才慢條斯理地說起結論。

「寺田優子的頭髮已經不再讓她引以為傲了。」

「咦！你說已經不再讓她引以為傲，這話是什麼意思？難不成——」

「是的。假髮、髮片、頭套……雖然相關用語五花八門，但這裡姑且就用假髮這個稱呼吧。簡單來說，最近寺田優子的長髮已經不再是自己的真髮，而是假髮。不過，察覺這種變化的似乎只有雪江夫人而已。」

「這麼說起來，雪江夫人曾經提到寺田優子頭髮的變化，夫人說這種變化是男朋友的喜好。」

「並不是為了男朋友的喜好，而是頭髮本身從真的變成假的了。」

「原來如此，你的推理很有意思呢，影山。不過聽起來卻也很牽強……與其說是推理，倒不如說是你單方面的想像，而且也缺乏佐證。」

「是，這點我並不否認。不過，假設寺田優子的頭髮是假髮的話，那麼這次犯人的奇妙行為，就能獲得合理的解釋了。」

「你說犯人的奇妙行為——是指剪掉被害人的頭髮吧。」

「說得更正確一點，是『把被害人的頭髮剪得極短』這種行為。您現在應該明白了吧。為什麼犯人要把被害人的頭髮剪得極短呢？那是因為被害人用假髮掩蓋起來的真髮，原本就已經很短了。也就是說，這是犯人巧妙的誤導動作。」

「對喔。把原本已經很短的頭髮，又剪得更短，這樣一來，不知情的人看了，就會產生一種錯覺，誤以為寺田優子引以為傲的長髮是在昨晚才被剪掉的。」
「是的。若是再把剪下的大量頭髮去進暖爐裡燒毀，那就更能誤導他人了。事實上，被丟進暖爐裡燒掉的頭髮，並不是只有昨晚剪下來的。昨晚燒掉的頭髮，是更早之前就剪下來的頭髮。」
「一切都是為了讓人誤以為寺田優子到昨晚為止，頭髮都還很長的小花招吧。」
「不愧是大小姐，您的理解力真強。」
說完肉麻的奉承話後，影山繼續推理。「恐怕，最近寺田優子真正的髮型已經不是過去那樣的長髮了。話雖如此，卻也不是短到會讓人誤認成男孩子的超短髮，而是介於兩者之間，也就是普通程度的短髮。那麼，為什麼寺田優子要剪去引以為傲的長髮，換成這種司空見慣的髮型呢？還有，為什麼她要戴起假髮，隱瞞這件事情呢？我想這之中必定有什麼更深的含意。」
「這是當然的啊。不過，到底有什麼含意呢？」
「請您想像一下，大小姐。寺田優子留短髮的樣子，您不覺得跟誰很像嗎？」
麗子試著照影山說的，在腦海中，將照片上看過的長髮寺田優子轉換成短髮。雖然覺得跟誰很像，但實在是想不起來。就在麗子歪頭沉思時，影山不耐煩似地開口問道。
「怎麼樣？大小姐。是不是跟花柳春菜一模一樣呢？」
「咦，春菜嗎？啊啊，聽你這麼一說，或許是有點像……等等！」

麗子察覺到某個重大事實，不禁大叫起來。「在討論像不像之前，影山，你並沒有看過花柳春菜跟寺田優子的臉呀？為什麼你敢斷定她們長得很像啊？這太奇怪了吧？」

「不，一點也不奇怪。光聽大小姐的描述，就能得到這樣的結論。首先是今天早上，幫傭田宮芳江看到頭髮被剪掉的寺田優子時，把她誤認成花柳夏希了。這兩人的臉大概長得非常相像吧，畢竟他們是表姊弟，這也沒什麼好不可思議的。而花柳夏希與春菜兩人，則是一對性別與髮型不同，臉蛋卻十分神似的美人姊弟。大小姐您是這麼說的。既然如此，寺田優子與花柳春菜應該也長得很像，只是髮型不同而已。就算沒有見到本人，也能做出這番聯想，您說是嗎？大小姐。」

「啊啊，沒錯。這麼說起來，如果連髮型都一樣的話，那兩人或許真的很像也說不定。」

麗子歪著頭，在腦海內將花柳春菜與寺田優子的臉重疊起來。

「不過，這是怎麼一回事？長相神似的兩人，故意把髮型也弄成一樣？然後寺田優子再戴上假髮，隱瞞這件事情？這到底是為什麼呢？」

聽了麗子丟出來的諸多問題，影山亮起了眼鏡鏡片後方的雙眸。

「大小姐，答案已經昭然若揭了。」

然後管家以冷冽的聲音說：「花柳春菜與寺田優子這對表姊妹，密謀兩人共飾一角，背後的目的，恐怕是想製造不在場證明——」

「你說製造不在場證明！」麗子失聲叫道。「她們到底為什麼要做出這種事情呢？」

影山用冷靜的口吻陳述結論。

「當然是為了殺害花柳賢治。」

8

「殺害花柳賢治？」麗子茫然地覆述一次，然後搖了搖頭。「別說傻話了，這怎麼可能嘛。賢治是死於交通事故。不，搞不好也有可能是自殺，不過絕不可能是他殺。」

「直到今天早上為止，我也是這麼想的。不過，如今聽了大小姐所說的話後，我就再也不認為賢治的死是單純的事故或自殺了。伊藤芙美子在話中提到了她和春菜的一段小插曲，大小姐您是怎麼看的呢？春菜跑到伊藤芙美子家大吵大鬧，湊巧賢治被卡車輾斃，兩件事情均發生在同一天的同一段時間，您不覺得這太湊巧了嗎？不，更重要的是，當時前去大吵大鬧的女性，真的是春菜嗎？」

「嗚，這麼說也對。所以跑到伊藤芙美子家大吵大鬧的女性是……」

「是的，自稱春菜的女性，正是把頭髮剪短的寺田優子。」

「可是，不管再怎麼樣都會露餡吧？就算長得像，實際上還是另外一個人啊。」

「不，絕對不會露餡。」影山自信滿滿地露出微笑。「這是因為，當時伊藤芙美子是第一次見到花柳春菜。」

「啊，對喔。」正確來說，伊藤芙美子見到的不是春菜，而是寺田優子。所以兩人從來都沒碰過面，這樣的確不用擔心身分會被拆穿。「那麼，這時候真正的春菜，人在哪裡，在做什麼呢？」

「她本人恐怕在國立市，尾隨著回家途中的賢治，伺機下手想要殺害他。事實上，春菜也真的在暗處襲擊了賢治吧。只是，春菜最初的一擊卻失敗了。賢治拚了命的逃出來，然後就在不顧一切衝到大馬路上時，不幸被卡車輾死了。到頭來，春菜用最自然的手法，成功的將賢治送上西天——事情的原委大致就像這樣子吧。」

的確，影山所說的事情有可能發生。在那種情況下，賢治的死只會被視為車禍事故或自殺，但事實真相是殺人未遂後發生的慘劇，要看穿這點可不容易啊。麗子再度為影山的慧眼獨具咋舌讚嘆。

「是春菜打手機給人在伊藤芙美子家的寺田優子吧，為了通知她說，不在場證明已經準備充足，可以回來了。」

「是的。然後自從事件發生以來，寺田優子就一直戴著假髮，隱藏剪短的頭髮，她大概計畫要等到事件餘波平息之後，再脫下假髮吧。這正是所謂的完美犯罪。不過，世界上可沒有這麼順遂的事情。所謂共犯關係，終究不堪一擊。」

「就是老掉牙的起內鬨對吧。主犯春菜吝於支付報酬給共犯寺田優子，或者是寺田優子過於貪婪，要求春菜支付更多。」

「無論如何，兩人之間的關係越來越緊張，最後，終於在昨晚爆發了花柳家的殺人事件。不用說，殺害寺田優子的就是花柳春菜。這恐怕不是計畫性犯案。畢竟站在春菜的立場，她應該最不希望自己家裡發生殺人命案才對。可是，實際上春菜卻不得不在花柳家的會客室裡，堵住了共犯的嘴。她因此陷入了窘境，寺田優子的屍體不能就這樣交給警察，這是因為頭髮的祕密會曝光。那麼，只要帶走假髮就行了嗎？不，拿掉假髮，底下是寺田優子短髮的真面目。那張臉酷似春菜，這樣下去不行，於是剪刀出場了。春菜把寺田優子的短髮又剪得更短，弄成了會讓人誤以為是男生的超短髮，企圖藉此掩蓋和她頭髮有關的所有祕密——以上就是這次『斷髮殺人事件』的真相。」

說完完整的推理內容後，影山恭敬地行了一個禮。「您覺得如何呢？大小姐。」

由於真相太出乎意料之外，麗子震撼到說不出話來。朝寺田優子之死進行推理，結果浮現出來的，居然是牽涉到花柳賢治之死的意外真相。

恐怕這回影山的推理又說中事實吧。不過為了釐清疑點，麗子對影山提出幾個問題。

「動機是什麼呢？花柳春菜殺害賢治的動機，還有寺田優子協助她的動機是什麼？」

「春菜的情況，應該是貪圖財產，或者是對外遇的父親懷恨在心。」

「可是對方是親生父親，她會這麼簡單就起了殺機嗎？」

「正因為是親生父親，做女兒的才更難以原諒他的不貞行為。像這樣對近親心懷憎惡，進而下手殺人的例子並不罕見。畢竟在這世界上，並非只有像大小姐與老爺這樣和樂融融的父女關係。」

「怎麼，你這是在諷刺我嗎？」麗子斜眼瞪了管家一眼。「算了。那麼，寺田優子的動機又是什麼？」

「寺田優子的情況，應該也是為了金錢吧。如果幫忙完成計畫，就給她多少遺產——春菜或許就是這樣拉攏她來協助犯行也說不定。」

「寺田優子在賢治的事件發生前，就剪掉長髮了吧。是春菜幫她剪的嗎？」

「恐怕是。而且春菜沒有把剪掉的頭髮丟掉，而是小心收藏起來了。正因為如此，春菜昨晚才能將它丟進暖爐裡燒毀，完成掩飾工作的最後一環。」

「原來如此，那麼最後再一個問題。」

這麼說完，麗子對影山投以蘊含著期待的視線。「我想你的推理大概是錯不了，不過，遺憾的是，似乎沒有任何證據佐證。欸，要怎麼樣才能逮捕犯人呢？你有沒有什麼好方法啊？」

面對麗子過於直接的要求，影山傻眼地輕輕嘆了口氣。然後，他一邊透過眼鏡鏡片，對任性的大小姐投以溫柔的視線，一邊勸告著。「大小姐，那正是警方的工作。憑我是應付不來的。畢竟，我不過是區區一介管家而已——」

第六話　此處並非完全密室

1

彷彿連高掛夜空的明月也結凍了似的，二月份的某天深夜，地點是國立市一隅，此處坐落著一座震懾四方的豪宅。被紅磚牆圍起來的兩層樓宅邸爬滿了長春藤，是棟歷史悠久的西洋建築。被稱為松下家的這棟宅邸門前，一輛高級外國車順暢地停了下來，月光將銀色車體映照得閃閃發亮。打開駕駛座車門現身的是身穿純白色西裝、彷彿要將黑暗徹底驅逐的男子。

他是國立署引以為傲的年輕菁英刑警，風祭警部。

「哎呀，我居然因為太專注於調查，不小心把重要的手冊忘在現場了。幸好及早發現，要是被部下們知道我犯了這麼草率的失誤，我身為菁英的良好形象就毀了。想必寶生也會感到很悲傷吧……」

風祭警部一邊輕聲對自己說些自作多情的話，一邊走進門內，眼前是負責看守現場的制服員警。「辛苦了。」面對立正敬禮的巡警，警部只輕揮兩根手指回禮。然後他忽然以銳利的視線盯著員警，提出了近似恐嚇的問題。「我剛才有自言自語些什麼嗎？」

「不，沒有！您什麼都沒說，我也什麼都沒聽見！」被問到的員警聲音顫抖了起來，看來，他似乎是全都聽見了。

算了，警部不把員警當一回事，一個人逕自向前走。經過老舊的本館，警部筆直地朝別館走去。跟本館不同，這是一棟三年前興建的樸素平房建築，這裡是住在松下家的西畫權威，名畫家松下慶山埋首創作的工作室。

但是這裡同時也是松下大師突然迎接人生最後一刻的地點。昨天晚上，大師在這棟別館的其中一間畫室裡被某人殺害了，而且，現場還形成了令所有調查員百思不得其解的密室狀態——

不過，管他什麼密室，都無所謂，現在最重要的是手冊。這本隨身手冊中紀錄了風祭警部從工作到私生活的所有情報。若是落到罪犯手中，必定會變成恐嚇的把柄。若是落到自己喜歡的女性手裡，對方以後就再也不會跟他說話了。就是這麼一本破壞力宛如炸彈一般可怕的手冊，也難怪風祭警部會特地在深夜返回現場。

「嗯？」看到別館的玄關，警部不禁疑惑地歪著頭。「奇怪，這裡應該也部署了負責看守的員警才對啊——」

不過玄關前卻沒有半個員警或刑警，這樣的話，事件現場不就是任誰都可以自由進出了嗎？

這真是太好了——不，真是太不像話了！風祭警部面露慍色打開別館的門，往筆直延伸的走廊前進，走廊盡頭的房間，就是松下慶山的畫室，也就是昨晚的殺人現場。風祭警部用力抓住門把，氣勢洶洶地推開房門。

「喂，有沒有人在啊？」

沒有人回答。相反地，映入眼簾的奇妙光景，令警部大吃一驚。

警部不禁指著前方，語氣顫抖地大叫。

「——這、這是什麼！」

2

當國立署的年輕女刑警寶生麗子接獲案發通知，趕往松下慶山家，是在二月二十日晚上的事。松下家周邊已然籠罩在喧鬧的氛圍之中。鳴響警笛趕來的警車與員警們亂成一團。

雖然麗子是巨大財團「寶生集團」總裁的獨生女，但表面上卻是個新人刑警，前往辦案時，總是穿著黑色褲裝配上裝飾用黑框眼鏡。她就穿著這身樸素的打扮，俐落地穿過黃色封鎖線。

案發現場據說在松下家本館後方，是棟被稱為別館的建築物，麗子立刻在員警的帶領下前往別館。在麗子面前，玄關的門突然打開了，緊接著出現的是躺著一個矮小老人的擔架，以及圍繞在旁邊的許多急救隊員。

喂喂，讓開讓開！面對猛然衝出來的這群人，麗子下意識地讓出一條路。只有在這一瞬間，麗子隱約看見了老人的臉。

斑白的頭髮，以及既深邃又端正，會讓人誤以為是西方人的五官。國立市引以為傲的知名畫家——松下慶山，肯定就是這個人沒錯。不過他的臉已經因為失去血色而變得蒼白，連有沒有意識都值得懷疑。急救隊員們宛如風一般，通過不安地在旁觀望的麗子面前，眨眼間將老人送上了救護車。不久，救護車發出劃破黑夜寂靜的警笛聲，駛出了松下家。

「啊啊，要是能夠保住一命就好了……」麗子打從心底這麼祈禱。

「嗯，妳說得沒錯，寶生。」這時，背後突然傳來這樣的應答聲。

麗子感受到一股像是濕答答的高級絲綢手帕黏附在背上的感覺——簡單來說，就是令人不太舒服的觸感，於是回頭一看。

站在那裡的，是那位總是以一身白色西裝打扮出現在國立市殺人刑案現場的風祭警部。這位知名汽車製造商「風祭汽車」的少爺，同時也是國立署裡最花俏風流的男人。在悄悄接近女性背後，並且若無其事地伸手環抱住對方腰桿這方面，他的技術堪稱一流。只要有一丁點的差池，這個人很有可能會被當成罪犯起訴。這樣的警部，自以為帥氣的向麗子露出與事件現場不搭軋的笑容，接著說道。

「我也打從心底希望松下大師能夠獲救。因為一旦獲救，就能聽被害人親口說出真凶的名字了。」

他抱持的理由，不是人命寶貴、或是為了藝術界的損失感到扼腕，只是想輕鬆結束這起事件罷了。雖然這非常像是警部會有的安逸思維，不過事情真能如願嗎？從剛才的情況看來，被害人未必一定能夠獲救。

「不過從剛才的情況看來，被害人未必一定能夠獲救。」警部把麗子腦海裡所想的事，原封不動地說出口後，便重新指向別館的玄關。「總之，先進去現場看看吧。聽說松下大師是在這棟別館的畫室裡，被某人刺傷的。」

刑警們立刻一同前往現場。進入玄關後有條走廊，走廊盡頭處似乎就是畫室，現場可以看見刑警與鑑識課員們絡繹不絕地進進出出。麗子和風祭警部好不容易才踏進了喧囂不已的畫室內。

在同一瞬間，躍入麗子眼簾的是一位高雅的美女，瓜子臉美女，正躺在床上打盹——話雖如此，事件現場當然不可能會有女性在安穩的睡覺。如果有這種怪傢伙的話，一定馬上就會被警察轟出去了。那個美女是睡在牆上。

「——是壁畫呢。」麗子推了推裝飾用眼鏡，端詳起眼前的畫作。

畫室內的牆面上畫著一幅巨大的畫。當然，作畫者無疑就是松下慶山大師，主題是睡美人。沒有一絲光線的昏暗房間裡，右上角有扇緊閉的老舊窗戶，在正中央的床上，睡美人正露出作夢一般的表情打著盹。周圍畫著幾位（幾隻？）北歐神話裡才看得到的妖精。就這層意義上來說，這或許該歸類為妖精畫的範疇吧。

老實說，麗子不太清楚這幅畫作的藝術價值。松下慶山是個以畫風多變而聞名的畫家，從以細膩的筆法繪製而成的幻想畫，到充滿生命力的寫實人物畫，甚至是常人難以理解的抽象畫，涉獵的風格十分廣泛。這幅壁畫應該也是承襲他幻想畫風格的作品。不過，從這幅畫上，卻感覺不出松下慶山應有的纖細筆觸。

難不成是失敗作品？麗子內心萌生出這個直接的感想。不不不，要是隨便亂說的話，很有可能會暴露出自己的藝術涵養不足，寶生麗子！麗子這麼告誡自己，謹慎地閉上嘴巴。

不過在她身旁，有個人正企圖把不可能具備的藝術涵養，發揮到淋漓盡致。他感動至極的張開雙臂叫道。

「啊啊，妳看看，寶生！這幅壁畫正是松下慶山傳說中的大作，『睡美人與妖精』喔。是只有在這個地方才看得到的夢幻作品。怎麼樣？是不是跟風評所說的一樣美呢？這大膽的構圖、充滿魄力的筆觸、鮮豔的色彩，無一不是松下藝術的極致。正可謂究極的珍品啊！」

「…………」為什麼呢？他越是稱讚，松下慶山的藝術就越感覺像是衛生紙一樣淺薄。「那個……警部對松下慶山的畫很熟呢。」

「也沒有很熟啦。」警部難得謙遜地說。「只是風祭家收藏了五、六幀松下慶山的繪畫，所以我多少知道他畫作的優異之處。有什麼問題嗎？」

「不，沒什麼……」以為警部難得謙虛而好奇發問的自己，真是太笨了。簡單來說，他只不過是在找機會吹噓嘛。「這樣啊，您家中有五、六幀松下大師的作品啊——哦！那麼，您該不會也擁有他的代表作『庭院裡的自畫像』吧？」

「怎麼可能。『庭院裡的自畫像』聽說是阿拉伯的石油大王收藏著，那個等級的東西，就連我家也不可能買的下手啦。」

「這樣啊，松下慶山的代表作，想必相當昂貴吧。」

「沒錯。這幅壁畫也是，就算硬要標價的話，應該也是天文數字。妳最好不要隨便亂碰喔，一不小心弄傷了，可是要賠好幾千萬元呢。」

聽到幾千萬元，麗子絲毫不為所動。不過相反的，周圍的制服員警與便服刑警卻同時與壁畫拉開了距離。對於只有微薄月薪的他們來說，警部的恐嚇似乎十分見效。

在現場籠罩的異樣緊張感之中，麗子重新觀察起畫室。大小跟學校教室差不多，收納畫材的架子、畫架、圓椅、各式各樣的藝術品，以及創作中的繪畫等等，諸多物品擁擠地堆放在一起，果然還是讓人聯想起學校的美術教室。不過天花板卻異常地高，約有四、五公尺左右，為了畫一幅巨大壁畫，有必要把天花板弄得這麼高嗎？

而在距離壁畫稍遠的地上，則有白色膠帶貼著呈大字形的人型輪廓，那是松下大師遇刺的地方，該處與畫著壁畫的牆壁之間，倒放著一個不符場合的物體。

是一個鋁製梯子，長度幾乎可以搆到異常高聳的天花板。

「畫室裡居然有梯子？啊啊，對了，一定是製作壁畫時需要用到的。」

「不過，倒在這種地方很奇怪呢，會不會跟事件有關呢？」
「這個嘛，有沒有關聯還不清楚吧。」風祭警部採取慎重的態度。
這時，他背後突然傳來了年輕女性清亮的聲音。
「是的，當然有關。就時機來看，這個梯子顯然在事件中具有重大的意義。」
「唔？」警部回過頭去。站在那裡的是兩位年輕女性。「妳們是？」
其中一位，是渾身散發出一股女強人氣質、身穿套裝的女性，年紀大概是三十幾歲。她擁有細長且知性的雙眸，以及高聳的鼻梁。短髮染成漂亮的栗子色，強調女性線條的緊身裙底下，展露出充滿魅力的膝蓋與腿部曲線美。
「敝姓中里，中里真紀。我是幫雜誌撰寫美術相關報導的自由記者，曾和慶山大師一起工作過好幾次。」
站在旁邊的另一位女性則是感覺很客氣，與中里真紀恰恰相反。眼角下垂的柔和眼眸、與一頭黑色的長直髮，令人印象深刻，蓋到腳踝的花長裙非常適合她。她深深地彎腰鞠躬。
「我叫相原美咲。家母和松下家是遠房親戚，所以讓我借住這個家裡，從這裡去美術大學上課。」
這樣做了自我介紹後，便衣刑警站在從兩位女性背後，大聲補充說明。
「警部，這兩位是這次事件的第一發現者。」

「是嗎？」輕輕點了點頭，警部重新面對兩位女性。「方便解釋一下妳剛才說的話嗎？從時機來看顯然具有重大的意義，這話是什麼意思呢？」

被這麼一問，開口說話的是中里真紀。

「今天晚上八點，我跟慶山大師約好了要見面，為了請他幫忙撰寫美術專刊的專訪報導。我在約定時間的十分鐘前抵達，就先前往本館。出來招呼我的是相原小姐。據她所說，慶山大師人好像是在別館的樣子。於是我和相原小姐相偕前往別館。不過在相原小姐正準備打開別館玄關大門的那一瞬間，門後傳來了男人的慘叫聲。」

「妳確定是男人的慘叫聲沒錯嗎？」

「沒錯，是很大聲的『呀啊』。」

「原來如此，那就真的是慘叫聲了。然後妳們做了什麼？」

「我們馬上開門大聲地呼喚大師，可是卻沒有聽到回音。感到擔心的我們，踏上走廊，筆直地朝畫室入口前進。」

麗子忽然對某個地方很在意，於是插嘴發問。

「為什麼妳們會直接前往畫室呢？這棟建築物裡，應該還有其他房間啊。」

「是的，您說得沒錯。」回答的是相原美咲。「除了畫室以外，這棟建築物裡還有叔叔的書齋、收藏作品的倉庫等等。不過叔叔平常大多都待在畫室，所以我們直覺認為叔叔會在那裡。然後，當我們正打算打開畫室入口的門時，裡頭又傳來了巨大的聲響——」

「什麼巨大的聲響？」風祭警部向前傾身。

「是梯子倒下來的聲音。不過，當時我們還不知道那是什麼聲音，只聽到好像有什麼很大的東西倒了下來，發出砰咚一聲。我跟中里小姐嚇了一跳，互相看了彼此一眼，連忙打開畫室的門，一起衝了進去。」

緊接在相原美咲後頭，中里真紀再度開口說道。

「踏進畫室的瞬間，我嚇得說不出話來了。慶山大師臉部朝下，倒臥在畫室裡。我馬上跑到大師身邊。老實說，我原本以為大師是從梯子上摔下來了，因為梯子就倒在大師旁邊，不過，實際上卻不是這樣。靠近一看，我才發現大師的背上被刺了一刀。在那一瞬間，相原小姐尖聲慘叫了起來。」

「是的，我嚇了一跳，忍不住就……」相原美咲像是又回想起了恐懼的體驗，身體直打哆嗦。「不過中里小姐比我堅強多了，她慎重地抱起了叔叔的身體。那時候叔叔好像還有意識，眼睛微微睜開，但他似乎已經沒有說話的力氣了。中里小姐一問『發生什麼事了？大師』，叔叔便默默地用指尖直比著畫。」

「畫？妳說的畫是這幅壁畫嗎？」

「是的。叔叔指著這幅壁畫的中央一帶，正好是睡美人的臉的部分。但是過了不久，他就好像耗盡力氣似地失去了意識。是這樣對吧？中里小姐。」

「是啊，是這樣沒錯。」中里真紀附和相原美咲的發言。「不久之後，本館裡的家人們也察覺異狀，趕到了畫室來，好像是因為聽到了那個梯子倒下的聲音、和相原小姐的慘叫聲才趕來的。」

「松下慶山的家人，具體來說有哪些人呢？」

「有慶山大師的妻子松下友江夫人，還有大師的獨生子雕刻家廣明先生，就這兩人。我簡單向兩人說明了情況，聽我說完後，廣明先生馬上叫了救護車，接著又打電話報警。畢竟，情況顯然一看就知道是犯罪事件。」

「原來如此。這的確是犯罪沒錯。松下慶山大師在這個畫室裡遭到某人襲擊，背上被刺了一刀，於是『呀啊』地大聲慘叫——嗯？」

風祭警部好像覺得很納悶似地皺起眉頭。他那張端正的臉，轉頭看向畫室的窗戶，然後才重新回到第一發現者的兩人身上。

「聽到松下大師的慘叫聲後，妳們就把別館玄關的門打開了對吧。當時在玄關和走廊上，有看到誰嗎？」

「不，誰也沒看見。玄關和走廊上都空無一人。」中里真紀回答。

「梯子翻倒的聲音響起時，妳們人在畫室的入口前。那麼開門的時候，畫室裡除了遇刺的松下大師外，還有誰在嗎？」

「不。裡面只有叔叔一個人，沒有其他人在。」這回換相原美咲搖了搖頭。

「這樣的話。」風祭警部謹慎地開口。「刺傷松下大師的犯人到底消失到哪兒去了呢？

聽妳們的描述，犯人似乎沒有踏出過這個畫室入口一步。那麼，會是從窗戶逃走嗎？不，不對。看也知道，畫室的窗戶外都加裝了鐵窗做為防盜措施，所以犯人並非從窗戶逃走。可是，如果想經由走廊逃往玄關的話，又一定會碰到妳們兩位。這樣一來——」

「——那個，警部，」麗子忍不住插嘴說。「兩人趕到現場的時候，犯人會不會還在畫室裡呢？這裡有足以讓犯人躲藏的空間。像是櫃子陰影處、藝術品背後，或是門後面都行。犯人暫時藏身在這些地方，避開兩人。然後趁兩人注意力放在被害人身上的空檔，偷偷離開畫室。我想這是很有可能的事情。」

「嗯，就是這個！」風祭警部帥氣地彈響指頭，然後用那根手指指向自己的部下。「我剛好也想到了這種可能性。真有妳的啊，寶生。」

「不、不會，您過獎了……」麗子謙虛似地搖了搖頭。

老實說，就算被人稱讚思考能力跟風祭警部是同一等級，麗子也一點都高興不起來。反倒應該說覺得丟臉，不，甚至叫人火大。

各種情感讓麗子表情黯淡下來。這時，中里真紀激烈地搖了搖頭。

「不，我認為刑警小姐所說的狀況是不可能的。這間畫室的門會因為彈簧的力量而自動關閉，如果想要逃出畫室的話，犯人就必須把自動關上的門重新打開才能出得去。您不認為這種行為會引人注目嗎？刑警小姐。」

「那是因為妳們的注意力都集中在被害人身上，沒有留意到入口處的動靜，所以才會……」

「不。當我抱著大師的時候，相原小姐的確是背對著入口，可是相反地，我卻是面對著入口的方向。如果有任何人開門離開的話，我應該會看到才對。對吧？相原小姐。」

「是的。開關門時會發出聲響，而且一有動靜就能感覺得出來。我認為，當時不太可能有誰能夠偷偷離開這間畫室。」

「是啊，絕對不可能。」中里真紀獲得更多的自信，如此堅稱。

被斬釘截鐵地這麼斷言，麗子也無從反駁了。的確，犯人想要在兩位第一發現者渾然不覺的情況下，偷偷逃出來，這種想法或許太天真了也說不定。不過「偷偷逃離說」被否定後，那又該如何解釋呢？犯人已經沒有任何逃離的路徑了。

也就是說，這間畫室就是所謂的密室嗎？

一直以來，麗子都很抗拒密室這個詞彙。當它浮現在麗子腦海裡的瞬間，不知道該不該說是心有靈犀，風祭警部像是早有準備似地宣告。

「是密室。這起事件正是密室殺人事件！」

警部的發言，讓現場的空氣為之凍結。中里真紀「呃」地瞪大眼睛，相原美咲「嗚」地掩住嘴角。在現場進行作業的鑑識課課員「呀」地摔倒、頭部重擊地板。緊接著降臨的是一陣難堪的沉默。麗子刻意用手指靠著鏡框，「嗯哼」地清了一下嗓子，然後以公務性的口吻訂正上司的錯誤。

「警部，現場或許是密室沒錯，但這可不是殺人事件。畢竟被害人還沒死啊——」

可是，風祭警部的輕率發言並沒有說錯。送進醫院急救的松下慶山，結果未能再恢復意識，在事件發生幾小時後的隔天清晨便過世了。換句話說，畫室的事件正如警部的失言，變成了密室殺人事件。

3

事件發生之後過了一晚，二月二十一日。在車內假寐片刻後，寶生麗子與風祭警部就這樣以缺乏準備的狀態，面對隔天早上的搜查。不過所謂缺乏準備，純粹只是在精神層面。因為在重新展開調查之前，原本就很注重外表的兩人，都用鏡子仔細整理儀容，成功維持住年輕刑警面對難解事件時，依然能夠神采奕奕的好形象。

「好，外表OK。那麼，接下來最重要的任務，就是會見遺族了。」

「是，警部。您是說妻子松下友江與獨生子廣明吧。」

友江和廣明兩人都在醫院裡守著松下慶山，直到天亮。因此，昨晚麗子等人並沒有機會直接跟他們問話。

兩人的偵調在松下家本館的客廳內進行。原本以為，突然失去家中棟梁的友江與廣明，會帶著憔悴的表情出現在刑警們面前，沒想到卻不是這樣，兩人意外地都很有精神。不，或許他們都是強打起精神罷了，因為，至少外表上看起來，兩人都不像是因為松下慶山過世而受到強烈打擊的模樣。話說回來，也有可能是在接受警方訊問前，先用鏡子仔細整理過儀容了。

「讓您久等了。不管是什麼事，都請您儘管問，只要能夠逮捕殺害外子的犯人，我會知無不言。」

說完低下頭來致意的松下友江，今年五十五歲，長度及膝的裙子，配上米白色襯衫，打扮十分時髦。不過她之所以看起來比實際年齡年輕，應該還是拜那誇張的化妝所賜。黑色長髮燙成了大波浪，給人一種妖豔的印象。與其說是母親，更有幾分酒店媽媽桑的氣質。

「母親說得沒錯。我也會盡全力幫忙逮捕犯人的，刑警先生。」

松下廣明以充滿活力的聲音幹勁十足地說。廣明今年三十歲，身穿棕色工作褲，配上黑色毛衣，長相有點娃娃臉，說他還像個大學生也並無不可。雖然個資上寫的職業是雕刻家，不過，大概是因為沒有什麼值得一提的就職經驗，才姑且掛上這樣的稱呼吧。至少，麗子就從未親眼見過雕刻家松下廣明的作品，況且，那種作品究竟存不存在於這個世界上，都還令人懷疑。

「呃——這次的事情還請您節哀順變……」

風祭警部形式上含糊地說了些哀悼的話後，便馬上將話題轉移到事件上。「話說回來，方便請教昨晚事件發生時的情況嗎？兩位是如何察覺到畫室裡出事了呢？」

面對警部的發問，回答的是友江夫人。

「一開始，是聽到那聲梯子倒下來的聲音，當時我跟廣明人在客廳裡。突然間，不知道從遠處的哪裡傳來了巨大的聲響。廣明好奇地打開窗戶一看，結果在這時，聽到別館那邊響起了女性的慘叫聲……事後我們才知道，這是相原小姐的慘叫聲，不過當時我們都不曉得發生了什麼事情。」

「的確如此。」兒子廣明接著說。「然後我跟母親連忙趕到了別館。進畫室裡一看，在那裡的是相原小姐與中里真紀小姐，還有倒在地上失去意識的父親……從中里小姐口中，聽過了大致情況後，我馬上打電話叫救護車跟警察，接下來就陷入一片混亂了。我跟母親一起坐上救護車，前往醫院……事情就是這樣。」

友江夫人與廣明的證詞，跟昨晚中里真紀與相原美咲供稱的一致，既然事件發生時兩人身在本館，那就表示他們與殺人事件無關。不過這兩人畢竟是母子，無法否定兩人私底下套好說詞的可能性。

麗子以懷疑的眼神注視著兩人，「關於有沒有人可能對松下慶山先生懷恨在心，兩位是否有什麼頭緒呢？」她這樣提出了犯罪調查中常見的問題。

「不不不，外子從來沒有得罪過任何人……」

「是啊，父親是人人愛戴的偉大藝術家……」

但是母親與兒子卻異口同聲稱讚故人的人品，追思其偉大的成就。麗子對內容極為空洞的回答感到厭煩，於是決定不再繼續追問下去。警察沒有義務配合他們，去扮演善良的遺族。

接下來有好一會兒，都圍繞在有關於松下大師的幾個問題。經過一陣無關緊要的對答之後，風祭警部彷彿早就算準似地，丟出了重大的問題。

「話說回來，犯案現場裡的大作『睡美人與妖精』真是傑作啊，尤其睡美人的表情更是美極了。那是不是以哪位女性做為模特兒——」

「是我！」問題還沒說完，友江夫人便直直地舉起右手。「那幅壁畫是外子以我為模特兒繪製的。不是別人。」

「咦，是夫人嗎？」警部好像很意外似地，語氣支支吾吾了起來。

「您有什麼不滿嗎？」友江夫人目光銳利地瞪著警部。「丈夫以妻子為模特兒畫圖，這沒什麼好不可思議的。刑警先生應該也看到了，睡在那張床上的女性，擁有美麗的長髮、強調女人味的身材，還有夢幻的表情，這些肯定都是以我為藍本畫出來的。是這樣沒錯吧？廣明。」

「當、當然啊，母親。那個睡美人不、不、不可能是母親以外的人。」

廣明的反應，明顯是迫於母親的壓力才這麼說的，這兩人果然有共犯關係嗎？麗子的疑惑越來越深。母親是主犯，兒子是從犯，這是很有可能發生的事情。

「是嗎？模特兒是夫人啊。的確，夫人的頭髮是很長啦。」

可是共通點也僅止於此而已吧，警部露出好像很想這麼說的表情，摩挲著下巴。「對了，夫人您知道嗎？根據第一發現者們的證詞，松下大師失去意識前，好像曾伸手指向壁畫。就是壁畫中睡美人的臉。我認為這是被害人最後留下的某種死前訊息，也就是說，訊息透露了這個睡美人正是真凶。所以……」

「是中里真紀！」

友江夫人的態度瞬間丕變。俗話說翻臉如翻書，恐怕就是這模樣吧。友江夫人大概以為這麼快的轉變態度，就能閃過警方的懷疑。

「其實那個睡美人的模特兒，是中里真紀。」

「咦——？」兒子廣明也驚訝地大叫。「到底是哪邊啊？媽咪！」

「不要叫我媽咪！」喝斥了兒子後，友江夫人重新面對刑警們。「我就老實說了。其實那幅壁畫裡畫的睡美人，是以美術記者中里真紀為模特兒。外子從三年前開始，跟那小女孩越走越近，經常背著我偷偷見面。是啊，沒錯，雖然他們自以為掩飾得很好，但卻瞞不過身為妻子的我的眼睛。剛好就在三年前，兩人正開始交往時，外子就在畫室裡著手進行壁畫的繪製。所以從時間上來看，那個睡美人的模特兒一定就是中里真紀。是這樣沒錯吧？廣明。」

「嗯，的確，那個睡美人怎麼看都是年輕女孩，不像母親是個老太——不，是熟女。真要說的話，或許還比較像中里真紀呢。不僅膚色不像母親那麼暗沉，體態也不像母親那樣鬆弛——」

「廣明！」友江夫人吊起眼尾大叫。「你到底是站在哪一邊的啊！」

哎呀哎呀，共犯關係破裂了呢。麗子在心中冷笑著，觀望事情的發展。

另一方面，風祭警部則像是無法認同似地低吟著。

「嗯——中里真紀小姐啊。的確，和壁畫中的睡美人對照起來，她的年齡是比較接近。不過我並不認為兩者相似，而且，中里小姐的髮型是一頭短髮……」

「不，那上面畫的睡美人是中里真紀，而外子指著睡美人只代表了一件事情。那就是刺殺外子的真凶是中里真紀。」

友江夫人在不知不覺間，露出了化為惡鬼般的神情，彷彿中里真紀就站在她眼前似地，如此斷言道。麗子嘴角浮現出譏諷的笑容，試著丟出惡作劇般的問題。

「不過夫人，從您剛才的說法看來，松下大師應該是個從未得罪過任何人，不管是誰都愛戴他的偉大藝術家才對……」

於是友江夫人對麗子表露出失落的表情，並再度表演她擅長的翻書絕活。

「那是騙人的。受到人人愛戴的人，是無法成為偉大的藝術家的。」

原來如此，真是至理名言。松下慶山肯定是個了不起的藝術家沒錯。

4

這天下午，麗子與風祭警部把相原美咲叫來畫室。面對帶著一臉訝異前來事發現場的相原美咲，風祭警部照例又露出了耍帥的笑容。

「相原小姐是美術大學的學生吧。既然如此，妳應該比我們更熟悉美術方面的事情才對。」

即便不是美術大學的學生，品味也比風祭警部要來得強吧。在麗子的感覺中，警部對美術就是這麼的生疏。當然，他本人並沒有這樣的自覺。

「所以呢，我們有些事情想要請教妳。其實是關於這幅壁畫的事情。」

「是，這幅『Fresco』濕壁畫有什麼問題嗎？」

「咦，啊啊，沒、沒錯！我想問的就是這幅濕壁畫的事情！」

「…………」警部，你到現在這一瞬間才知道這幅壁畫是所謂的濕壁畫吧。

話雖如此，麗子也好不到哪去，所以她不能取笑警部的無知。原來如此？這就是一般人所謂的濕壁畫啊，麗子滿懷著新鮮感，眺望著眼前的壁畫。

另一方面，警部則是盡全力徹底裝出很內行的樣子發問。

「呃，聽說這幅濕壁畫是三年前畫的，是這樣沒錯吧？」

「是的，是三年前畫的。這棟別館剛建好不久，畫室裡的壁畫也創作完成了。不過，我想叔叔大概是為了畫這幅濕壁畫，才特意興建了這棟別館，畢竟要畫大型濕壁畫，就需要寬闊的牆壁。」

「這麼說起來，這棟別館好像比本館要新的多了。原來如此，這棟別館的畫室本身，就是松下大師的巨大畫布啊。大師以心愛的女性為藍本，在這面巨大畫布上畫下了巨幅的濕壁畫。順便請教一個問題，妳認為這個睡美人的模特兒，是友江夫人，還是中里真紀小姐呢？」

「咦，叔母跟中里小姐？」相原美咲愣愣地歪著頭。「您要問這是那兩人之中的誰嗎？嗯——不管是哪一方，都不像啊。再說，我根本沒聽說過畫這幅畫時真的有用到模特兒這件事情。有模特兒嗎？我還以為這個睡美人是憑空想像出來的理想女性呢。」

「咦，啊啊，是這樣啊……唔。」

期望落空的警部安靜了下來。不久，麗子開口打破了籠罩現場的沉默。從剛才起，她就一直很想問個問題。

「相原小姐，所謂濕壁畫，簡單來說是什麼樣的畫呢？不，我當然聽過名稱。一提起壁畫，自然就會聯想到濕壁畫。對吧，警部！」

「啊、嗯嗯，是啊。像是米開朗基羅在西斯汀大教堂畫的濕壁畫尤其有名。我也曾旅經常地，親眼欣賞過好幾次呢。」

到了這個時候，警部口中冒出來的還是吹噓。「不過，關於濕壁畫，具體而言是什麼樣的畫呢，我確實不太清楚，可以請妳簡單地告訴我們嗎？」

「當然。」這麼說完，相原美咲便開始解釋。「『Fresco』是義大利文，意思是『新鮮的』。用英文來說就是Fresh。換言之，就是趁抹在牆上的灰泥還是新鮮狀態時，用溶於水中的顏料直接塗在半乾的灰泥上作畫。灰泥之後會慢慢乾燥硬化，顏料便滲進牆壁表層固定住了。這樣您明白了嗎？刑警先生。」

「嗯嗯，原來如此、原來如此。」雖然點著頭這麼說，但警部顯然還是無法理解。

「簡單來說，就是一邊把灰泥塗在牆上，一邊在上面作畫吧。」麗子說。

「正是如此。首先拿金屬鏟刀把灰泥塗在牆上，塗完了之後，接著拿起畫筆，在上面作畫。然後再塗上灰泥、繼續作畫——這樣的作業重複好幾次後，一幅壁畫就完成了，這便是濕壁畫的特色。因此，要完成一幅大型壁畫，往往伴隨著驚人的勞力。畢竟，那同時要具備像泥水匠那樣把灰泥塗上牆壁的功夫，以及趁著灰泥半乾時迅速作畫的藝術家功力——話雖如此，我並沒有實際參與過這類創作，所以也不知道真正的困難之處就是了。」

相原美咲輕輕聳了聳肩，露出害羞的笑容。

以花花公子聞名的松下慶山，像泥水匠那樣單手拿著金屬鏟刀面對牆壁施工的模樣，麗子怎麼樣也無法想像。

「相原小姐，妳曾經親眼看過松下大師創作這幅濕壁畫嗎？比方說大師拿鏟刀在牆上塗抹灰泥的場面。」

「有的，只有一次。不過那時創作才剛剛開始。叔叔站在梯子上，著手製作壁畫的右上角——畫著那扇老舊窗戶的地方，當時睡美人跟妖精都還沒有畫出來。對了，我曾經問叔叔說：『這是什麼畫呢？』結果叔叔神祕兮兮地回答：『這個嘛，要畫什麼好呢？』後來看了完成的作品，我才知道原來是睡美人與妖精的畫。叔叔就是喜歡這樣子捉弄人，簡直就跟小孩子一樣……」

相原美咲重新將視線投向壁畫右上角，像是緬懷當時似地，瞇起了眼睛。

在相原美咲離去後，警部佇立在「睡美人與妖精」的壁畫前，他端正的側臉，浮現出裝模作樣的苦惱神情。

「結果還是查不出這個睡美人的模特兒，究竟是友江夫人還是中里真紀，不過，不管是誰都一樣啦，她們兩人不可能是犯人，因為密室的問題懸而未決。松下慶山獨自一人，在無處可逃的畫室內被刺死了，而當時可疑的嫌犯卻都在密室之外，這是不可動搖的事實。我說得沒錯吧？寶生。」

「是的，從關係人的供詞聽來，確實是如此。」

「可是，這樣一來，這次的殺人事件就沒有犯人了。這到底是怎麼一回事呢？其中果然還是潛藏著什麼詭計嗎——嗯？」

假裝陷入沉思的警部，視線停留在某一點，是橫躺在壁畫前的那個梯子。警部再度走向梯子，仔細地觀察了起來。

「話說回來，這個梯子在這次事件中，究竟扮演著什麼功用呢？為什麼在被害人的叫聲傳來後，緊接著又響起了梯子倒地的聲音呢？等等，既然傳出倒下來的聲音，那就表示在那之前，梯子是靠著牆豎起來的，畢竟梯子原本就是這種用途的工具嘛——嗯！沒錯，說不定真是這樣呢！」

不知道是想到了什麼，警部啪一聲地彈響了指頭。然後他慢條斯理地伸手抓住梯子，將它舉起來，靠在畫著壁畫的牆上。

梯子頂端觸及了大約四公尺高的壁畫更上方的牆面，已經是伸手可以碰到天花板的高度了。確認了這個事實後，警部像是確信取得勝利似地，露出滿意的笑容。他立刻把手靠上梯子，一階一階小心地往上爬。

「您不會有事吧？警部。請小心啊。」

麗子一方面飾演著關心上司安危的溫柔部下，另一方面則刻意與梯子保持距離，以防風祭警部不小心釀成墜落事故（這是十分有可能發生的事情）。

不久，爬到梯子最頂端的警部，一臉認真地觀察起天花板，然後他像是確信發現了什麼似地大叫了一聲「就是這裡——」然後由下往上揮拳打擊天花板。

可是，舉起的拳頭卻輕易被天花板給彈了回來，只發出一陣像是打鼓般的悶響。

「…………」一瞬間的寂靜與些許塵埃，喪氣的掉落在警部周圍。

「…………」麗子用指尖扶著裝飾用眼鏡的邊框，假惺惺地望向天花板。「警部，您剛才說『就是這裡——』那到底是在哪裡呢？哪裡哪裡？」

「不、不，似乎不是這裡的樣子。」警部一邊對著隱隱作痛的拳頭呵氣，一邊恨恨地瞪著天花板。「不過，一定有哪裡藏著祕密通道才對。好，既然如此，那就只能採取地毯式搜索了。」

英勇地這麼宣告後，警部一點點地移動梯子的位置，逐一確認每一片天花板。麗子只能嘆著氣，注視著奮鬥中的上司。

總之，警部心裡似乎是這麼推理的。真凶爬上了梯子，並且把天花板推開，逃進屋頂內部。原來如此，以梯子的用途來說，是很合理的。不過，該說這項推理很有風祭警部的風格嗎，這種伎倆實在是太簡單了。如果這麼容易就能解開密室之謎的話，這世界上就不需要名偵探了。

不出麗子所料，風祭警部的推理徹底落空了。畫室的天花板，每個部位都被固定得牢牢的，完全找不出任何犯人得以逃走的空隙。結果密室之謎依然回到原點，毫無進展。

「啊，可惡！」梯子上的風祭警部氣得一拳揍向牆壁。這時，不曉得是不是沒控制好力道，他站立的梯子突然劇烈地搖晃起來。

果然發生了！就在麗子擺好架式的時候，梯子失去平衡，一下子翻倒了。

「警、警部——」雖然她一點也不擔心，但是基於自己的立場，麗子還是呼喚了上司的名字。

麗子眼睜睜看著警部從天花板附近的高度倒栽蔥似地，重重摔到了地上。那一瞬間，麗子腦海裡確實閃現了一絲靈光，不過那乍現的靈光，卻被警部摔倒在地的聲音打消了。

儘管沒被摔死，警部卻像是死了一般，在地上躺成大字形。不久，他以虛弱卻又怨氣十足的聲音問著麗子。

「寶、寶生……為什麼、不幫我、扶著梯子、呢……？」

「對、對不起，警部。」

因為我不想被波及啊，所以我才——可是這種話麗子實在是說不出口。

5

這天深夜，回到寶生家的麗子，脫去黑色褲裝，換成了頗有大小姐風範的粉紅色洋裝。晚餐享用了羔羊鐵板燒、悶燒合鴨、煎白肉魚佐香草等寶生家世代相傳的原創菜色「炙燒三連發」。吃飽喝足之後，麗子好像忽然想起了什麼，於是前往宅邸一角的某個房間。

麗子的父親——寶生清太郎充分發揮取之不盡用之不竭的財力，不分青紅皂白的搜購了古今中外的美術品、工藝品、古董等等，這些珍品全都收藏在這個房間裡。麗子私底下將這個地方稱之為「藝術的墳場」。除非發生了天大的事件，一旦物品被收進了這個房間裡，不管藝術價值有多高，都不會再拿出來看第二次了。

麗子從這些可憐的寶物中找到一幅畫後，便站在前面端詳了好一會兒。

小小的畫裡，以纖細的筆觸畫著右手拿畫筆、左手持調色盤的男性，背景中那棟爬滿長春藤的房子，外型有點眼熟。

大概是覺得麗子的舉動有點反常吧，戴著銀框眼鏡的高大男性站在一旁，屈身對她說：

「您怎麼了？大小姐，看您欣賞得那麼認真的樣子。」

「欸，你知道嗎？影山。」麗子一邊注視著畫中的男性，一邊詢問她的管家。「聽說這幅畫是由阿拉伯的石油大王在收藏著喔。」

「是誰在散佈這種不實的謠言？松下慶山的代表作『庭院裡的自畫像』一直都小心地擱置在寶生家的這個房間裡啊。」

「是啊。不過影山，不可以在父親面前說『擱置』這兩個字，父親會傷心的。」

「我明白了。」影山惶恐的行禮致歉。「話說回來，聽說松下慶山大師昨晚遭到某人殺害，如今搜查陷入了膠著狀態。午間的脫口秀——不，七點的新聞是這麼說的。」

「…………」原來這男人的情報來源是午間的脫口秀啊。麗子不禁嘆了口氣。「是啊，搜查的確遇到了瓶頸。最大的問題在於現場是個完全的密室。」

為了勾起影山的好奇心，麗子故意丟出「密室」這個誘餌。這個名叫影山的男人雖然是個管家，但是卻擁有特殊的推理能力，光聽麗子的描述，就破解許多離奇事件，成果斐然。不過麗子為了顧及為刑警的自尊心與身為大小姐的顏面，不能那麼直截了當地尋求他的協助。

「怎麼樣？影山，有興趣嗎？想聽的話，要我說給你聽也行啦……」

「哦，您說密室嗎？」影山出乎意外的，顯出一副意興闌珊的樣子。「老實說，我實在提不起興致。況且，這個世界上根本沒有什麼完全密室殺人事件。一定是在哪裡有祕密通道吧。您有搜過天花板上面嗎？」

「當然搜過啦。」麗子對影山投以輕蔑的冰冷視線。「呵——沒想到影山的想法也只有這種程度啊，跟風祭警部同一個等級呢。」

最後一句話似乎確確實實惹惱了影山，就連麗子也看得出來，平日總是面無表情的影山的臉頰，瞬間抽動了一下，看來，他感覺到自己被汙辱了。這也難怪啦，被人說成跟風祭警部是同一個等級，大概誰都無法保持冷靜吧。

不出所料，影山往麗子面前踏出一步，把手貼在自己的胸前。

「請您告訴在下這次事件的詳情吧，大小姐。」

麗子在身旁的古董搖椅坐下後，便詳細地講述起事件。一旁影山站得直挺挺的聽她說話。等到事情經過大致說完，麗子便立刻徵求影山的意見。

「——怎麼樣？影山，你知道些什麼了嗎？」

彷彿要把亢奮的麗子推回去一般，影山往前伸出了雙手手掌。

「在我表示自己的意見之前，請先告訴我，大小姐您是怎麼想的。從剛才的話裡聽來，大小姐看到風祭警部從梯子上摔下來時，腦海裡似乎突然萌生了什麼靈感的樣子。您那聰明的頭腦，究竟閃現了什麼樣的靈光，這點還請您務必告訴我。」

「咦？哎呀，哪有啦，我的靈感什麼的，不值一提啦……」

儘管害臊地這麼說，麗子卻一點都沒有不高興的模樣。說穿了，麗子正是希望有誰能聽她說真心話。

「這樣啊，你這麼想聽嗎？那我就只告訴影山喔。我突然想到的事情啊，簡單來說就是松下慶山會不會是意外身亡。」

「意外身亡是嗎？那到底是在什麼狀況下——」

「重點在於松下大師『呀啊』這聲慘叫聲，以及不久之後傳來的梯子翻覆聲。接著，大師就被人發現背上被刺了一刀，所以，我們無意中認定大師的慘叫聲，是被誰刺殺時發出來的慘叫聲。可是真的是這樣嗎？那難道不是大師快要摔下梯子時，因為害怕而發出的慘叫聲嗎？我突然想到的就是這個。事實上，風祭警部摔下梯子前，也大聲發出慘叫了。雖然他那時候發出了像是『哇——』這樣的慘叫聲，不過慘叫的方式因人而異嘛。松下大師的情況則是『呀啊』。」

「原來如此。慘叫聲未必等於被刺殺時發出的叫聲，您真有見地，大小姐。那麼，松下大師又是為什麼會遇刺呢？」

「那不是遇刺，而是被自己刺傷的。大師手持鏟刀爬上了梯子，面對著那幅濕壁畫，大概是在進行修復作業吧。可是大師卻不小心在梯子上失去平衡，發出了慘叫聲。最終他還是無法躲過危機，就這樣摔了下來。梯子翻覆發出了巨響，然後大師手上拿的鏟刀則是——」

「原來如此！大師一不小心刺傷了自己吧！」

「沒錯！」麗子開心拍手表示同意。「換句話說，這不是什麼殺人案，只是在密室狀態的畫室內發生的不幸事故。影山，我的推理怎麼樣啊！」

「啊啊，大小姐！」影山對麗子露出非常感動似的表情，重重地點了點頭。「大小姐說得真是一點也沒錯。大小姐平庸的靈感確實不值得一提，光聽都嫌浪費時間。」

眼前的影山突然脫口爆出狂妄言論，麗子震驚得連人帶椅往後傾倒，接連推倒砸壞了滿滿堆在房間內的美術品。雖然金錢損失難以估計，但麗子受到的精神創傷卻來得更大。

「………」麗子從飛揚的塵埃中緩緩起身，惡狠狠地瞪著口出狂言的管家。「我說你啊……把人家哄得這麼開心……結果卻說什麼平庸來著，什麼叫做平庸的靈感啊！害我得意地說個不停，你才是在浪費我的時間呢！」

「對、對不起，我說得太過火了。我應該說平凡才對……」

「意思還不是一樣！」麗子的尖叫聲在藝術的墳場裡迴響。「反正你打從一開始就是為了愚弄我，才要我說出自己的推理吧！這個該死的惡毒管家——！」

「不，在下絕無此意。」

影山慎重地行了一個禮，然後對麗子投以想要申辯的視線。「大小姐的推理，直到中間為止都相當精彩。不過結論卻大錯特錯。請您仔細想想，大小姐。刀子是刺在松下大師背上，到底要用什麼姿勢從梯子上摔下來，才能自己刺中自己的背部呢？大小姐，您當真認為，這世界上有這麼厲害的墜落事故嗎？」

「呃？不，那個……你這麼說也對啦……」

的確，麗子也明白這正是她推理結果的缺陷。「要不然是怎麼樣嘛，影山。如果不是事故的話，那麼果然還是他殺嗎？不過現場可是密室喔。」

「但是，在這世界上，並不存在真正的完全密室殺人案。我是這麼堅信的。話說回來，我想拜託大小姐一件事情——」

影山望進麗子眼底，並提出了意外的要求。「等會兒可以請您帶我到松下大師的畫室嗎？」

「咦，帶你去殺人現場？可、可是這麼做違反規定……」

在困惑的麗子面前，影山露出嚴峻的表情，用手拄著下巴。

「的確，偵探不必接觀察現場，只要聽描述就能進行推理，這是所謂『安樂椅偵探』的規定。就這層意義上來說，我的要求，或許違反了這項規定吧。」

「不，我不是這個意思！」麗子糾正影山的誤解。「我是說帶平民身分的你前往殺人現場，就警官的立場而言，是違反警方規定的。」

「啊啊，原來是這個意思啊。哎，違反這種程度的規定，也不會有問題的。要是有個萬一，大小姐背後還有偉大的父親大人，以及龐大的『寶生集團』撐腰。大小姐在國立署內的地位，絕不會因此有絲毫的動搖。」

「…………」管家毫不避諱的說法，讓麗子不禁目瞪口呆，不過她卻能夠認同。「的確，或許就像影山你所說的吧。我知道了。要我偷偷帶你進去也行。不過既然都要特地跑現場一趟了，你心裡想必已經有了什麼看法了吧。」

聽了麗子挑釁的發言，她忠實的僕人恭敬地低下了頭。

「這是當然，在下保證結果一定不辜負大小姐的期望。」

6

於是，就在不到三十分鐘之後，麗子和影山乘著禮車抵達了松下家的別館。麗子憑著花言巧語和一個拋媚眼的動作，將站崗的制服巡警支開現場後，兩人終於踏進了畫室裡。在「睡美人與妖精」的壁畫前，麗子催促著要影山快點解釋。

「好了，這裡就是殺人現場。除了被害人被搬出去之外，環境都還維持事件發生當時的模樣。怎麼樣？你看出什麼了嗎？」

影山由右而左仔細看過壁畫後，便提出了一個過於唐突的問題。

「如果大小姐要在這面牆上塗抹灰泥的話，您會怎麼做呢？不，我要的不是『花錢請技術高超的泥水匠來施工』這種答案——」

「那麼『命令影山去做』也不行囉？嗯——可是，為什麼有錢人家的千金大小姐非得做泥水匠的工作不可呢？你的問題簡直莫名其妙嘛。」

「那麼，換成在牆上漆上油漆的作業也可以。在牆上漆油漆時，大小姐會先從牆壁下方開始漆嗎？」

「這怎麼可能。我會先漆完上面再漆下面，因為油漆這種東西會由上往下流，這樣做起來會比較簡單。」

「您說得沒錯。那麼左右兩側又是如何呢？您會從牆壁右側開始漆嗎？還是從左側開始漆呢？」

「從哪邊開始還不都一樣？」

不過麗子試著比了一下刷子的動作後，便馬上推翻了自己的答案。「不對，是由左至右。因為我是右撇子，刷子要由左往右移動，所以我想，從牆壁左邊往右邊漆會比較容易作業。」

「也就是說，如果是右撇子的人，要在牆上漆油漆的話，由上而下、由左至右依序油漆，才是最合理的吧。」

「是這樣沒錯啦——你到底想說什麼呢？影山。」

「在牆上塗抹灰泥，是繪製濕壁畫不可或缺的作業，而以金屬鏟刀塗抹灰泥的作業，跟用刷子漆油漆的作業很相似。換句話說，從牆壁左上角開始塗起，在右下角結束，這對右撇子的人來說是最順手的做法。話說回來，松下大師是左撇子還是右撇子呢？」

「咦——這我怎麼知道啊。」

麗子沒有多想的這麼說完，影山不滿似地瞇起了眼鏡底下的雙眼。

「是右撇子。大小姐應該也看過他的自畫像才對，畫中松下大師是用右手來握畫筆。」

「啊，對喔。的確，松下大師好像是右撇子呢。這也就是說——」

「這也就是說，如果松下大師要繪製濕壁畫的話，一般來說也會從牆壁左上角開始畫。只要沒有特殊理由，應該都是如此。不過根據相原美咲的證詞，實際上松下大師似乎不是從左上角開始動手，而是從右上角開始製作這幅濕壁畫的樣子。這是為什麼呢？這幅壁畫右上角，有什麼充滿魅力的主題，刺激了大師的畫興嗎？您覺得呢？大小姐。」

「你問我啊……」不等影山問，麗子已經凝視著壁畫右上角了。

不過，那裡並不像影山所言，畫著充滿魅力的主題。

「……那是窗戶吧，壁畫右上角畫著一扇感覺很古老的窗戶。」

「原來如此，那的確是一扇緊閉的窗戶——」影山用指尖推了推銀框眼鏡，對麗子露出嚴肅的表情。「這間畫室的門、窗、甚至是天花板，大小姐和風祭警部應該都徹底搜查過了才對。那麼那扇單面窗，當然也調查過了吧。咦，沒有調查嗎？為什麼呢？明明那麼顯眼的地方，就有一扇大窗戶啊！」

「………」麗子不禁感到錯愕。「這、因為那是畫啊……」

「那的確是畫沒錯，但同時也是塗了灰泥的牆壁，牆上開了窗戶是天經地義的事情。」

說時遲，那時快，影山已經拿起倒在壁畫前的梯子，靠著壁畫右側立了起來。影山像貓一樣靈敏地爬上梯子。到達那扇窗戶的高度後，他先觀察確認了畫中窗戶的樣子。接著伸出左手對濕壁畫表面又摸又敲。之前風祭警部曾說這幅壁畫「一不小心弄傷了要賠好幾千萬元」，不過影山卻絲毫不以為意。不久，他滿意地點了點頭，把伸出來的左手放在畫中的窗框上，對梯子底下的麗子叫道。

「請看，大小姐。這樣密室之謎就揭曉了。」

影山的左手輕輕往胸前一拉，畫中的單面窗悄然無聲地順利打開了。

「打、打開了──畫中的窗戶打開了！騙人的吧！」

麗子難以遏止驚訝與好奇心，自己爬上了梯子。她把影山擠開，朝開啟的窗戶內望去。那裡有個昏暗的空間，不過並非屋外。狹小的空間內依稀可見一座向下的窄梯，階梯前方則是融入深邃的黑暗之中，無法看清。

「既然有樓梯的話，應該就會通往哪裡才對。」麗子從套裝胸前的口袋裡取出筆燈。

「去、去、去看看吧，影山。」

「您的聲音在發抖喔，大小姐。」

這麼說完，影山也將右手伸進西裝胸口，取出了一根小小的黑色棒子。不過那並非筆燈。影山握著它甩了一下，黑色棒子瞬間延伸到五十公分長、是伸縮警棍。過去革命家曾拿在手中揮舞，現在則深受武器迷喜愛，是種不太尋常的武器。想當然耳，那都不是一介管家該拿的東西，但是影山卻總是隨身攜帶，用以防身。

影山用警棍前端指著窗子後方，像是鼓勵麗子似地開口。

「來吧，大小姐，請您盡情地大顯身手吧。我也會在一步後方跟隨您的！」

「笨蛋！當然是你先走啊！這還用的著說嗎！」

折騰了幾分鐘後，兩人穿過開啟的窗戶，以影山在前、麗子在後的順序縱身鑽進畫裡。在僅能容一人通過的陡峭樓梯上，兩人只能仰賴影山手持的筆燈燈光慢慢往下走。這對麗子來說是前所未有的奇妙體驗。

「現在我們在畫的裡面吧……」

「是的，大概是在睡美人的肚子一帶……」

不過，陡峭的階梯還在繼續往下延伸，麗子漸漸不安了起來，她看不到影山的表情，這又進一步擴大了她的不安。如今我們大概已經穿過壁畫後方，到達地底下了吧，就在麗子直覺地這麼想的時候，樓梯轉了九十度的彎，改變了前進的方向，接著，又沿著樓梯往下走了幾公尺後，走在前頭的影山停下了腳步。

「是門。看來這裡似乎是地下室的樣子，該怎麼辦呢？」

「什、什、什麼怎麼辦，既然都來到這裡了，當、當、當然要打開看看啊。」

如果只有自己一個人的話，這時候的麗子，會毫不猶豫地掉頭回去，找十幾名的武裝警官過來。

可是不知道為什麼，自己在影山面前，就變得特別愛逞強。儘管心中告訴自己要更冷靜一點才行，行動卻偏偏與理智反其道而行。麗子比平常還要大膽地下令。

「──好了，把門打開，影山！」

「可以嗎？」黑暗中響起影山低沉的聲音。「那麼──」

木製的門扉打開，發出了「嘰」的摩擦聲。室內跟樓梯上一樣昏暗。麗子從影山手中搶下筆燈，照向前方，那是個大小只有畫室一半的空間，裡頭有床、桌子、兩張小椅子，角落擺著略大的衣櫥。除此之外，就沒有像樣的家具了。整個房間空空盪盪的，沒有半個人在——麗子才想到這裡，在下一個瞬間！

「咿咿咿咿咿咿咿咿——」

令人毛骨悚然的怪叫聲打破了沉靜，衣櫥的門猛然打開來。麗子立刻將燈光轉向聲音傳來的方向，從門後跳出來的是個女人。在燈光的照射下，她右手拿著的東西閃閃發亮，是刀子！

影山擋在麗子前方，以伸縮警棍擋住了眼前揮下的刀子。金屬互相撞擊發出刺耳的聲音，黑暗中瞬間迸出火花。這太過於突然的發展，讓麗子難掩動搖，筆燈滑出她的手中，滾動著掉在地上。

「請您快逃啊，大小姐！」

別傻了，我怎麼可能臨陣脫逃。雖然站在大小姐的立場是可以這麼做，但這樣可就不配當個刑警了，不，恐怕連當個大小姐都不夠格吧。麗子下定決心，奮不顧身地朝著和影山交戰中的神祕女子飛撲過去。

麗子的攻擊同時撞開了女人和影山兩人。影山重重撞上牆壁，「嗚」地發出了短促的呻吟聲。伸縮警棍掉落地上，敲出響亮的金屬聲。

另一方面，被撞到反方向的神祕女子背部朝下摔在床上，毫髮無傷。

麗子不禁咒罵自己這麼沒用。「什、什麼……我居然拖垮夥伴……我真是……我真是！」

不過現在不是責備自己的時候了。毫髮無傷的女人，似乎把目標從影山換成了麗子，宛如殭屍般從床上起身後，她便將手中的刀子舉至與臉同高，以充滿怒氣的眼神瞪著麗子。「……咿咿咿。」

彷彿從地底冒出來的聲音裡，蘊含著狂暴之氣，讓麗子害怕得蹲坐在地上動彈不得。

「咿咿咿咿咿咿咿──」昏暗的地下室裡再度高高響起了像是怪鳥的鳴叫聲。

神祕女子踩著緩慢的步伐，一步一步接近麗子，麗子往後退到了牆邊，可是，已經沒有退路了。就在麗子萬念俱灰的時候！

一道影子像風一樣，不知從哪裡出現了。男人挺身擋在麗子面前，打算拿自己當作盾牌。在下一瞬間，神祕女子揮下刀子，刀鋒斜斜劈中了男人的身體。女人發出怪叫聲，男人膝蓋一軟，便默默倒在地上。

「影山──」

沒有回答。倒臥地面的男人身體已經動也不動了。持刀的神祕女子，激動地不斷喘著大氣。

這時，匍匐在地的麗子右手邊，好像碰到了什麼東西。是影山的伸縮警棍。

硬質的觸感令麗子回過神來。沒錯，事件還沒有結束。先讓這個凶暴的女人閉嘴之後，再來哀痛欲絕也不遲。麗子將恐懼隨著淚水一起甩開，心中緩緩升起了怒火。她回想起高中時代很崇拜的學姊，仿效那種大姐頭氣勢，惡狠狠地瞪著對方，用丹田的力量發出聲音。

「喂，妳這傢伙！」麗子將伸縮警棍前端指向眼前的敵人，一股腦地說出心中的戀慕之情。

「妳膽敢對我最重要的人做出這麼過分的事情！我要加十倍奉還，讓妳後悔十倍！」

握著伸縮警棍的麗子凝聚起勇氣，然後不知道為什麼，一邊發出薩摩藩傳統的吆喝聲，一邊朝對方飛撲過去。「耶咿——！」

「咿咿咿咿咿——！」

兩道身影與兩股氣息，在昏暗的地下室裡交會了。揮下的刀子與揚起的伸縮警棍，兩種武器掠過了彼此的身體。不過麗子卻間不容髮地轉身又是一擊，警棍前端命中了對方的脖子，傳來紮實的手感。

女人嗚咽的發出呻吟聲，一瞬間，還保持原本的姿勢一動也不動，過了一會兒，才像是力氣耗盡似地重重倒在地上。一切都不過是在眨眼間發生的事情。

不過麗子完全顧不得神祕女子的真面目，立刻跑到最重要的人身邊。挺身保護麗子的救命恩人依然躺在地上。在黑暗中，麗子雙手扶起了對方受傷的身體，呼喚他的名字。

「——影山，影山。」

這時，她呼喚著名字的僕人從背後傳來回應。

「是，怎麼了嗎？大小姐。」

「呀！」剎那間，尖叫聲響徹了昏暗的地下室。「呀啊啊啊啊啊啊啊啊啊啊——」

麗子差點被自己發出的慘叫聲給嚇暈。回頭一看，在那裡俯視著麗子的高大男性輪廓，確實是影山沒錯。麗子完全摸不著頭緒。

「請您不要那麼驚訝，我不是幽靈。我只是受大小姐的飛撲攻擊波及，暫時昏迷了一會兒罷了。」

「咦、咦？所以說，既然影山人在這裡，那麼……這個是誰？」

麗子下意識地稱救命恩人為「這個」。這時，影山已經找到了地下室的照明，打開了電燈開關，室內總算明亮了起來。麗子這才看清楚倒在自己懷中的男人，她不禁懷疑起自己的眼睛。這男人身穿著白色西裝。

「——風風風風、風祭警部！」

西裝胸前被斜砍了一刀，變得破破爛爛的。不過風祭警部身上卻看不到什麼嚴重傷口，雖然乍看之下好像流了很多血，但那是因為他的西裝太白了，才顯得血漬更醒目，實際上，頂多只有微微滲血的擦傷罷了。

麗子完全搞不清楚發生了什麼事情，但她判斷現在這情況，還不至於要雙手摟住對方的身體哀傷痛哭，便先把警部的身體暫時放回地上。警部依然昏迷當中。應該說，他只是睡著了，甚至還發出陣陣鼾聲。

另一方面，影山則是來到倒在地上的神祕女子身邊確認情況，麗子也從影山背後觀察女人的臉。松下友江夫人？中里真紀？不，都不是。那是個瓜子臉的長髮美女，年齡大約三十幾歲，深藍色的連身洋裝下，可以看出豐腴的曲線。

「大小姐，您認得這位女性嗎？」

「不，不認識。我是第一次見到這個人……不過聽你這麼一說，我總覺得好像在哪裡看過……這個人是誰呢？」

「名字還不清楚，在大小姐的敘述中，也不曾出現過。畢竟，這位女性自從事件發生之後，就一直關在這個地下室裡。只不過，大小姐已經看過這位女性好幾次了，雖然現在是第一次見到本尊，但您應該在畫裡看了好幾次才對——」

「啊！」被這麼一說，麗子才恍然大悟。「對啊，她是睡美人。」

因為對方持刀襲擊而來的印象過於強烈，麗子並沒有發現。不過看到對方失去意識靜靜躺著的模樣，她的真實身分就毫無疑問了，她正是睡美人的模特兒，也就是說——

「這個人是殺害松下大師的真凶嗎？」

「正是如此。」影山靜靜地點了點頭。「友江夫人懷疑松下大師三年前和中里真紀發生外遇，並以她為模特兒繪製了這幅壁畫。她的懷疑有一半是對的，一半是錯的。和大師交往的是這位女性。因為名字還不清楚，就先以『犯人』來稱呼她吧。」

這麼說完，影山又繼續說明——

「松下大師與犯人從三年前就開始暗中交往，幽會的地點是蓋在畫室正下方的祕密地下室。入口就是畫中的窗戶。這幽會場所挺別緻的，不是嗎？恐怕大師是為了創造這個理想的環境，才興建了別館的畫室，並在那面牆上繪製了巨大的濕壁畫。」

「這麼說來，松下大師創作的原點，是強烈的色慾囉。」

「是的。松下大師創作的原點就是強烈的色慾。」

「你說得這麼斬釘截鐵，真的可以嗎？死去的大師會生氣耶。」

無視麗子的擔心，影山淡淡地接著說了下去。

「不過，歷時三年的外遇關係終究還是破滅了。是分手談不攏？還是另外牽扯到金錢上的問題？這點並不清楚。總之，兩人之間發生爭執，犯人用刀子刺殺了大師。這就是昨晚畫室內發生的事件。」

「犯人理所當然會想要逃離畫室吧。」

「是的。不過她運氣不好，這時中里真紀與相原美咲人已經到了別館的玄關。聽到松下大師的慘叫聲後，兩人馬上就趕到了畫室。形同甕中之鱉的犯人，只有一處可逃，犯人連忙把梯子靠著壁畫爬了上去，並且打開畫中的單面窗逃進裡頭。把梯子推倒的，恐怕也是犯人自己吧。如果把梯子留在壁畫右側的話，或許會有哪個刑警會察覺到畫中窗戶別有機關也說不定，所以犯人才採取了那種行動。」

「原來如此。然後兩位第一發現者衝進畫室裡時，畫中的窗戶已經緊緊關上，現場看起來就形同完全密室了。是這樣沒錯吧？」

「是的。另一方面，藏身地下室的犯人卻真正陷入了無法離開密室的狀態。犯人應該也很為此苦惱才對。您看到了我們剛踏進這裡時，犯人那種異常激動的樣子嗎？如果再晚一點發現她的話，犯人肯定要動手自殘了。」

「的確……」想起發出怪叫聲的犯人，麗子打了個哆嗦。

所有刑警都百思不得其解的密室殺人事件之謎，就這樣透過影山高深的洞察力，順利的解決了。雖說包含犯人的身分在內，還有很多不清楚的細節，但是這些就要由犯人自己來說了。只不過，要從精神耗弱的她口中問出真相，似乎也不是件容易的事。這先姑且不提——

「話說回來，接下來該怎麼辦呢？我是說昏倒的犯人跟昏倒的風祭警部。」

影山用指尖推了推銀框眼鏡的鼻架，冷靜地回答。

「首先，請大小姐親手為犯人戴上手銬。」

「也對，這姑且也算是我立下的功勞嘛——那麼風祭警部呢？」

「我認為大小姐應該親自送他去醫院。考慮到警部今晚的活躍表現，這點程度的關心也是理所當然的。畢竟，風祭警部是大小姐的救命恩人——」

「不要說出來啊，影山！」麗子摀住耳朵打斷管家的話。「就算那是事實，我現在也不想承認！」

「您別這麼說嘛——來，請拿著這個。」

影山不知從哪裡拿出了一把鑰匙。是車鑰匙。

「這是什麼？禮車的鑰匙嗎？」麗子一臉詫異地問。

「不，不是的。」影山面無表情地搖了搖頭。

「難不成是 Jaguar 的鑰匙嗎？」麗子害怕地確認。

「夜深了，請小心開車。」管家影山露出意味深長的微笑。

麗子深深的嘆了口氣。「沒辦法，這次是例外喔。」這麼說完，麗子乾脆地接過 Jaguar 的鑰匙。「唉唉——到頭來，還是得坐上那輛車啊！」

就在日期即將從今天跳到明天的午夜——

國立市的公路上，有輛 Jaguar 朝著府中醫院一路疾駛，銀色塗裝的車體，反射滿月的光輝，顯得絢爛耀眼。麗子坐在駕駛座上，與不習慣的左駕方向盤艱苦奮鬥。一旁的副駕駛座上，身受輕傷不省人事（？）的風祭警部好像很幸福似地睡得香甜。為了不節外生枝，麗子謹慎地操控著方向盤。儘管如此，副駕駛座上還是突然響起了風祭警部的說話聲。

「……寶生……坐我的 Jaguar 一起去兜風……」
「您、您在說什麼啊！現在已經在兜風了喔，警部——什麼嘛，在說夢話啊。」
麗子在駕駛座上放心地呼了口氣，她重新望向副駕駛座的上司。
風祭警部，本名不詳，麗子也不想知道。孩子氣的三十歲男性，單身，警界菁英，「風祭汽車」的少爺，從今天起，還變成了救命恩人——
為了甩開討厭的預感，麗子用力甩了甩頭，然後將視線轉向前方。
全長七公尺的禮車不知不覺間逼近後方，並從容不迫的態度逐漸超越過兩人的Jaguar。眼前彷彿浮現出禮車駕駛座上影山那不懷好意的笑臉。
「那個可惡又口出狂言的管家，到底在想些什麼嘛——」
麗子加快車速，試圖追上禮車。駕駛座上依然持續傳來警部的夢話，夢中的警部，似乎放棄了約麗子兜風的點子。
「……那麼寶生……跟我一起共進最高級的晚餐……」
麗子下意識地將油門一踩到底。
英國車爆出轟隆聲，徹底蓋過了風祭警部所說的話。
載著兩人的 Jaguar，以猛獸一般的氣勢，在國立市的夜晚之中全力奔馳。

逆思流

推理要在晚餐後2

（原名：謎解きはディナーのあとで2）

作者／東川篤哉　插畫／中村佑介　譯者／黃健育
榮譽發行人／黃鎮隆
執行長／陳君平
協理／洪琇菁　國際版權／黃令歡、梁名儀
執行編輯／呂尚燁　美術編輯／李政儀
企劃宣傳／楊玉如、洪國瑋、施語宸
發行／英屬蓋曼群島商家庭傳媒股份有限公司城邦分公司　尖端出版
台北市中山區民生東路二段一四一號十樓
電話：（〇二）二五〇〇—七六〇〇（代表號）
傳真：（〇二）二五〇〇—一九七九
中彰投以北經銷（含宜花東）／楨彥有限公司
電話：（〇二）八九一九—三三六九
傳真：（〇二）八九一四—五五二四
雲嘉經銷／威信圖書有限公司　嘉義公司
電話：（〇五）二三三—三八五二
傳真：（〇五）二三三—三八六三
南部經銷／威信圖書有限公司　高雄公司
電話：（〇七）三七三—〇〇七九
傳真：（〇七）三七三—〇〇八七
香港總經銷／城邦（香港）出版集團有限公司
香港灣仔駱克道193號東超商業中心1樓
電話：（八五二）二五〇八—六二三一
傳真：（八五二）二五七八—九三三七
E-mail：hkcite@biznetvigator.com
馬新總經銷／城邦（馬新）出版集團　Cite(M)Sdn.Bhd.
E-mail：Cite@cite.com.my
法律顧問／王子文律師　元禾法律事務所
台北市羅斯福路三段三十七號十五樓
二〇一二年三月一版一刷
二〇二二年五月一版十四刷

■中文版■

郵購注意事項：
1. 填妥劃撥單資料：帳號：50003021戶名：英屬蓋曼群島商家庭傳媒(股)公司城邦分公司。2. 通信欄內註明訂購書名與冊數。3. 劃撥金額低於500元，請加附掛號郵資50元。如劃撥日起 10～14日，仍未收到書時，請洽劃撥組。劃撥專線TEL：(03) 312-4212 ・ FAX：(03) 322-4621。E-mail：marketing@spp.com.tw